謊言森林

ANNE FRASIER

安・費瑟 著
葉旻臻 譯

TELL ME

A NOVEL

ALLY HAPPENED IN THE FOREST?
AND SECRETS OF THE PAST CONVERGE
NG THRILLER BY ANNE FRASIER,
IMES BESTSELLING AUTHOR OF FIND ME.

1

四個女登山客一個接一個，走在南加州狹窄而布滿足跡的太平洋屋脊步道上，艾默森在隊伍的最尾端。空氣涼爽但日照逼人。一隻鳥在視線之外的某處鳴叫。空洞的風聲反覆搏動，逐漸增強再消失，增強，再消失。艾默森想像一個巨大的坑洞。她在腦中想像那股搏動是一朵在坑內廣大空間中打轉的烏雲。有時候風聲聽起來幾乎有點搞笑。很像小孩子在被單底下裝鬼的聲音。嗚！嗚！嗚！她妹妹就會做那種事來嚇她。艾默森會假裝害怕，讓她妹妹笑出來。

曾有人告訴她，聲音真的能在物理上對人造成傷害。她好奇那是不是真的。有可能不是。某種叫次聲波侵擾的東西。但她已經十五歲，不是小孩子了，到了這年紀，她肯定曉得大人說的話不能照單全收。每個人都會說謊，特別是她母親。

儘管她是被逼著來爬山健行，艾默森仍無法忽視自己被四周激起的情緒反應。她已經好幾次看著眼前幽深的峽谷，還有高得媲美洛杉磯市中心一些大樓的常綠樹林，感覺一股驚嘆自胸口綻放。那片蔚藍得不見一片雲朵的藍天。狹窄的步道，轉個彎就迎面而來，將她長髮吹得直直揚起再甩回臉上的狂風。陡峭凌亂的道路，清澈的溪流，匆匆溜走的小動物。

大多時候，她們四人靜靜地走，偶爾經過被大火燒得焦黑、仍帶有煙味的樹幹——即便領隊的登山者跟她們說大火在一年前就被撲滅了。黃色、紫色的花朵開在一畝畝槁木之間，隨嬌弱的花梗舞動——它們不知怎地竟能承受風吹。但沿途美景動搖不了艾默森內心的憤慨。就算她手機成癮又怎樣？還有一堆更糟的東西可能讓她上癮。她甚至沒碰過任何像搖頭丸或冰毒或LSD之類的東西，而跟她同齡的人幾乎每個都試過至少其中一種。她爸媽應該高興她是個多乖的小孩才對。

「就當作是去度假嘛。」她母親當時這樣說。

待在「萬象生活」的感覺，確實如光鮮亮麗的手冊說的那樣，很像高檔的假期。她和其他客人吃得很好——非常好，真的，那種由某知名大廚製作的美食佳餚。他們可以在泳池裡游泳，這很不錯，他們也能畫畫和看書。但裡面沒有電視，他們也不准使用任何電子產品。他們還有小組活動，這點讓艾默森氣到沒有任何肢體語言能夠表達她的憤慨。現在咧，他們在這待（被關）了一週之後，還得參加一場三天的登山健行活動——因為「萬象生活」最重視的就是自然。嗟啦！但這地方依舊是個監獄，與其說是健行，感覺還比較像是教訓。

即使她心裡一直有股火在燒，又因夜幕將至而忐忑不安，同時驚豔於環繞四周的美景，她還是忍不住冒出一種無聊的感覺。艾默森沒多想便伸手要找手機。

自從萬象生活的那個傢伙放她們下車，駛離步道口停車場後，她就伸手找了可能有二十幾次吧，儘管如此，她每次都還是會先感到一陣恐慌，才想起來手機被她媽拿走了。

好啦，她可能是確實有成癮問題。那又怎樣？

他們大可把她手機藏起來一個星期。或者可以全家一起把手機留在家裡去露營。**不用付半毛錢**。她不需要人為介入。她沒有對社群媒體成癮的高風險。

高風險。她翻了個白眼。鳥鳴在視線外持續作響。

是同一隻鳥嗎？還是新的一隻？鳥類會跟著人類走嗎？牠感覺幾乎是試圖要跟她們溝通。她記得以前學過亞馬遜叢林裡有種鳥會把迷路的人引往錯的方向。人們會跟啊跟地往叢林深處走，此後便音訊全無。也許這隻鳥是善良的那種，想辦法要警告她遠離危險。

「你想跟我說什麼啊？」她往天空大吼。

鳥兒沒理她。

隊伍裡其他人轉頭看她。她聳聳肩。

她們手抓著背包背帶，三個滿肚子火的女孩，一個因為工作才來的傢伙，掉頭繼續這趟無聊乏味的旅程。那位工作人員是萬象生活的員工，珍奈．雷文斯克夫。她一頭棕色髮辮、有模有樣的帽子和深色墨鏡，看起來就像專業的健行者。她穿著皮靴、厚襪子和一件風衣，強風每颳一次就像旗子一樣啪噠拍打。她早前和她們說，她走完整條太平洋屋脊步道過。見眾人都沒反應，她告訴她們整條步道有多長：兩千六百五十英里，從墨西哥一路通到加拿大。

為什麼？艾默森當時在心裡納悶但沒說出口。為什麼妳要去走？

珍奈接著和她們說自己成功挑戰過遠足三冠王。三個人又一次毫無反應，讓珍奈不得不甩開外套袖口，給她們看手腕上一條粗厚的銀製手環。手環上有個三角形的銅飾。

「成功挑戰遠足三冠王，代表全美最長的三條遠足步道你都走過了，」她和她們說。「太平洋屋脊步道、阿帕拉契步道，還有大陸分水嶺步道。全部加起來將近有八萬英里。」

她們沒一個感興趣，但都盡量禮貌地出聲讚賞。成人生活真是無聊又莫名其妙得可以。那些讓他們興奮不已的東西……

其他兩個女生是在棕櫚泉上同一間私立高中的閨密。她們都有自己熱門的YouTube頻道，但金髮那位——波希亞・迪凡——的追蹤數高多了，可能因為她父親是名演員菲利普・迪凡吧。想來真怪。一個艾默森在電影院邊吃爆米花邊看的傢伙，真的有小孩和家庭，而不是演出來的。艾默森不是很愛動作片，但她知道這人是誰，她從小到大看了一堆他冒險犯難的影片。當然都是虛構的。垂掛在峭壁、跳下直升機、在失火大樓裡救人，之類的。那些她無法想像，但能想像她父親——真正的父親，不是她繼父——會做的事。

猛地一陣強風讓她屏住呼吸，從白日夢裡驚醒。狂風直接將空氣從她嘴裡給吸走。波希亞的野鴨印花頭巾從頭上被吹走，讓她大叫了一聲。她們四人全望著它被捲過樹梢，消失無蹤。她們每個人都從迎賓背包裡拿到印花頭巾。滿可愛的，印有休憩所的標誌——圍著滿滿的長青樹。休憩。度假。那是戒癮中心的人使用的詞。艾默森很快就認知到，她們不該點出這裡的本質——戒癮中心。這完全牴觸了他們努力想呈現的氛圍。

氣溫隨著海拔提升持續下降。到某個時間點，她們停下來把外套穿上。外套也是同個款式，還有「度假」的標誌。她們拉上拉鍊，套上帽子，拿出飲水和零食。她們身體發抖，吸著鼻子。

照理說，在聖貝納迪諾的酷暑下，冷風應該讓人感覺很棒才對，但感覺卻只像又一個侮辱人又不公平的懲罰。突然的面面相覷讓眾人一陣尷尬，紛紛伸手拿不在那兒的手機。

她很驚訝整條步道上不是只有她們。她本來以為就只會有她們和大自然而已。結果不是，還有其他人。這讓她緊張起來。她聽說現在算是淡季。天氣太熱，走不完整條步道。她們看到的登山者大多一副走了一輩子的模樣，其中也有不少是從墨西哥開始走的。他們裝備耗損，目光呆滯，登山鞋破破爛爛的，有些人的腳趾還從破洞露出來。他們動作好像殭屍，好像他們可能連自己原先是為何啟程都不記得了。她們遇到一個傢伙說自己是為了減肥。其他人則跟艾默森和她的夥伴一樣，是為了遠離網路才來健行的。還有些人就只是純粹想遠離世間紛擾。而且，對遭遇過創傷或親友離世的人來說，健行顯然也是好處多多。艾默森納悶那是不是她爸媽讓她來參加的真正原因。也許跟手機半點關係都沒有。也許他們認為她需要更多復原的空間。但校園槍擊案已經是好多、好多年前的事了。她沒事。

她們再度停下腳步，這次是在一處空地。鞋子底下的土壤被每週——或每月、或每年——來往的大量人潮踩成硬塊。四人在一個標有里程數，指向步道的下一個地標木牌邊短暫停留了一會兒。木牌還標示了她們所在的海拔高度——八萬英尺。木製的里程柱上，釘著許多在該步道失蹤，褪了色的協尋照片。護貝的傳單現已泛黃破損。看起來放很久了。那些登山客還是下落不明嗎？還是他們被找到了，然後沒人回來把相片撤掉？也許吧。因為何必呢？

她們沒講話——也許大家都感覺有點害怕，或是非常害怕——便轉身背對那些令人難過的相片。就在這時候，艾默森注意到珍奈頭低著。她在看她的手機。

看她的手機。

你各位沒有聽錯。

「看起來妳自己也有問題啊。」波希亞說。

艾默森噗哧一聲，驚訝地笑了出來。她還在搞清楚自己喜不喜歡這女生，但波希亞很有種。艾默森欣賞這一點。

珍奈一根手指按在螢幕上。「好啦，關機了。」她一臉難堪地把手機塞回去，同時，她的整個反應都顯得更是此地無銀三百兩。「我在回報情況，」珍奈說。「跟『萬象生活』回報我們到哪了。」

是——喔。

珍奈坐到一截圓木上，專注地看向喬喬．麥格雷斯。喬喬看起來不大自在，左顧右盼地，回頭看來看去，彷彿她正等著誰隨時會出現似的。

「跟我聊聊妳感覺怎樣，喬喬。」珍奈說。

喔天啊。艾默森努力不要翻白眼。談話治療。那東西她也熟得很。

「我覺得我做不到。」女孩說。

她的妝容精準又專業，堪稱傑作，令人甚至難以猜測她卸妝後長什麼樣。挺妙的是，艾默森正希望這趟健行能讓她的疑惑得到解答。此刻的喬喬眼皮上畫著濃濃的黑色眼線，眉毛畫得無可挑剔，還有約莫二十個恰到好處的雀斑，和抹了亮粉的臉頰。和她講話的時候很難移開目光，甚或是專心聽她講的話，因為她那張臉實在是一副吸睛到不行的面具。她到底是怎麼辦到的啊？這技術太狂了吧。

受創的人有兩種：一種很能接受談話治療，另一種則是靠鬼扯應付過去。艾默森是靠鬼扯的那種，也以此為傲。

「我做不到，」喬喬說。她眼泛淚光。她用長長的粉色指甲擦掉眼淚，小心避開她的眼線和妝容。「我是做彩妝教學的，」她啜泣道。「我有上百萬個追蹤。那是工作。不是我只因為好玩才隨便搞搞的東西。」

然而，不斷尋覓新的內容是會累死人的。艾默森慶幸自己沒有數百萬名追蹤者。但她能理解。不是在荒郊野外還化妝的部分，而是失去那個讓人感覺自己之所以重要的事物。

「我是說，」喬喬說，「我感覺好像我現在整個不存在。好像我身分被別人拿走。感覺糟透了。」

「那感覺很合理，沒什麼好奇怪的，」珍奈說。「但我們內在全都有各式各樣的人。這裡的重點不是要改變妳是誰，或從妳的生命中除去什麼。而是給妳一個機會去考慮看看，某種更豐富的東西。」她雙肘靠在膝蓋上，雙手合十。

好真誠喔。

「有些人參加完我們的活動之後，照舊回到他們原來的生活裡，沒做任何調整，」珍奈接著說。「其他人把他們在這裡的收穫帶回去，減輕網路在他們生活中的佔比。重點是多收穫了什麼，不是被拿走什麼。」

官腔說法。那些艾默森也很熟。這很明顯就是珍奈為了這種時刻，事先研究過、背起來的。艾默森說不定還在「萬象生活」的手冊上讀過類似的東西。然而，珍奈說的話是有幾分道理，連艾默森聽了都有點被安慰到。她同意地點頭。

加油打氣結束，眾人收拾行囊繼續健行。她們目前為止表現得還挺不錯，但一小時過去，抱怨聲就開始出現了。她們三個人，包括艾默森，都表示頭痛、腿痠、腳痛。

「我本來希望今天能走更遠，」珍奈說，「但我們今晚可以先停下來。」

女孩們緊張地交換眼神。

「我們看能不能找個離步道遠一點的位置吧。」珍奈補充道。

她們穿入樹林，終於發現一片空地。平坦空曠的地面，和一座石頭堆的火坑。珍奈雙手搭在臀部，目測了一下這個地方。「看起來不錯。離步道近，但又不引人注目。」

「妳覺得可能會有人想傷害我們？」波希亞問。

「我不想嚇妳們，但有幾次有人在這條步道遇襲。非常少見，受害者通常也都是獨行的登山客。所以我是不擔心啦，但小心一點總是好的。」

喬喬發出小小的嗚咽聲，艾默森撥弄她一直戴在手上的那枚戒指。

她們趁還有光線時搭起帳篷，總共三頂，那對好友共用一頂，珍奈和艾默森各住一處。忙完瑣事後她們剪開乾燥處理過的食物，把它們丟進四杯裝水的錫製的水杯裡，放置在小火爐上加熱。

「好希望我能拍張我們食物的相片。」喬喬哀愁地說。

眾人一致同意，就連珍奈也是。

她們需要跟人分享自己在做的事，這真是太奇妙了。好像分享會讓她們和經驗更為真實似地。網路和手機問世以前的生活想必怪到不行。艾默森根本無法想像。她知道有人兩種生活都經歷過，比如說她母親。那時肯定糟糕透頂。

用完餐後，她們除了圍著火堆之外無事可做。一開始很無聊，接著波希亞開始聊起她十二歲的時候，經歷過一場嚴重的車禍事故。

「就是，一個朋友就這樣死了欸。」她說。

艾默森猜她之後應該會後悔，但黑夜和疲憊讓她感覺沒那麼謹慎。再說，這些人不會跟她相伴一輩子。她回去之後，並不需要在學校或現實生活中面對她們，於是，她發現自己分享了某件她從沒提過的事。她和她們聊自己在一起校園槍擊案倖存下來的過程。跟她們講了學校的名字，還有她當時多大。「妳們可能有在新聞上聽過。」

「我的天啊。」波希亞抱住自己。「我記得那件事。那肯定糟透了。我實在很遺憾。」

在槍擊案以前，學校教職員跟艾默森和她同學說過，槍聲會跟他們預期聽到的不一樣。比如說，他們會以為那是別的東西發出的聲音，大部分人會以為是煙火。所以，他們的槍擊演練有一部分是去聽實際在學校裡錄下的槍聲。各式各樣的槍聲。例如來福槍和手槍，但主要還是AK-47不間斷的「噠噠噠噠」。

她不曉得聽那些槍聲有沒有幫助。那些聲音聽起來都不像真的有威脅性，或是會實際衝擊到他們的東西。那些事情是發生在別的地方、發生在別人身上的。槍擊案當天，她歷史課剛下課，要去洗手間，走過走廊的時候她聽見「啪」的一聲，想說應該是有人在用釘槍或什麼東西整修建築物。

接著她聽到尖叫聲。

還有更多的「啪」。

門猛然打開。她的歷史老師貝爾先生跑向她，雙手揮啊揮的，沒有說話，血從他口中流出，染髒他的白襯衫。孩子們跟在他後面，尖叫著四散開來。貝爾先生倒在地上。就這樣直接倒下去，沒再有其他動作。

艾默森跟這幾個女生分享她的故事，同時也告訴她們她生父的名字，以及他對她是如何置若罔聞。其他人發出合乎情境的同情聲音。

「手機的事妳們沒錯，」珍奈終於承認。「完全沒錯。我在傳訊息給一個朋友。我在看社群媒體。我也有問題。」

這是整個活動的一部分嗎？艾默森納悶地想。更多事先寫好的話，來讓她們感覺自己可以放心跟大家分享？

告訴我。

「那是什麼戒指啊？」波希亞問。

艾默森舉起手，好讓大家都看到波希亞在講的是什麼。「防身戒指。我繼父在槍擊案之後給我的。他弄給我看要怎樣把它戳進別人的脖子。還告訴我頸靜脈的位置。」她手指在自己脖子上往下劃，當作示範。

「哇喔！」喬喬興奮又緊張地說。

三十分鐘後，她們聊得差不多了。時間還早，遠比艾默森通常就寢的時間早得多，但她們鑽進各自的帳篷裡，珍奈大概是要睡了，艾默森和女孩們則單純是要熬過這一夜。

艾默森靠著小小一盞電池吊燈的光線將帳篷門簾關上，並為一個充氣式的小枕頭吹氣。她脫下靴子、襪子和牛仔褲，扭身鑽進到睡袋裡。一片黑暗之中，她能聽見波希亞和喬喬在講話和竊笑，她幾乎都想去跟她們在同個帳篷裡。

她們的交談聲終於停下來。

艾默森試圖保持清醒，在她適應這片黑暗的同時，努力想聽帳篷外傳來的任何聲音，但幾小時的健行和冷風讓她不敵睡意。她睡過去。稍後，一陣狂風呼號讓她冷醒，從帳篷布的接縫呼嘯而過，鬆散的布料拍啊拍的。想到自己被父母這樣對待，又讓她湧起一股新仇舊恨。她是個乖孩子。這是懲罰。

風吹到後來變成感覺比較有規律的聲音，比較像某種空洞又嚇人的人聲。她屏息不動。帳篷外的光線閃了閃。片刻後，某人發出尖叫。

2

太平洋屋脊步道的登山健行來到第三週，喬登和他女友笛德拉已經到了一個雙雙納悶起自己是何苦來哉的程度。面對又一天像催眠般，令人精神恍惚的日子，把一隻腳踩在另一腳前面，已經半點樂趣都沒有。健行應該要令人享受，至少一部分的時間是。大部分的時間則是一些可預期到的、時不時的生理不適感。但雖然喬登偶爾會欣賞風景，他的注意力通常集中在需要走出步道去上廁所，或擔心即將來臨的壞天氣，或停下來的感覺會有多讚，就只是停下來，吃些用小爐子煮的垃圾食物。

為什麼？目的是什麼？說自己做過了？找到他生命中缺少的某個東西？也許事後回顧，他會看出完成這件事有何價值，但此刻他感覺爛到沒辦法回答這個問題。他忙著撐過這一刻，然後是下一刻，這一天，然後是下一天。

就此刻來說，他們期待的是在郵局休息之前抵達加州的大熊湖。他們預期會收到包裹。他們訂購的物品，比方說新的鞋子，因為鞋底被磨平了，他們的腳趾凸出來，因為走了那麼多哩的路，老天。要是走完整條步道，不難預期你要換掉好幾雙健行鞋。但喬登最期待的是他母親寄來的生日包裹。他希望裡面有錢和她的燕麥軟餅乾。

笛德拉已經有好幾次差點要放棄。登山客之間有個玩笑——其實是認真的——是說，這步道能摧毀或鞏固任何一段感情。他們的感情在這幾週就觸礁過幾次，通常是因為天氣太糟的關係。但他們雙方都在學習控制自己的脾氣、靜靜地忍受折磨，有難同當，而不是把氣出在別人身上。儘管如此，昨晚還是很難熬。雨弄濕了他們的裝備，現在他們還要踩著被泥巴弄髒的破鞋子走路。他們兩個都沒說話，沒力氣交談。兩人都專注在抵達小鎮，到郵局，在旅館裡好好沖個澡，睡在真正的床鋪上。他們只需要撐過這一天。

他們在某個時間點停下來，躲在高大的松樹林裡。他們脫下背包，喝他們在上一個水源地濾過的水。笛德拉靜靜地休息時，喬登踏上一條小徑，給自己一點隱私。他小便的同時，瞥見遠處有一點橘橘的東西。也許是帳篷。

如果這是他走上步道的第一週，看到有人活動的跡象會讓他很興奮。而且，生性外向的他會走去那個營地自我介紹。今天，他什麼鳥都不在乎。

笛德拉冒出來，他們沉默地打量那塊顏色，然後看了看對方。他看見她臉上的疲憊，並為她感到難過。為自己感到難過。他給不了任何東西，任何詞語，任何表示。她一語不發，伸手拉她褲子的拉鍊。

此行之前，她要是小便時被他看見肯定會覺得丟臉得要命。現在她甚至不會想要不要等他離開。但他還是走開來。哪天她回想起這一刻，她可能會在乎。或不會。

他喚出一點本來的自我，試圖回想身處於社會之中的感覺，決定在給笛德拉一些——她沒開口要求的——隱私的同時，去看看那些露營的人。他走下一條狹窄又被踩得平坦的小徑，注意到這群人選了個好地點。步道那邊看不太到，但距離又近。

一處空地。

三頂橘色帳篷。

健行的人通常會在破曉後不久就出發。但太陽已經露臉好一段時間了，營地裡卻沒有半點活動的跡象。也許他們還在睡覺。也許他們決定今天是休息日。但他還是感覺不太對勁。休息日通常會選在鎮上，讓人能沖澡、重新補給的地方。

他讓雙眼接手檢視眼前的情況，同時努力判斷自己是否該大喊一聲，打個招呼，看他們是不是都還好。但接著，他的耳朵跟上狀況，才聽見嗡嗡聲。

昆蟲。

蒼蠅嗎？

跟嗡嗡聲和諧並存的是一種奇怪又規律重複的啪啪聲，聽起來很耳熟，雖然他想不太到是什麼。他環顧四周，先看頭頂上，再望向附近的花叢。幾隻蜜蜂在盛開的花朵間盤旋。一陣風穿過樹林。只是輕輕一道微風，捎來一種甜甜的腐爛氣味。

喔噢。

出壞事了。

他的大腦要他離開，要他離開那裡。現在。立刻。馬上。他沒有離開，反而走得更近。近到能看見最近的一頂帳篷裡，小黑蟲們形成的陰影。

謎底揭曉。

啪啪聲是來自那些朝緊繃的布料飛撲過去的蒼蠅。他有多少個早晨被同樣的東西叫醒過？但那只是一兩隻蒼蠅，不是上百隻。也沒有看起來像是蜜蜂的東西混在裡頭。

「哈囉？」他鼓起勇氣道。他聲音顫抖。「有人在嗎？」

唯一回應的只有昆蟲更明顯的嗡嗡聲。

他心臟猛跳，又說了一次，這次更大聲一些。「哈囉！」

他聽到一個聲音，警醒地抽了口氣後轉身。只是笛德拉跨大步朝他走來，邊整理她的衣服，心思大多放在自身的慘況，沒多注意周遭的事。

「我們得出發了。」她說。

他將一隻手指豎在唇邊。

被噓閉嘴讓她雙眼充滿怒意。接著，她的腦袋跑過他幾分鐘前跑過的同一條思路，她臉上的怒氣消失，換成困惑。

「別過來，」他警告她。「我去檢查帳篷。」

她吞了吞口水並點頭，兩眼瞪得大大的，過去好幾天都沒看她這麼警戒過。

也許這只是在開玩笑。也許有人搭了這個景，正在拍他們。《厄夜叢林》之類的東西。

帳篷門被拉開來，這解釋了昆蟲是怎麼進去的。他顫抖著手，讓自己維持在盡可能遠，但還是能拉到拉鍊的距離，把它拉到底部，直到塑膠尺鍊分開讓布簾整個翻過來。重獲自由的蒼蠅飛向空中。一片黑霧撲面而來。他揮舞手臂，絆到腳跌倒了，又爬起來。儘管很想，他還是沒跑走。他一手遮住口鼻，逼自己湊過去，往帳篷裡看。

他僵住，僵了感覺有好幾分鐘，但其實大概就幾秒的時間。終於，他踉蹌後退，吐了出來。他站直的時候，看見笛德拉經過他，手拿著手機往帳篷靠近，像是在拍影片。這都是設好的景嗎？他的大腦無法運作。這不像是她會參與的事情。

「別走進去！」他半是大叫半是哭號道，驚恐地看著她把帳篷布推到旁邊。

她在開口處占了好一陣子，才轉向他。「我們得檢查其他帳篷。」她以驚人的沉穩往下一個帳篷走去，看了看裡頭。「這邊沒人。」然後是第三個。她站挺身。「這個也是空的，但他們東西都還在裡面。好像人憑空消失一樣。」

「那是個死掉的人對不對？」他問。「第一個帳篷裡面的。」

「肯定是。」

「妳以前有看過死人？」

「喪禮上。」

他掏出手機。「沒訊號。」他的腦袋還在試圖消化帳篷裡有一具屍體這件事。他差點覺得要回去再看一眼。但他只在腦裡重播畫面。好多血，好多蒼蠅，屍體旁邊有一支手機。他應該去拿，去拿那支手機。看他能否查出這人是誰。不對，這要是謀殺怎麼辦？謀殺現場應該原封不動才對。

不是謀殺啦。那太瞎了。被熊攻擊？而且其他人在哪？其他帳篷裡的人呢？

「我們得離開這裡，」他說。「打九一一。」

或許沒必要著急。那人也去不了哪裡。但他和笛德拉可能得閃人，閃得遠遠地，以免他們自己也有危險。

笛德拉回到那個帳篷，舉起她的手機，往後退一些，然後開始在螢幕上按來按去。

「妳不是要把那東西發到社群媒體吧？」

「可能吧。等我們手機有訊號。」

「那樣很不好，笛德拉。」

「這種事誰都在做。」

「我們不會。我們不做那麼沒品的事。」

誰能料到，是一個死人讓他們的關係正式告吹？他永遠也想不到會是這樣。

他聽見窸窣聲。他們雙雙抽了口氣，轉向樹林。一隻老鼠從樹叢底下跑出來，看到他們，「嘰」了一聲後跑回矮樹叢裡。他們鬆了口氣，放心地笑了一下。

喬登動身走離營地。「我們快他媽的離開這裡。」

他們急忙循原路在步道往下走。一小時後，又走過幾哩山路，笛德拉依舊時不時高舉她的手機，試圖要收到訊號。

「有了！」她終於大喊說。

喬登停下來查看他的手機，看見訊號有兩格。

「我把我的影片發出去了！」笛德拉故意地說。

喬登沒理她。他手指正在自己的手機螢幕上，準備要打電話報警。他被又一個窸窣聲打斷，跟稍早他們聽到的很像。他轉頭，預期會再看到一隻老鼠。

但不是。是個人。事實上，是兩個人。

「嘿，你們，」喬登說。「不管怎樣都別往那個方向走。我們發現一具屍體。」他指向來處。

那傢伙笑了笑。「感謝情報。」

就在此時，槍出現了，喬登才明白這就是他們一直想逃離，卻反倒直闖進去的危險。

笛德拉在他後面某處。他還來不及出聲警告，就聽到「啪」的一聲，感覺到胸口上的灼燒，然後倒在地上。

3

丹尼爾．艾利斯警探開往聖貝納迪諾縣治安官部門的路上，一堆堆亮橘色的蘿蔔散落在高速公路上，讓車流塞了好幾英里長。狂風將一台聯結車吹得倒在馬路上，原本要載去罐頭工廠的蔬果散落開來，讓東西向的車道都無法行駛。

同樣是散落在高速公路上，蘿蔔跟其他東西相比感覺就是比較荒謬。它們從哪裡來？它們要去哪裡？它們背後有什麼故事？丹尼爾不確定為什麼被狂風攻擊的大多是裝蘿蔔的卡車，但這已經是他今年第三次遇到了。不論事發原因或過程為何，這都延誤了他的行程，也就是說，他沒辦法如願地盡早開工。

他到治安官辦公室停車場，小心地把廂型車往風吹來的方向停，以免開門時車門被風吹斷。他下了車，頭髮在頭上亂甩，領帶和西裝則猛力拍動。他縮著身子，瞇起眼睛走向一大片兩層樓高的水泥建築物，同時也就是重案組的所在地。他倚著風，手裡緊抓著早上出門時波塞給他的隨行杯。丹尼爾的養父波從偵探工作退休後，便將照顧他的健康和飲食視為己任。丹尼爾得了一次腦震盪之後，波的咖啡就成了他日常的一部分。某種用神奇配料調製成、被波稱作「防彈咖啡」的飲品。

丹尼爾走進去，對開的玻璃門在他身後甩上，擋下外頭的熱氣和吵雜。強風倏地消失，令人鬆了口氣，整個空間突然也感覺空洞了起來。涼爽又不流通的空氣撲面而來。他的耳朵被呼嘯的強風吹得嗡嗡作響。他意思意思順了一下他捲翹的頭髮。

前台的梅貝爾．藍儂見到熟面孔，點頭、微笑、打了聲招呼。她穿著一件服貼俐落的米色襯衫，金色徽章別在口袋蓋上。她在這個部門待了四十年，等她退休之後他會想念她的。

「看起來是很有趣的一天啊，」她說。「聖塔安納風老把怪東西一起吹過來。聽人說山上有人被外星人綁架了。」

他不確定自己想不想搞清楚她在講什麼。他考慮要問，又想他不用多久就會知道了。可能啥都不是。夜班警察跟夜班護理師一樣都很迷信。

他穿過安檢和金屬探測器，在輸送帶另一頭的塑膠盒裡拿回他的東西。和大部分早晨一樣，他快步走上水泥防火梯到二樓，腳步聲在樓梯間迴盪，厚重的門在他身後猛地甩上，牢牢關起。他在二樓走廊被分部指揮官艾妲．莫利斯部長攔住。從他站的地方可以直接越過玻璃牆，看進裡頭的重案組。每個人都忙來忙去的，看起來好像一齣精心編排的芭蕾舞。眾人手持咖啡杯經過，往工作台和監視器和響不停的電話走去，準備要看昨晚發生了什麼事，他們又該優先處理什麼。他一般會在一天開始的時候跟大家簡報、交換資訊。今天也不例外。

「你看過社群媒體上到處在傳的那個鬼東西沒有？」艾妲問。

啊，就是梅貝爾說的那個。

艾妲在重案組幹了三十年，絕大部分歲月是在聖貝納迪諾縣度過的。她很清楚自己的專業，丹尼爾在她手下工作的三年裡獲益良多。她眼睛四周布滿細紋，還有一頭最近才剛剪的及肩灰髮。她那時候說她把十二吋長的頭髮捐給慈善機構，用來做成假髮給化療病患使用。當時他在想，會有很多人想要灰色頭髮嗎？還是說他們會把頭髮染色？

「可能是謀殺，」她說。「但我們任何細節都沒有，連是不是真的都不知道。我甚至聽到有人說什麼外星人綁架。希望只是開玩笑。社群媒體上還有人指出受害者頸部的斑點，說那是吸血鬼。」她翻了個白眼。

丹尼爾有Instagram和推特帳號，但他好幾天都沒上去看了。他忙著在處理那些突然冒出來的女人，她們都自稱是他年幼時失蹤的母親。都是因為最近剛播的一齣真實犯罪節目，才突然引來這麼多關注。他們當地一位法醫被找去拍了一系列節目，每週報導一則新的故事，丹尼爾前陣子答應出席講內陸帝國殺手的其中一集。節目主要聚焦在他參與辦案的部分，關於他母親的部分只有簡單帶過，但那不重要——很多人看完之後跑去深入挖掘他的過去。當初他感覺這是個還不錯的點子——他同意他們張貼他的聯絡資料，請人提供有關內陸帝國一案、以及他們可能還沒找到的藏屍處等相關線索——結果卻讓他後悔莫及。他的收件匣整個被塞爆。

這種事在他這行並不少見；人們有種怪異的需求，想參與一個比他們自己更宏大的故事。每當警局跟大眾尋求協助，就往往會面臨到類似的謊報。丹尼爾形容這些冒出來回應的人是「災禍寄生蟲」。無論當前媒體餵給社會大眾什麼樣的話題，他們都恨不得貼上去。有些人認為自己是在幫忙；其他人就只是想感覺自己很重要。但他不懂為什麼只消一個DNA測試就能確認的事情，還會有這麼多人跑來自稱是他母親。

所以說，沒有。他沒多少時間去關注社群媒體。

艾妲拿出她的手機，在螢幕上點了一下然後轉過來。他湊近，看到一個名為「貓奴笛德拉」的Instagram使用者頁面。她最近發的幾張圖晦暗不清，但能看出有一具人體在一個帳篷裡。死了嗎？沒證據。真實性？沒證據。

還有一段影片。但差異不大。

「該帳號持有人，稱其碰巧於太平洋屋脊步道發現一處營地，還表示在那裡發現一名死者，」艾妲說。「營地上另外兩座帳篷裡沒人，所有補給品都被留在現場。如果說這是真的，其他登山客看起來就像憑空消失一樣。我們目前還聯絡不上發文者取得進一步資訊，也沒接獲任何失蹤人口通報。所以最大的問題就是——這是不是真的？」她把手機遞給他。

丹尼爾用拇指和食指放大其中一張屍體的相片。一名女性。「胸部的傷口可能是槍傷。但也有種刻意造假的感覺。」

「我也是這樣想。」

「照片和影像畫質很差，沒有任何細節，沒有潛在受害者本人的資訊。還有，那麼大量的按讚數，和它被瘋傳的方式……感覺像某種設計來讓更多人追蹤的手段。」就連標記的地點都不大明確。發文者不用確切座標定位，反而選用隨機生成的Instagram標籤，誰都知道那些很多都不是真的。

太平洋屋脊步道C段。

丹尼爾比較喜歡往海邊跑。對山林和沙漠興趣缺缺，雖然說有逐漸在改變。C段步道佔地多廣，他完全沒概念。應該很廣吧，他猜。也就代表這件事追起來會很花時間，還可能一無所獲。這東西怎麼看都像前幾年流行過一波，被人重新挖出來的老片片段。佯裝成某種真人真事的虛構作品。發文者還附了幾個標籤：#屋脊步道#屋脊步道健行#登山健行#徒步縱走。而她的貼文有數千則留言。

他把手機遞回去。「我來去找出上傳這些影像的女孩家屬。要是沒辦法得到滿意的答案，就必須追得更深了。」

「要是走到那一步，我建議你去找一位熟悉當地步道的專家，」艾妲說。「也讓你的實習生參與進來。這感覺對他是不錯的調查項目。可能是外星人綁架就讓他夠興奮的了。」

她是開玩笑地講，但他不確定要不要讓實習生加入。德芬波特感覺沒什麼不好，但他的積極有時候到了累人的程度。然而丹尼爾曾經也像他一樣，每個人都該有機會證明自己。他的養父就確實給過他一次機會。

「會的，」他說。「我也有認識一個應該對太平洋屋脊步道那一段很熟悉的人。」一個打算要走完整條步道的人。

芮妮．費雪。

他知道她正在面對一些相當困難的關卡。這合情合理。她躲了起來，也不接他的電話。讓她參與此案，代表他能和一位超他媽優秀的警探共事，同時也讓他有機會了解並就近留意她的狀況。他很擔心她。

他掏出手機，打開聯絡人名單。芮妮的臉出現在聯絡人頁面的圓圈裡。相片是他們在剛解決內陸帝國這案子後不久拍的。她有種直接而警醒的眼神，那種可能會讓某些人忍不住建議她應該多笑一點的注視。她一頭紅褐色及肩短髮和厚重的瀏海，據他所知，是一種叫侍童頭的髮型。那髮型不是她自己選的，但很適合她。他也能理解她想留長的原因，以免她又因而想起當初幫忙剪髮的母親。把芮妮扔在茫茫沙漠中等死的那個母親。他殺死的那個母親。

芮妮是他所見過最堅強的人之一，但這不管對誰來說——就算是她這樣強大的人——都太難以消化、埋藏或面對。她傾向讓自己埋首在藝術創作上，他想像她在過去幾週無聲無息的時光裡，狂熱地在陶輪上工作。據說拉胚和塑陶是很厲害的冥想形式；他最近才看到有本書在寫這個主題。說不定他自己會試試看。

他撥了電話。
她沒有接。
他不會放棄。

4

芮妮．費雪和她的狗愛德華坐在一處地勢較高、得以俯瞰莫哈維沙漠的區域。三百六十度轉一圈便能將天地以各個角度盡收眼底。目光所及沒有任何房屋、馬路或汽車。去年冬天下了不少厚重的雪，而即使現在已是六月初了，花朵仍持續在綻放。這種大量盛開的異常景象被稱作「超級綻放」，整座山坡會被主要是黃色和紫色的豐豔色彩給覆蓋。

很難跟未曾造訪這片沙漠的人描述它的樣子。

在酷暑的熱氣之下，或年降雨量低的時候，它表面上看起來可能就只是沙子和泥土和石頭。而它也確實是既樸素又荒涼又廣大，既炎熱又寒冷又乾燥，偶爾還會出現一陣能把人吹倒的強風。然而，當風終於止息，當蜂鳥和蜜蜂再次出現，當一群郊狼自芮妮身邊經過，她好容易就能忘記那陣吹得她東倒西歪的強風。每當她感覺就要撐不下去，強風就會突然靜下來，低矮的雲層聚集在不遠處，從淡粉色轉為暗紅。接著，比山巒和城鎮都要龐大的月亮會攀上夜空，讓月光傾瀉在蜿蜒的高速公路上。那種時候，如果她在開車的話，就會停下來欣賞這絕美而短暫的魔幻時刻。

她和愛德華在一個地勢頗高的觀景點，但離家沒有很遠。她經常徒步健行個好幾英里，有時候甚至在完全沒辦法跟外界聯繫的情況下，走上好幾天。她很喜歡這樣。自願隱居的生活，反正也很少有人打電話找她。她不會再接到以前老等著接的那通電話，從監獄打來通知她父親——也就是內陸帝國殺手——死訊的電話。或是她母親以前會打來，問她要不要過去吃晚餐的那些電話。現在這些都不會再發生了。

她盤腿坐在地面，調色盤擺在大腿上，將軟筆刷在水罐（她偏好用老式錫罐法，因為鋒利的邊緣能讓筆刷清得超級乾淨）裡沾了一下，甩掉多餘的水分，然後在青藍色顏料上轉了轉。她稍早用比較粗的筆刷在紙上塗了一層清水，現在還是濕的。

想用水彩畫好天空漸層，必須有適當的濕度，那在沙漠的天氣裡是很難維持的。你得畫得夠快。這很困難。些微的水分讓她能在山的線條上添加一抹顏色，從濃豔的海軍藍過渡到畫紙最上方的淺藍色。結果讓她滿意後，她用襯衫下襬把筆刷擦乾淨，然後換到調色盤上的棕色和白色，再次輕輕轉動她的筆刷，混合成完美的米黃色調來畫附近一棵狀似人類、朝天生長的約書亞樹上一朵巨大的花。她也會用同樣的色調來畫那顆上面有一隻鳥的巨石。

她先前一時興起帶了幾幅她的水彩畫，到她賣陶器的藝品市集去。她連攤子都還沒擺好，畫就被買走了。她心裡對自己把這些畫賣給陌生人感到內疚，但不是因為她捨不得那些作品，而是因為她沒跟買家們說，那些沙漠風景畫，畫的是她父親埋藏受害者屍體的地點。現在，那些畫作被掛在某人屋內供其欣賞。這當然會讓她覺得不自在。

距離芮妮遭到自己母親背叛，並得知母親在那些深刻影響她童年的凶殺案中所扮演的陰暗角色，僅只過了兩個月。她才開始哀悼沒多久，也還在想辦法試圖接受發生的一切。進展不是很順利。但她學會了最好專注在發生的事情上，而不是努力——哪怕就那麼一分鐘——轉頭不看。因為不由自主地回首往日、無預警地被回憶驚擾，感覺實在太痛。回首往事實在太痛。最好還是留在那裡，從頭到尾都別離開。最好就抱著那份疼痛，輕撫它、和它低語，永遠不讓它離開。

她非常努力嘗試要讓舊傷癒合，而繪畫是有幫助的，可能她把她的作品當成某種責任。甚或是贖罪吧。要不是她的參與，很多受害者現在還會活著。對，她當時只是個小孩，但就算還是個小孩，她也知道事情不對勁。

她只知道自己一旦畫完了，就會有一種強烈的解脫感。但幾天之後，癮頭又會上來，她就會盯著她小屋牆上的地圖，挑選下一個地點。整個過程和她父親滿足殺戮之欲時想必也曾經過的那一切詭譎地相似。

要花上多久？她要花多久時間來做完全部的紀念？他殺的人多到可能不會有找完的那天。就只是不斷有新的被發現。FBI還在尋找屍體，她最近一次聽到的數字是二十六。二十六名年輕女性，被她父親殺害並掩埋。而芮妮不經意地幫了忙。很大的忙。

有些人或許會納悶，她知道事發真相後，怎麼還有辦法到沙漠去，更別提住在那裡。但她的靈魂仍舊需要沙漠這個地方，一個能帶給她平靜和撫慰的地方。就算知道那些真相也一樣。感覺幾乎像是她必須捍衛這片沙漠、記錄它的優美、紀念它——而不是像他過去那樣去玷污它。但她知道一旦她收拾好畫作，一旦她出發回家，那煩人的焦慮就會再次浮現。那些在她腦中一次又一次重播的事情。一而再、再而三地跟自己說自己盡力了，完全盡力了。問自己是否真是如此。她在內心深處知道並非如此。她好希望有人能讓她談這件事。

不是隨便哪個人，是她母親。看吧，她希望她母親還活著。就算羅瑟琳．費雪去坐牢，芮妮也會希望知道她在那裡活著，還在呼吸。她會去探視她，和她說話，甚至可能還有一小段時間，她會假裝羅瑟琳就是她曾相信過的那個母親，而不是冷血殺手。但現在沒得假裝了。

她的手機響了一聲簡訊提示。她檢查螢幕，看到訊息是丹尼爾．艾利斯警探傳的。

那封簡訊把芮妮從自己精心堆砌的幻想中硬扯出來，猛地回到現實。她人不在沙漠，而是坐在約書亞樹這邊的一間咖啡廳，對面坐著一個陌生人，和她一起等食物上桌。她手裡有一支筆。她在一張餐巾紙上，用黑色墨水畫了她一直在幻想的那幅畫。畫的是她父親埋藏一位名為卡梅爾．柯泰茲的女性的地點。那地方有顆大得跟房子一樣的圓形巨石，因而特別好認。她跟對面男子講完話到現在都過多久了？也許沒那麼久，因為他臉上掛著一種禮貌的耐心，和一點點好奇，對她在餐巾紙上的作品略顯欣賞的模樣。她讀過丹尼爾的訊息。

我有個案子需要幫忙。妳有興趣嗎？

「很抱歉。」她舉起電話。她早餐約會的對象有種舒適放鬆的氣質。「我得回一下這個訊息。」

「沒問題。」對方——他是叫格瑞爾，對吧？——伸手拿起那張餐巾紙，轉個方向以便看得清楚一些，然後點點頭，迅速對她笑了笑再把目光往下移回去。

她的諮商師提議她去約會看看。這是她第一次嘗試，就已經能預見它會失敗。還太早了，她還亂成一團，傷痕累累。她連好好坐著吃頓飯，不要胡亂畫著死亡場景，想像自己在別的地方都辦不到。

她試著回想自己是被格瑞爾的哪一點引起興趣。他面容和善。喪偶。以鰥夫的身分來說，他太年輕了，但他們還沒談到他太太是怎麼死的。他跟芮妮一樣受了傷，不同的傷，但都處在傷痛之中。他有幾個以前的刺青，然後他是……技師。是嗎？可能是專門修摩托車的？洛杉磯那區來的，但在妻子過世後搬到沙漠這裡。沙漠有療癒的效果。

她回覆丹尼爾的訊息。

抱歉，我沒辦法。

她最近很常這樣回應他，或甚至完全不回，頻率高到她很驚訝他還一直來找她幫忙。他是個優秀的警探，她不認為他真的需要她。他只是想保持她有事可做、維持聯繫。他這樣做人很好，但開始有點太重複了。她到今天為止，除了她的狗之外，一直避免跟任何人往來。

她跟格瑞爾提過那隻狗了嗎？他有養狗嗎？

她望向他的餐巾紙擺在桌子上，上面擺著一支叉子，等待他的餐點上桌。她好想把它抽出來，在上面也畫圖。空白頁。空白頁很棒啊。那這次是哪個藏屍地點？選項太多太多了。她的畫作就像她自己私人的遊賞路線。她很驚訝還沒有人去搞這東西。做個應用程式，帶你逐一遊覽內陸帝國殺手的藏屍地點，還附上有關她父親、受害者和該地其他趣聞的背景資料。她最喜歡的藏屍點是安博伊火山口，一個位於巴斯托約七十五英里外的錐狀死火山。但還有「巨石」，一顆獨自聳立的巨型岩石，一度是幽浮信眾的熱門據點。有太多了不起的地點能選了，她帶著黑色幽默想道。

兩個地方她都想畫。她手指彎起來，掌心發癢。她的心思又想要溜去別的地方了，於是她逼自己集中注意力在室內、這位男子、她手裡的手機。

她的諮商師說塗鴉和繪畫對她很好。沒什麼好羞恥的。她說那是「絕佳的應對機制」。但她的諮商師完全不曉得情況有多糟。她完全不曉得芮妮從早到晚有多常靠繪畫來讓自己冷靜下來。她的諮商師肯定不曉得那些畫描繪的是藏屍地點。

以前她靠的是陶藝，和陶土在拉坏機上催眠似的轉動，來帶她脫離現實。但在她母親死後，即使訂購她陶器的量增加了，拉胚機卻再也滿足不了她。於是，在她父親的藏屍地點被確認後，她開始去那些地方。起先只是過去看看。然後是拍照。接著畫起每個細節，到最後買了一整組的水彩和畫紙。

直到她把鬆軟柔順的筆刷擱在紙上，直到濕潤的紙吸進色彩，使其綻放開來，好像自己有生命似地產生變化，她才感覺到一股好多年都感覺不到的沉靜洗刷過去。

丹尼爾回覆：我不是要找妳去派對還什麼的。我有事需要幫忙。

芮妮：我沒辦法。

丹尼爾：我懂。

芮妮：不，你真的不懂。

丹尼爾：對，我大概不懂。

他自己在經歷的是另一種煎熬，影響他成年後整段生涯的事情。他還小的時候，他母親某晚外出就沒再回來過。令人心碎不已。芮妮想盡辦法要找到她，不管對方是生是死。此刻，她的人生就是由這些部分所組成：她的水彩畫、照顧愛德華，以及期盼能給丹尼爾一個釋懷的理由。

丹尼爾：妳熟悉聖貝納迪諾附近那段太平洋屋脊步道對吧？妳不是有小段小段地在那健行，準備之後走完整段步道嗎？

沒錯。

丹尼爾：我們可能有個登山客遇害的案子。我會等妳，但我是希望越快出發越好。

講得好像她一定會過去一樣。

芮妮：我在約會。

丹尼爾：哈哈。很幽默喔。

芮妮：不，我認真的。

丹尼爾：啥？也許這會引起妳的興趣吧：外星人綁架。

芮妮：好好笑喔。

她的手機響起來。

她瞥向格瑞爾，用唇語說了聲抱歉後起身，往咖啡廳大門走去。她到了外面，走到一棟風格粗獷的木製建築——應該是想營造早期西部酒館的模樣——的陰影處。她接起電話，一手繞著自己的腰，撐著另一邊的手肘。

丹尼爾直接就進入話題。「陰謀論者已經抓著這事不放了。」

有時候她很希望有關沙漠的傳說，不要那麼常跟觀賞幽浮和外星人綁架連在一塊，但當你生活在一個天空如此廣闊的地方，人們就是會看到他們無法理解的東西。最近一次被數百人看見並回報的重大見聞，最終發現只是有好萊塢劇組在晚上拍戲。

丹尼爾接著說：「就連局裡都有人拿這跟迪亞特洛夫事件相提並論。」

她知道五〇年代發生在蘇聯的那起事件。好幾名登山客在離奇的情況下喪命。有些陰謀論者傾向認為他們是被外星人殺死的。

「那總該讓妳有興趣了吧？」

「那是我最愛的神祕事件之一。」她不情願地說。她再也不想在乎任何人，但她得承認自己很高興能聽到他的聲音。他們一起經歷了很多事。他擔心她。她知道。她自己也擔心，因為她好努力要讓自己撐下去。但她老開玩笑——同時也是事實——說她之所以還努力撐著，是因為她的寵物狗，山姆走了，現在換愛德華。她是最近才找到愛德華的，或應該說是牠在她被丟在沙漠裡等死的時候找到她。愛德華當時餓得要命，毛髮糾結。她當時不曉得，但牠在她垂死之際出現，給了她力氣和求生的渴望。牠自己狀況也不好，可能一樣差不多快死了，看起來卻幾乎像在她拖著傷痕累累的身體穿越沙漠的同時，給她加油打氣。她跟愛德華都是落魄的沙漠老鼠。

丹尼爾一定猜到她開始動搖，趕緊讓她了解案件細節，然後說：「我透過 Instagram 發文者的帳戶追蹤並聯繫到她的家人。她母親說她女兒跟著男友大概在三週前從墨西哥開始走太平洋屋脊步道。她沒有每天跟她聯繫，但她深入查了一下、聯繫親友，聽起來自從她貼文發布以後，就沒人跟她聯繫過了。」

「步道上很多地方都沒有手機訊號。如果她沒帶個像 Garmin 之類的緊急通訊器，會失聯也不奇怪。」芮妮就經常一連失聯好幾天。丹尼爾老是拿這點煩她。「你對那則社群媒體貼文感覺怎樣？」

「有些地方很假，」他說。「失聯可能也是造假的。我會派一架直升機上去，看他們能不能看到什麼東西，但我想要自己去山上看看。」

如果說她有什麼軟肋，那就是小孩和動物。還有，她會想確保丹尼爾沒做任何愚蠢的決定。這也不會是他頭一次利用他野外求生能力的缺乏來拐她幫忙了。

5

回到咖啡廳裡，芮妮坐下來跟她的約會對象說她得走了。「是工作，對不起。」

「那我們點的餐怎麼辦呢？至少留下來吃完吧。」

芮妮搖了搖頭。

他們的服務生是個綠色頭髮、身上打了不少孔的年輕女孩，她把手臂上擺滿的盤子放在他們面前的桌子。

「我需要外帶容器，」芮妮抱歉地對她說。「我沒辦法留下來吃了。」

「沒問題。」

服務生離開後不到一分鐘就回來了。芮妮把一張二十元的鈔票放在桌子上，將炒蛋、培根和吐司倒進容器裡。

「真的很對不起。」她起身時對格瑞爾說。

「沒關係。」

但她看得出來，他覺得她是為了擺脫約會而編造了藉口。他很可能是個好人，看起來是。但他不知道她的過往歷史，甚至不知道她的全名。她當初是怎麼想的，怎麼會同意這件事？

「真的非常對不起。」她說。

「別擔心，」他拿起她的餐巾紙。「我可以留著這個嗎？」

她幾乎要倒退一步，但是控制住了自己。「當然。」有什麼關係？他不知道那代表的意義。但當她想像那張餐巾紙可能展開的旅程，就還是覺得介意。他會把它保存一段時間嗎？收藏起來？這一切感覺都不對勁。還是丟了好。

「很高興認識妳，」他說。「我希望一切都好，也希望妳會好好的。」

啊，可惡。他這樣說真是窩心。「謝謝。」

她起步離開，停頓了一下，又從他手裡抓起餐巾紙。「我想我要留著這個，」她說。「當作我們約會的提醒。」他笑了笑，看起來更迷惑了。她不怪他。她把餐巾紙塞進牛仔褲的後口袋。

她走到室外時，風吹上了咖啡館的門，幾乎要把門從她手中拉開。她把門推上，然後轉過身，發現一個經常出沒在這個角落的街友，他總是拿著紙板做成的牌子。牌子上寫的不是他自己遭遇的困頓，而是全世界的困境。大多數時候她都同意他的觀點。今天，他的那塊大紙板被吹得東倒西歪，他努力不讓風把它吹走。氣流平緩下來的短暫片刻間，她看到了紙板上用奇異筆寫的文字。

「拯救約書亞樹！」

她全心同意。約書亞樹不僅因為氣候變遷而面臨滅亡危機，還在人類活動的擴張之下承受龐大風險。目前，生物多樣性中心呼籲將西部約書亞樹列為《加州瀕危物種法》下的受威脅物種，但遭到土地開發商的強烈反對。典型的自然與商業之間的鬥爭。芮妮希望樹木和大自然會獲勝。

她找到餐館招牌下一塊風比較小的水泥地，將她的餐點放在安全的地點，然後說：「我帶了點東西給你。」

那男人露出微笑。「妳真是個天使。」

「不算是，但感謝你對我的信心。」她以前也給過他食物，有時也給錢。

一輛車按了喇叭。他轉身向路過的車輛揮手，車裡的人可能是朋友，也可能是敵人。這對他來說似乎並不重要。揮手之後，他又重新握住了他的牌子。她向他道別後離開了。

在卡車上，她啟動引擎時，手機正好跳出丹尼爾的簡訊。她在開車之前查看了螢幕。是他們稍早談到的 Instagram 影片連結。

她用兩根手指放大照片，一次看一張，特別是屍體的照片。她注意到眼睛下方和下巴線條有屍斑。一隻手臂的皮膚有些發亮，顯示初期的腫脹現象。帳篷壁上滿是蒼蠅。假造的場面中通常不會做出蒼蠅，但什麼事都有可能。世人越來越善於偽造看似逼真的東西。

這則貼文已經有將近一百萬的瀏覽次數和兩百則左右的回覆。她往下滑，尋找原發表者笛德拉的回覆，但沒有找到。貼文沒有提供確切座標，只有任何人都能修改的不精確地點標示，是芮妮走過幾次的太平洋屋脊步道其中一個區段，C段。

她將卡車開出停車場回家時，打了電話給丹尼爾。他接聽時，她說：「那段步道很難走。」

「地點的確會是一大挑戰，」他表示同意。「這就是我希望妳參與的原因之一。妳會參與對嗎？」

她笑了。「好消息是，步道的入口很多，其中有些不為人知。我覺得我們可以在相對較近的地方停車。」

「多近？」

「可能只需要爬兩個小時山的地點。我會回小屋拿點物資，然後把愛德華託給寵物保母就上路。」她給了他預計的抵達時間。

「我會準備好等妳。」

她家離約書亞樹鎮有三十分鐘車程，在洛杉磯以東兩小時遠處，但是地質、天氣、車流和生活方式都讓距離比實際上感覺更遠。從城市到沙漠，就像從地球到月球的旅行。房子不容易找，泥土路坑坑窪窪地爬升到令某些人不安的高度，但也有些人不以為忤。她的小木屋坐落在一處陡峭的高地，可以看到遠處的山羊山和下面的平坦盆地。在晴朗的日子裡，芮妮喜歡想像她可以一路遠望到內華達州。也許真的可以。

她沒有預期要在外過夜，但她進入荒野時絕對不會少帶適當的維生用品。她拿了她的基本配備：水、能量食品、防曬乳、小型急救箱、打火機、手電筒、指南針。她並沒有花費太多時間，因為她總是準備好一個小包包，隨時可以出發。幫愛德華做好去寵物保母家就比較花時間了。她開始養牠還不久，很少放下牠獨自去別的地方，所以她還沒有建立規律步驟。但她請過附近一位叫喬斯的寵物保母幾次。他是個藝術家，和這一區很多人一樣是從洛杉磯逃出來的。他住在一間靠著有限金錢盡量改造到宜居的破屋裡。

離開她的小屋後十五分鐘，她在喬斯家停車，關掉引擎。風吹得鐵網柵欄的鐵絲以一種聽起來像音樂的頻率振動。愛德華認出了這個地點，坐直起來盯著窗外。牠真是隻乖狗狗。牠很會跟著人走，不亂叫，不管遇到任何狀況都很有耐心。但是，她一打開卡車門，狗狗就朝著房子和那扇快樂的粉紅色大門跑去。喬斯一定是聽到了他們停車的聲音，因為他已經站在那裡，赤著腳，穿著卡其色短褲和裁掉袖子的格紋牛仔襯衫，頭髮紮成馬尾，兩隻手臂上都是滿滿的刺青。芮妮看到他襯衫口袋透出一個圓形鐵罐的輪廓，那是他偶爾會拿出來跟身邊人分享的大麻零食。

他是隻社交花蝴蝶，總是在傳簡訊邀請她參加當地活動。她從來不去，但他並不因此氣餒，仍然繼續邀請。他們是在一個工藝品市集上認識的，他們各自在那裡擺攤。她當時在賣她的鳥羽陶藝品，他的攤位上則是金屬雕塑，大部分都是吸引觀光客的造型——仙人掌、美洲狼、約書亞樹。愛德華當時和她一起去，喬斯於是遞出了他的寵物保母名片，看起來已經放在他身上好一段時間了。她跟他說她不需要保母，因為她一向哪裡也不去。不過，做了個快速背景調查之後，她發現他身家清白，只有在娛樂性大麻合法化之前因為持有大麻被逮捕過一次。

「我的乖狗狗！」喬斯說。

愛德華跳進他懷裡，芮妮感到一陣嫉妒。愛德華是**她的**乖狗狗。但牠也可能不會再成為任何人的乖狗狗。有些狗只鍾情於一個飼主。

喬斯抱著愛德華說：「妳沒有來畫廊參加我的展覽開幕式。」

「你意外嗎？」

「我以為妳可能會來，還到處找妳呢。」

「我對社交實在沒興趣。」

「那樣可不健康。」

「丹尼爾就是這樣說的。」

他放下愛德華，表情有點驚訝。「丹尼爾？」

「一個有時候跟我一起工作的人。」

他的臉亮了起來。

喬斯對她有興趣嗎？她甚至沒有想過這個問題。她覺得自己有一百萬歲那麼老，儘管她實際年齡還不到四十歲。她和喬斯其實年齡相仿，但他看起來比較年輕，像是個沒有經歷過任何嚴重悲劇的人。這樣假設並不公平，有些人只是比較能堅持下去，比較善於掩飾痛苦。你永遠無從得知一個人面對著什麼問題。

他知道她的事嗎？一定知道吧。她過去發生的事情、和不久前發生的事情——新聞上都還看得到。但如果他不知道不就太好了嗎？她可以像蛻皮一樣重新開始。也許那就是她和格瑞爾見面的原因。這是個多麼令人感到自由的念頭：和一個不知道她的過去、也永遠不會知道她的過去的人相處。她不跟人打交道是有原因的。

如果她的人生以不同的方式開展，她可能會是個喜歡社交的人。但她現在遇到的每個人都有可能成為敵人，或者可能在發現實情之後會對她的背景、甚至她本人感到厭惡。也許這就是為什麼她能跟丹尼爾相處，雖然她現在一直迴避他。他知道她的往事，但沒有因此退縮。

「我要去聖貝納迪諾，」她說。「不確定什麼時候回來。可能今晚就回來，也可能要去更久。」

「沒問題。只要妳有需要，我都可以照顧牠，」喬斯說。「牠和佩妮處得很好。」

佩妮是他的暹羅貓。愛德華這個活潑外向的怪傢伙超愛貓的。

回到卡車上，芮妮檢查信箱，看丹尼爾有沒有寄案子的資料來。他沒寄信，但她倒是收到珍妮·麥斯特司的一封訊息。她一直拚命想聯絡上那個女人。珍妮是丹尼爾小時候的保母，在他母親失蹤當晚看顧他的人。看樣子，經過芮妮幾個禮拜以來的電子郵件和語音訊息疲勞轟炸，珍妮終於同意跟她見面了。

芮妮訪談過幾個曾經認識丹尼爾母親的人，但是幾位關鍵人物——保母、保母的媽媽，還有翌晨趕到他們家裡的員警中唯一仍在世的一位——都迴避著她，不回她的語音訊息或電郵。這是芮妮第一次從那幾個人得到回音。珍妮住在聖地牙哥，離這裡不到三小時車程，路況也不難開。

問題是，丹尼爾已經跟芮妮說過別再查了。

6

離開喬斯家之後，芮妮沿著陡峭的絲蘭谷而下，前往聖貝納迪諾和該地的治安官辦公室，丹尼爾在那裡等她。這趟車很好開——路上車流量不多，紅綠燈很少。山谷其實有兩個，絲蘭谷和莫倫戈谷，兩者都提供了從高地沙漠通往低處的棕櫚泉與科切拉的下坡，上下地勢的高度落差是兩千呎，夏天裡有時候，下坡後的升溫可高達二十度。

芮妮開車通過俗稱的莫倫戈盆地，南加州一塊位於內陸帝國範圍內的地區。這個盆地坐落於洛杉磯與海濱的東邊，科切拉的北邊，死亡谷的南邊，拉斯維加斯的西南邊。地名中的「盆地」一詞常令遊客或甚至當地人摸不著頭緒，因為它位於高地沙漠內，降雨非常稀少。這完全是個地理名詞，指的不是裝水的盆。這個地區內雖然有綠洲，可是沒有多少靜水水域。

內陸帝國的邊界並不明確。有些城市明顯落在界線內，但也有一些地區比較模糊，眾說紛紜。不過，無庸置疑的是，內陸帝國一路延伸到莫哈維沙漠，地理上位於洛杉磯的東北方，囊括了幾個行政區，包含聖貝納迪諾，一個棲身在聖貝納迪諾山脈腳下的城市，因為仲夏時的高溫經常飆升至極危險等級而毫無浪漫氣息。而且，惡名昭彰的聖塔安納風在聖貝納迪諾也因為通過卡宏隘口而更為強勁，吹進市區時的風速高達每小時八十哩。

現在，六月初的氣溫還不算太糟——其實還涼爽得挺不尋常——但強風已吹了好幾天，把空氣和人的眼球都吹乾了。風吹得如此之久，讓藍天蒙上一層可能一路從索爾頓湖乾燥湖床飄來的沙塵。夾帶污塵的風營造出超棒的日落景觀，但呼吸起來就沒那麼棒了。科切拉谷及周邊地區的氣喘病例不斷攀升，這個縣還有其他令人驚恐的醫療統計數據，例如全美國有紀錄以來最高的臭氧含量。然而，不論是地震、斷層、野火和有毒的空氣——芮妮都抬頭挺胸地承受了，就像大部分的加州人一樣。

經過一片立滿巨大白色渦輪扇的田野，終於到了聖貝納迪諾的公路出口，她走蒂珀卡努，開往第三街，將卡車停在治安官辦公室的訪客停車場，然後傳簡訊給丹尼爾，通知她已經抵達。他一定原本就在等了，因為警局的雙扇玻璃門立刻打開，他現身走往停車場，低頭看著手機，朝她的方向瞄。他穿著牛仔褲和皮靴，戴了太陽眼鏡和警帽遮陽。也就是說，不用她嘮叨，他就準備好了登山和戶外活動的裝備，對他一個城市人來說可不容易。

她下了卡車，將背包甩到肩上，跟他在他的休旅車那裡碰頭，他的車跟她一樣是白色的，在這個地區，白色是上上之選，因為被陽光曬熱的深色汽車烤漆足以把人燙傷到要送急診。

他微笑著解鎖車門。

如果芮妮要畫丹尼爾，她會讓他沐浴在溫暖的色調中，給他一片沒有烏雲的藍天作為背景。她會給他樹木遮蔭，給他一張長椅坐著。她會把他的母親還給他，也許站在遠處的山丘上或從窗戶向外望，舉起一隻不知在道別或招呼的手。他會有善良溫暖的眼神，芮妮會抹去那雙眼睛裡的痛苦。

畫像不是人的完整一生，但是可以捕捉一個時刻，可以懷著願望想像出此人並不真正擁有的事物。但她不會無視於他艱困人生留下的跡證，她可能還會讓那些痕跡更加顯著。畫中的他會看著夕陽或是日出，黃金時刻的日光輕撫著他的臉頰和捲曲閃亮的頭髮。

他推動汽車排檔，開出停車場。經過幾次紅燈，他們從二一五號公路開往太平洋屋脊步道的C段。開車的同時，他跟她分享目前所知的資訊，她則幫他指出她覺得最有用的步道入口方向，一個隱祕的進入點。

他跟她問起她的約會。

「我們剛點了餐，我就收到你的簡訊，」她說。「我其實還滿高興能離場的。」

「對象不理想？」他問。

「他還不錯，但我就是還沒準備好面對那些事。」

「可惜了。」他聽起來有種古怪的愉快。

他們經過一家以威利小子漢堡聞名的酒吧，丹尼爾搖了搖頭。「啊，威利小子。好久沒想到這個人了，紅寶石山脈事件的發生地點幾乎就是在妳家後院呢。」

「沒錯。加州一向有些非常黑暗可恥的歷史。」就像迪亞特洛夫山難一樣，威利小子是她最喜歡的案件之一，雖然不是她親自偵辦——那是二十世紀初期發生的事件。「要找到確切實證很困難，因為錯誤資訊太多，難以篩選消化。」她補充道。

「我一直覺得他射殺他女朋友的爸爸是出於自衛，卡蘿塔不是被綁架，而是自願跟著威利小子走的，」丹尼爾說。「感覺他們是有計畫的。而且他也沒對民兵團裡的任何人開過槍，除了在意外狀況下，他用槍打一副手銬時造成子彈跳開。他只射殺過民兵團裡的馬匹。」

「我當然很討厭他殺馬，」芮妮說。「但他本來可以對人開槍，卻沒有下手，這讓我相信他不像某些聳動報導裡說的是個病態殺手。」

「他是個戀愛中的男人，犯了愚蠢的錯誤，」丹尼爾說。「也付出了代價。他心愛的女人意外被民兵團殺害時，他悲痛欲絕，而可能就是這股悲痛讓他成了紅寶石山上的死人。」

那具屍體已經腐爛到無法辨識。「我一直想要相信他是遠走高飛了。」芮妮指向一條泥土路。丹尼爾減速轉彎。「所以妳喜歡的是浪漫版本的故事。現在竟然還有拿威利小子命名的漢堡。我敢說他絕對想像不到。」

「算是情有可原的浪漫吧。但我們這個國家就是一直有將犯罪者浪漫化的歷史。雖然我父親殺死那麼多無辜的女性，仍然有人對他產生浪漫幻想。我真的希望不要有人拿他來命名任何東西，但如果真的要，可能就是派吧，他最愛花生醬派了。」想到班傑明和他的派，讓她的心軟了一些，就像想到他的蜂鳥一樣。

他是那麼小心地餵養照顧那些小小的鳥兒。芮妮小時候，有一次他發現其中一隻蜂鳥死了，竟然還哭了出來。

「牠們這些小東西真是壞透了，」他含著眼淚解釋道。「牠們不缺食物，卻毫無理由地自相殘殺。」

他對自己說的這句話肯定有深刻體會。

「拿他來給派取名，是在把他正常化吧。」丹尼爾說。

「真的。」她再指了一次路，這次指的是步道入口旁邊一小塊泥土地面的停車處。她慶幸他看不見她的臉，因為她突然感到泫然欲泣。她做不到自己給別人的忠告：不要移開視線，不要被記憶無預警偷襲。

這個步道入口多半無人使用，在地圖導航APP上肯定也找不到，入口的位置因為火災而改變過，步道的路線也標示不明，只有靠舊地圖或是熱心指路的當地人才找得到。附近沒有其他車輛，令人鬆了一口氣。儘管這個入口不為人知，芮妮還是擔心有媒體來。不過，這條新聞還沒有真正變成新聞，也可能永遠不會如此演變。也許這最後只會讓他們倆在山裡白耗了一天。

這裡比沙漠涼快多了，風景美麗無比，天空蔚藍，只有微微的風，非常理想。雖然有火災、地震、土石流的威脅，但人們還是有理由住在加州——在這地方近乎完美的日子裡，你難以轉身離開。

她開心地發現丹尼爾帶了後背包。他的背包很小，比不上她放了幾乎所有可能用上的物品的過夜包（包括她的速寫簿和水彩色鉛筆），但終究還是個背包，希望裡面有裝食物跟飲水。

芮妮比較算是沙漠型的健行者，但是離開FBI的工作後，她也走了不少登山健行路線，主要是太平洋屋脊步道一到三天的行程，就在他們目前所在的聖哥爾戈尼歐山區，特別是夏天的莫哈維沙漠熱到不宜健行時，山上的氣溫讓人可以待在室外而不用擔心死於熱傷害。

她希望總有一天可以走完太平洋屋脊步道全程，從墨西哥到加拿大。她還沒達成目標，但她正在一小步、一小步前進，鍛鍊她和愛德華的體況。而且，雖然她不會大聲承認，但是山區的常綠植物，讓她感到不自在又抑鬱。她父親把大部分受害者埋葬在沙漠，但山區是他誘捕受害者的地方，也常是他下手殺人的地點。

她和丹尼爾站在步道起點調整背包時，她的心思回到了她父親帶她來到這種地點的某一次，她幫助他引誘年輕女子走向死亡陷阱。她不應該目擊到他的暴行，他一向努力保護她，讓她只將這些活動當成父女出遊。但有幾次，她違反要求她待在車上的規則，離開了車子，看到了任何兒童都不該目睹的場面。現在她的心思回到了那一幕……

她聽到尖叫，還有其他的怪聲。她的爸爸是不是需要幫忙？

她心懷恐懼，但還是掛念著父親，於是她踮著腳走上步道，進入森林，停下來傾聽。她不止一次想要轉身跑回車上，但是爸爸可能需要她。

然後她看到了他們，她的父親壓在一個綁長辮子的女孩身上。他看起來在拿著石塊砸她的頭。那就是她聽到的怪聲。

她還來不及阻止，不屬於這個遊戲的話語就從她口中喊出。「你弄傷她了！」

她父親抬起頭，籠罩在陰影中的臉孔醜陋得像故事書裡的大野狼。「去車上！」

她動也不動，根本動不了。但她還是能說話。「不要傷害她！別再傷害她了！」

「這就是我們的遊戲！」大野狼猙獰地說。

地上的女孩現在安靜了下來，某些黑黑的東西從她的頭顱底下爬出。好了，她不尖叫了，她不痛苦了。只是個遊戲。

「回車上去！」她父親的聲音變得跟女人一樣拔高。

她轉身就跑，努力什麼都別想，只想著他奇怪的聲音。她爬到後座，掩住耳朵，心臟跳得像蜂鳥的翅膀一樣快。

一切都會沒事的。只要你閉上眼睛，睡一下。

她感覺到一下震動，聽到後車廂用力關上的聲音。她低著頭、閉著眼，聽到她父親溜進駕駛座，像惡龍一樣粗重地喘氣。他一言不發地迅速把車開走，輪胎發出尖銳的摩擦聲，稍後，他們坐著車到家時，他再度提醒她，「只是個遊戲。」

長大成人以後，她怕自己已經永遠將常綠植物的氣味和她的父親連結起來。她不想置身於西黃松和西方杜松叢林的深處。但是，一如她面對生命中大部分事物的態度，她投身進去，像悔罪一般承受著痛苦。這是她自殘的方式。而且，如今那種氣味幾乎無處不在。不但拿來調配香氛蠟燭，也出現在體香劑和肥皂裡，甚至還有鬍後水。她有時候覺得自己從丹尼爾身上捕捉到一絲那種氣味，不禁好奇他是否注意到她些微的退縮。她母親也在房子裡用這種香味的噴霧。芮妮不知道羅瑟琳是否因為知情才刻意選擇這種香氣，來迎接芮妮的到訪，但是羅瑟琳沒有這麼敏銳。不，將自己同理他人的能力化為犯罪工具的，是班．費雪。有同理心的殺手是最危險的。

她和丹尼爾在步道上出發，芮妮帶頭，心臟怦怦猛跳，但不是因為激烈運動。她知道如何配速，即使在好走的路段，她也不會受到誘惑走得太快，在陡峭的地方則緩慢移動。她往上、往前行進的同時，心思在三項事物之間拉鋸：這一天的美好景觀、關於她父親的記憶，還有將他們帶到此地的可疑事件。她不知道自己是在走向犯罪現場或一樁騙局，也不知道他們究竟能否找到那個地點。

聖塔安納風一般是在每年十月到隔年三月之間最活躍，但是近年的天氣狀況更是極端，這種被居民加以擬人化、拿來怪罪生活中各種困厄的地方風，也變得更加不可預測。他們一面走，地勢一面升高，風從弱弱的微風變成了穩定的每小時三十哩風速，強風襲來時則增加到將近五十，吹動搖晃的枝葉，製造出一種詭異低沉的嚎聲。氣溫也在波動，他們經過的地帶有冷有暖。步道急拐了一個彎，陡峭的崖壁讓人若是摔下去必死無疑，芮妮繞過那個點，陣風幾乎將她吹倒在地，她緊貼著一塊巨石移動，完成了轉彎，丹尼爾緊隨其後。然後他們進入了一片茂密的樹叢，耳中的風聲呼嘯變得空洞。經過這麼一陣刺激之後，他們在遮蔭地帶飲食休息。

芮妮累得冒汗，但空氣在她裸露的手臂上流動時是涼爽的。她帶了一件乾的上衣，但現在身上微濕的感覺很好。他們所在的地點風景不錯，一邊是深邃的峽谷，遠處是層層疊疊的山峰，最高峰仍然被雪覆蓋著，拍攝自然風景照再適合不過。所幸他們出發前為時冷時熱的溫度做了準備。

丹尼爾給了她一個從背包裡拿出的柳橙。「要來打賭嗎？到底是惡作劇還是來真的？妳有想法嗎？」

她剝了幾片柳橙，咬了一口，對他的問題進行了一番思考。「蒼蠅。我一直回想到那些蒼蠅。」

「賭二十塊，是惡作劇。」丹尼爾說。

根據她母親的說法，Instagram上的那個女孩的確是去爬山了。「我拿不定主意，但我姑且猜不是惡作劇，」芮妮說。「賭二十塊。」

「就這麼說定了。」

他們把水瓶收好，背包揹回肩上。

「這裡很漂亮對吧？」丹尼爾問。

「真的。」

「但我相信妳待在這裡感覺並不輕鬆。」

她凝視了他一會兒。

他的太陽眼鏡架在帽子上。他有一雙黑眼睛和同樣烏黑的睫毛，在他們第一次見面時，她就注意到他眉毛上的一道疤痕。也許是以前穿的眉環留下的。她很感激他的敏銳感性。但也是因為這份感性，他這麼久以來一直無法對他母親的死亡釋懷。他真的準備好放棄追尋了嗎？

「待在這裡的感覺的確不輕鬆，」她承認。她現在漸漸覺得冷了，但還不想換衣服。得把乾的衣服留到之後降溫更明顯的時候。「謝謝你發覺了。」

他們繼續走，專注在步道上。風勢繼續增強，吹過搖擺的樹枝，產生了一種新的、不同於之前的嚎聲。她專心於自己的步伐，把一隻腳放在另一隻腳前面的重複動作。就像健行時經常發生的狀況，她恍神了，幾乎錯過了重要的東西：步道旁邊的一小塊橙色織物，在樹木和灌木叢之間。那是個適合紮營的地方。

她停下腳步，丹尼爾跟了上來。她指著樹木之間不自然的顏色。他調整一下太陽眼鏡，然後點了點頭。他們倆都卸下了背包。

他示意她繞到他的右邊，他則向左轉。兩人盡可能悄然無聲地穿過低矮的灌木叢，向目標移動，膝蓋彎曲，頭部壓低，就像騎單車的動作。經過FBI多年的訓練和實地工作，芮妮．費雪知道該怎麼做。這成了她自然的反應。

7

芮妮走近營地，留意地面上是否有人最近通過的痕跡，觀察有沒有證據顯示這個地方是犯罪現場，不能擅動。她和丹尼爾留意著對方，一起向前走去。這裡有三個帳篷，都是漂亮的橘色調。她走到空地上，蹲下去用手指沾沾火堆裡的灰燼。是冷的。她抬頭看著丹尼爾，搖了搖頭。

空地上沒有人，也沒有遺落物品。這個僻靜的地方位於樹叢的包圍中，她感覺不到風，但她能聽到風聲，還能聽到昆蟲的叫聲，牠們撞擊其中一個帳篷的聲音。她認得這種聲音，而且她已經注意到了聲音的起因。蒼蠅。她直起身來，和丹尼爾背靠背，慢慢地轉過身，對該地區進行了一次目視掃瞄。安全淨空。他沒有說話，以動作向帳篷示意。

三頂帳篷一模一樣，很小，適合一到兩人使用。看起來都是全新的，所有的帳門都拉開拉鍊敞開著。她非常肯定，丹尼爾要欠她二十塊了。她不再相信自己用槍的能力，但現在她希望自己還帶著槍。

丹尼爾彷彿讀到她需要武器的念頭，拉起汗衫，露出腰間的槍套，和一把葛拉克四三手槍。槍身小而輕，槍管短於同品牌的四八型。非常可靠，是她以前也選用的槍。

她還在FBI工作時發生過一件事，有些人可能會稱之為崩潰。她也不確定。但某天晚上，當她正在圍捕一名罪犯時，她的搭檔的臉似乎變了，變成了她父親的臉。

她逼近她的搭檔，差點就扣下了扳機。

那天晚上，她回到家，決定自己需要求助。她交出配槍，休了一段精神健康假，最後變成永久離職，此後她再也沒有碰過槍枝。班傑明·費雪在死亡方面留給她的私人遺產，令她更加驚慌失措。在她在FBI工作期間，從未想過要真正射殺任何活著的東西。槍枝，至少對她來說，只是一種拿來嚇阻的道具。

她和丹尼爾非常安靜地站著，互相瞥了一眼，轉過頭來，凝視著、監看著、聆聽著。他終於向前走去，掀開了最近的一個帳篷的帳門。過了一會兒，他示意要她一起過來帳篷開口處。

帳篷裡面的屍體是一個頭髮紮成辮子的女人，很明顯已經死了，目前已經出現了通常在死後幾個小時開始的屍僵現象。屍體往往在死亡後十二個小時左右達到完全僵硬，並將保持僵硬狀態再十二個小時，然後慢慢逆轉。依屍僵程度判斷，她是在不到二十四小時前遇害。

芮妮在屍體頸部發現兩個成對的深色傷口，可能是由野營叉或甚至電擊槍造成的。她倒是沒有想到吸血鬼或社群媒體上常在談論的外星人。受害者年約三十歲，穿著一件茶色的T恤和灰色短褲，T恤胸前有一個標誌。「萬象生活」。萬象生活是什麼東西？

「胸前有槍傷。」丹尼爾指出。

芮妮沒有在帳篷內任何明顯位置看到槍枝。「不是自殺。」

「不是。」

我特別喜歡留長辮子的女孩，她的父親多年前曾如此告訴她。

辮子……她忍不住一直看著辮子，這幅景象與屍體和血腥混合在一起，T恤上有三角形的常綠樹標誌。這些感官的組合使她的雙腿變得沉重如鉛。蒼蠅和蜜蜂發出巨大的噪音，彷彿是從芮妮的腦袋裡傳來——也許真的是。

她終於設法移動了腳步，踉踉蹌蹌地往回走，差點絆倒。她穩住身體，試圖盡量減弱自己的反應，雖然她內心在吶喊。她需要逃跑，需要拿起鉛筆和畫紙，像個瘋子一樣畫啊畫，不斷地畫。

「檢查一下其他帳篷。」丹尼爾低聲說，眼睛沒有從屍體上移開。他沒有看到她的反應。

她以機械化的方式移開腳步，準備面對下一個帳篷，掀開帳門往裡面看。裡面是衣服，以及和T恤有相同標誌的背包。沒有屍體。她呼出一口屏緊的氣息，移到第三個帳篷。一樣空無人。她讓帳門落下關起，意識到自己在發抖，抖得很劇烈。是謀殺案死者的親友身上會有的那種顫抖。如果有人在電影中看到這種表現，可能會說是演過頭了。

只有一件事可做。

她小心翼翼地邁著長長的步伐，世界失了焦，只有一個針尖般的小點，是等著她拿取的背包和畫具。隨著她的移動，她左右兩側的一切都變得模糊不清。她就像一匹被戴上眼罩以免驚慌的馬，只能直視前方、望向目標，看著能讓這一切都好起來的東西。

走到背包前面時，她跪在地上，拉開大隔層的拉鍊，拿出她的素寫簿，然後是裝著她喜歡的寫生色鉛筆的小容器。她瘋狂翻閱著簿子，裡面畫了一張又一張埋屍地點和死亡場景的速寫，直到她翻到一張空白頁。

有人喊了她的名字嗎？也許是她父親？斥責她不乖乖待在車上。不，那已經結束了，是好多年前的事了。現在這是新的情況，正在發生。森林裡有個殺手，殺死了一個綁長辮子的女人。常綠植物的氣味。

她坐下來，盤起雙腿，把速寫簿攤在腿上，選擇了一種顏色。橙色。她要從帳篷開始畫，最後畫屍體。或者她應該從屍體開始？

每天都有人死掉，小鳥兒。沒什麼大不了的。

她畫下帳門敞開的帳篷，畫下所有尖銳的角度和暴力的姿態。接下來是帳篷裡的東西。她選擇了淺杏桃色來描繪腫脹的手臂和雙腿，頭髮則是燒焦似的琥珀色，酒紅是乾涸的血跡。女屍穿著一件有白色標誌的茶色T恤。「萬象生活」。一個圓圈裡有常青樹和一條溪流。多麼平靜。

她們只是在假裝，小鳥兒。

通常，她會畫出場景的素描，但她覺得必須在這一幕從她腦中飛出之前盡快把它畫下來。她倒反步驟，拿起另一支彩色鉛筆，開始為頭髮、臉部、衣服、手臂與腿部著色。

多年前，她曾為了她的父親而畫。他批評她的作品缺乏寫實性，所以她學會壓抑對抽象概念或任何不精確形象的渴望。他教她要畫得準確。因此，她學會注意每一個微小的細節，大多數人根本不會注意到的東西，甚至可能在照片上都看不到的東西。例如地上的護唇膏，上面寫著「莫哈維製造」，圖案是一棵約書亞樹的剪影。女屍的舌頭已經發黑且腫脹，一半露在嘴外，看上去幾乎像是某種長在她臉上的突起物。

芮妮快速地作畫，幫衣服塗上正確的顏色，甚至留意到了試圖穿透帳篷薄布的陽光的精準色彩。這可以作為另一個時間方面的參考依據。

有些死亡是美麗的，但大多數都不是。這不是從她父親身上學到的，這只是一項事實。平靜安詳的死亡是每個人的願望，但很少有人能夠如願。沒有人想知道這個，當她與提出這個棘手問題的遺族對話時，她撒謊過許多次。**她有受苦嗎？**

在她父親落網後，她一直沒有再跟他見面，直到最近。但她在早期的筆錄中看到了他說的一些話。

我讓她們得了個好死。

如此誇張的妄想。他真的相信這種鬼話嗎？也許根本不信。

他的受害者有受苦嗎？很可能有。

他又在呼喚她的名字。

她置之不理。

一段時間過去了。可能是幾分鐘，也可能只有幾秒。然後一道影子落在她的畫紙上。她沒有抬起視線，反而把鉛筆狠狠地壓在簿子上，把筆尖都弄斷了。最後，她強迫自己抬起頭來，以為會看到班．費雪站在她身邊。

「妳還好嗎？」那個影子問。

是丹尼爾。

她再次低頭往下看。片刻過後，她用手把碎裂的彩蠟刷掉。這幅畫已經完成了。她深深吸了一口氣，再呼出來。這就是讓她平復情緒所需的方法，繪畫從她的心裡帶走了痛苦，把痛苦帶到她的身體之外，放在紙上。

她記得曾經讀過一篇短篇小說，也許是愛倫．坡的作品，故事裡描述畫中主角在被描繪的同時逐漸衰亡，彷彿作畫的顏料吸走了她的生命。這裡的狀況正好相反，鉛筆畫在紙上的聲音、場景的再現、各種顏色、重現的行為，都一同作用，緩解了她肚腹深處的痛楚和恐慌。

她擠出微笑，也許笑得不怎麼好看，但即使對丹尼爾這麼善於觀察的人，應該都是個夠有說服力的笑容。「我很好。」

8

他沒上當。芮妮看得出來。

「妳看起來並不好。」丹尼爾一屁股坐到她身邊的地上，拿起他的背包，挖出兩瓶水，遞給芮妮一瓶，還有一塊大得離譜的餅乾。巧克力碎片口味。

她喝了些水，心不在焉地咬了一口餅乾，只是因為它在她手中。柔軟的質地和豐富的滋味讓她驚嘆得眼睛睜大。

「好吃吧？」丹尼爾咬了一口他的餅乾，嚼一嚼吞下去。「我一直跟波說他做的這些東西應該要拿來賣的，開間餅乾店吧。」

芮妮對食物並不熱衷，但這塊餅乾足以讓她從目前的精神狀態中轉移注意力。「肯定比他做的披薩好。」知道這塊餅乾是波自己做的，又讓她感到額外的一股安慰。他讓丹尼爾帶著餅乾這件事也很窩心。

她想像著波站在廚房門口，在丹尼爾出門時把他的午餐拿給他。他們的關係就是如此動人：一個大老粗單身偵探收養了沒有母親的早熟孩子。

「我在那個女性死者身上找到皮夾和證件，」丹尼爾告訴她。「加州的駕照，她是聖貝納迪諾人。珍奈・雷文斯克夫。」

「她的T恤上有個標誌。萬象生活。我不知道那代表什麼，你聽過嗎？」

「是個還很新的企業，」丹尼爾說。「提供場所讓青少年戒掉社群媒體和智慧型手機成癮。大約一年前成立的，主攻上層階級。我首先是注意到他們在晚間地方新聞之後播的昂貴廣告，然後又開始在咖啡館看到宣傳小冊子。我不確定，但從他們在廣告上投入的資金來看，我的印象是他們的服務很貴、很高級。他們標榜高級住宿、美食廚師、瑜伽課程和登山健行。客戶往往是演員和政治人物這類名人的子女。其中一個重點在於健康，但我相信最大的重點是自然。讓孩子們徜徉在大自然中，不接觸電子產品。」

「強調接觸自然也是有道理的，」芮妮說。「不管是戒掉什麼樣的癮頭，總是要在它留下的空洞裡填上別的東西。」她吃完了餅乾，然後再多喝了些水。感覺好多了。這讓她想起了用來哄幼兒別哭的老招數。給他們喝水，給他們吃點心。她把素寫簿收起來。

他站起來，伸出一隻手拉著她站起。「如果妳不想回去犯罪現場，我可以跟妳在步道入口碰頭，妳可以在那裡等我。」

「我真的很好。餅乾對我有幫助，也許我只是需要一點糖分。」

看著他又狐疑又好奇的表情，她聳肩補充道：「我現在會畫圖。壓力大的時候。那樣我感覺會好一點。」

「就像做陶藝？」

「對。」

「我還是沒去試過。」

「如果你有藝術治療的需要，我可以教你畫畫。效果很好的。」她提議過要把拉胚機借他用，但是也許畫水彩比較適合他。然而，藝術治療也不是對每個人都有效，有時反而徒然令人感到挫敗，特別是對本來就不熱衷於藝術的人。

「我可能會試試。」他走開，站到高處眺望。他在空地上四處遊蕩，高舉著手機，最後爬到一處地勢較高的岩台上。

手機訊號在山區覆蓋得不太均勻。某個地方可能完全收不到，換一個地方卻收訊很好。要花上不少耐心才能找到那個神奇的點。

「兩格，」他滿意地宣布。「我得跟局裡聯絡。」

他打了電話，要求派人來處理現場，還要找個搜救小組搜一搜這個地區。已經在空中的直升機得知了他們的所在地和步道入口的位置。然後他又打了另一通電話，請另一頭的人蒐集關於「萬象生活」的更多資訊，特別是公司負責人的姓名和電話號碼。

掛斷之後，他說：「聖貝納迪諾搜救隊在忙著另外兩項搜救工作，所以我不確定他們能否幫忙，或是什麼時候能來。」

「我有個認識的人。」有個女人幫忙芮妮查過幾件失蹤人口的案子。「我會聯絡她。」

等待處理人員到來的同時，他們回到犯罪現場，繼續進行初步的粗略調查，這次重點放在沒有屍體的帳篷，芮妮刻意避開了女屍所在的帳篷。她這輩子見過許多死亡場面，但這次嚴重觸發了她的創傷。

他們沒有帶犯罪現場的調查裝備，所以必須小心翼翼避免破壞證據，但他們也需要獲取基本資訊。第二個帳篷裡有兩個睡袋和兩個打開的背包，都有「萬象生活」的標誌，一些東西散落在地板上，大部分是化妝品，很多的化妝品，包括一些跟露營非常無關的用品，例如假睫毛，還有橙色、茶色等顏色的指甲油瓶。這些物品看起來並沒有被洗劫過。他們仔細檢查了背包，但找不到任何證件或手機。

「這裡沒有掙扎打鬥的跡象。」芮妮覺得這點和其他部分一樣奇怪且耐人尋味。他們是否被出其不意地突襲？他們認識犯嫌嗎？附近帳篷裡的受害者被謀殺時，他們是否已經逃跑了，把一切都拋在腦後？

他們移動到第三個帳篷。只有一個睡袋，同樣沒有證件、沒有手機。他們小心地走開。

「人就這麼不見了。」丹尼爾說。

「這是陌生人下手的綁架案嗎？」芮妮問。「隨機作案？」這也不會是第一次有人在太平洋屋脊步道上被陌生人襲擊和殺害。

「或者犯人就是團體裡的成員?」

「可能不是綁架,」她說。「帳篷裡住的人可能是逃走了。」綁架是時間很緊迫的案件。以往,如果在案發後七十二小時後沒有找到受害者,死亡的可能性就相當高。近幾年,此一趨勢發生了變化,許多受害者活得更久了——如今,即使是被擄幾週的受害者也有更大的生還機會——但案發後最初的幾個小時仍然至關重要,尤其考慮到受害者在被尋獲之前——以及之後——會遭受怎麼樣的痛苦。

丹尼爾收到一封簡訊,讀完後一邊把手機塞進口袋裡一邊說:「我們的實習生有發現了:珍奈・雷文斯克夫是萬象生活的工作人員,看起來她是在昨天帶著幾個女孩去登山。她們預計去三天,一行總共四個人,目前還沒有接到任何失蹤報案。」

「我們也別忘了貓奴笛德拉和她男友。」

「沒錯。喬登・萊斯。我給他的父母留了語音留言,晚點會再試試看聯絡他們。」

在他們發現屍體的兩個小時後,犯罪現場調查小組趕到,圍起封鎖線。野外地區的調查作業一向艱困,很容易忽略證據。眾人小心翼翼地移動,鞋子外都罩上了紙鞋套。

芮妮和丹尼爾在現場已經沒有別的事可做,於是沿著步道往回走,這次因為走的是下坡路,速度加快許多,很快就抵達了設在步道起點的總部,負責監控的員警在那裡來來去去。不論是家屬、親友、新聞採訪人員,抵達之後都只能待在步道起點的調派區。

芮妮和丹尼爾把背包扔進休旅車，下山去了。他們需要在媒體開始報導之前集中精力進行下一階段的調查。待辦清單上的第一條就是去找萬象生活的負責人談話。到聖貝納迪諾之前，丹尼爾又接到實習生傳來的簡訊。他把手機拿給芮妮。「幫我看一下好嗎？」

簡訊寄件人的照片是個戴著時髦綠色眼鏡、滿臉笑容的年輕男子，名字是盧卡斯．德芬波特。她把簡訊內容唸出來。「消息走漏了。其中一個失蹤的小孩是波希亞．迪凡，演員菲利普．迪凡的女兒。他要自力救濟。」

家長親自主導調查從來不是好事。

簡訊後面寫著登山行程另外兩位成員的名字，芮妮也一起唸出來：「喬喬．麥格雷斯和艾默森．羅斯。」

丹尼爾發出一聲驚呼。

「你認識？」她問。顯然是。從他的反應看來，那也許是他很熟識的人。

「艾默森．羅斯的母親是我大學時的老朋友。」

「我很遺憾。」不過，大學時代已是那麼久以前，久到不該激起這麼強烈的反應。那位母親跟他大概不只是朋友吧。

「沒事，」他說。「我只是很意外，就這樣而已。」

芮妮感覺背後的故事不只如此，但她不是那種喜歡打探的人。如果他想說，他就會告訴她的。

9

演員菲利普・迪凡和妻子桂恩朵琳一起低著頭從私人直升機上跑了下來。兩個小時前，菲利普接到經紀人和公關人員的電話，告訴他一則網路上瘋傳、內容令人不安的社群媒體貼文。菲利普於是聯絡了他在聖貝納迪諾縣治安官部門認識的某個人，確認了這則消息。他的線人還提供了他尚未對媒體揭露的資訊。他女兒參加的露營行程領隊被發現遭人殺害，剩下兩個帳篷是空的。他女兒波希亞失蹤了。

繫著安全帶的桂恩在他身邊啜泣。菲利普對著飛行員點了一下頭，直升機便盤旋起飛，往聖貝納迪諾和「萬象生活」的方向而去。

過去的兩個小時內，菲利普都在聯繫他認識的所有人，到處運用人脈。他甚至給加州州長打了個電話，以獲得所有可能得到的幫助。安珀警報只有在已知有擄人車輛的情況下才會發布，而現況並非如此。但在很短的時間內，他女兒的臉孔和尋人聯絡電話就到處張貼，在社交媒體上大肆宣傳，他的團隊和個人助理已經在接聽電話。他習慣於得到他想要的一切，他拒絕相信他的女兒會遭遇什麼壞事。他會找到她的。

謠言滿天飛，說這整件事都是惡作劇，只是那些女生為了在社群媒體獲得更多關注而搬演的好戲。

也許吧。他真心希望謠言屬實，女兒在某個安全的地方。那完全像是波希亞的朋友喬喬會幹的事。但如果謠言不是真的，就代表確實有某個人死了，就代表他的女兒確實失蹤了。

❖

在聖貝納迪諾市區、一個封閉式社區的深處，「萬象生活」的負責人艾娃・布朗穿著西裝外套和窄裙、拿著公事包，跑向了她的座車，鑽進副駕座，把安全帶拉過胸前。她的司機把車開到前門，門開了，又在他們通過之後關上。二十分鐘後，他們把車開到了休憩所。

艾娃戴上墨鏡，舉起一隻手擋住臉，一小群記者已經聚集在她辛辛苦苦建立的這個專屬服務機構的外圍。這裡才開張不久，就已經做了很多好事。但是，這下子、這下子，他們怎麼有辦法恢復運作？這一切是怎麼發生的？這是她的錯嗎？不，不可能。世界就是失去了控制。到處都有壞人。

她將此歸咎於社群媒體。雖然客戶不應該這樣做，但有些人加入療程之前會在網路上大放厥詞，讓大家知道他們要去哪裡。那些暫別貼文往往會承諾他們兩個星期後立刻回來。好消息是，有些人得到治癒，再也不上網。壞消息是，她無法拯救他們所有人——她就是這麼想的，她在拯救他們。

這次的消息遠遠更糟。珍奈・雷文克洛夫的那段恐怖影片是艾娃作夢都不敢想的，更不可能有所準備。這都不是她的錯，但是她會被媒體釘上十字架。她也不樂見芮妮・費雪參與調查。希望芮妮不會認出她。如果被她認出來了，情況恐怕就會相當尷尬。

10

比起治療中心，「萬象生活」的外觀倒更像是大學校園。事實上，根據芮妮在網路上找到的資訊，這裡的確曾經是一所大學，後來被人買下，改用來安置沉迷於電子設備的人。到處都有美侖美奐的造景，有一簇簇相同的植物，從一部分開著花的桶狀仙人掌，到可以迅速長到二十五呎的大稜柱仙人掌。一排排的棕櫚樹排列在人行道和停車區，一切看起來都是嶄新的，整個地方都在大肆宣揚自己的財富。

調查工作還在控制混亂的初步階段。芮妮和丹尼爾知道一些散布消息的可能管道，但是沒有什麼比帳篷裡女屍的畫面更肯定無疑。這樣不行，現在肯定還不能透露消息給媒體。他們還在等珍奈・雷文斯克夫由近親或「萬象生活」的負責人正式認屍。但是其餘的女孩之中，已經有一位的姓名和照片傳遍了社群媒體，搭配上滑動螢幕底端的協尋電話。這不是他們做的，芮妮只能假設是菲利普・迪凡在背後安排。

在「萬象生活」的櫃檯報到、依要求提供證件掃描並簽署保密協定之後，他們被帶上一條豪華又舒適的走廊，通往辦公室。帶路的工作人員對他們恬靜地微笑，輕輕揮手，示意他們可以進去。

一個身材嬌小的金髮女子從桌子後站起來，自信地和他們倆握手問好。她有著芮妮所見過的最直的頭髮，甚至連頭髮的分線都一絲不苟，從中間分邊，沒有瀏海。她的皮膚花了大把時間和精力保養：容光煥發，毫無瑕疵，以加州的標準來說非常蒼白。她身後有一面窗戶，俯瞰著一個院子，有場地管理員在置物推車旁工作。這名女子叫做艾娃．布朗。

他們坐下來，艾娃簡略介紹了公司的沿革和概況，包括她是如何獲得補助，作為她建立這個所謂的「休憩所」的部分資金。「我想建立一個讓人們照顧自己身體和心靈的地方。」她說。「我已經康復十年了。我看到成癮症狀時就辨認得出來，我想幫助別人。」

芮妮不太確定。她是想幫助別人，還是賺錢？這個中心絕非低收入家庭能夠負擔，這裡是為富人服務的。艾娃說話的同時，芮妮一直感覺自己好像認識她。她一定是做出了某種反應，因為丹尼爾向她投來一個詢問的眼光。然後芮妮靈光一閃，她確實認識這個人。不是最近認識的，而是舊識。她們是小時候認識的，艾娃曾跟她住在棕櫚泉的同一個街區，兩人一度是朋友。她現在看起來一點也不像芮妮記憶中的那個孩子，但某些神態舉止依然相同。她眨眼的方式、微笑的樣子。

「妳是艾娃．博伊斯。」芮妮說。

「妳們認識？」丹尼爾帶著好奇的表情問道。

「我們小時候住在同一個街區。」芮妮說。她沒有提到她們曾經是最好的朋友。艾娃肯定從一開始就知道芮妮是誰，也許甚至在他們抵達之前就知道了——那麼她為什麼沒有馬上提起呢？但她們之間的關係後來肯定不是不歡而散。艾娃的母親曾提出請願，要求她們就讀的小學將芮妮退學，因為她會引起不必要的注意，還可能造成危險。不管是當時、甚或現在，都有些人認為芮妮是她父親犯下的那些謀殺案的幕後黑手，認為他是因為她的請求而殺人。

「布朗是我婚後的姓氏，」艾娃說。「我現在離婚了，」她瞥了丹尼爾一眼。「但姓還是留著。」

她現在似乎有點不自在。關於以前的鄰居生活，其實沒有什麼可說的。**嘿，還記得妳的連環殺手爸爸被逮捕的時候嗎？**芮妮不怪艾娃的父母害怕，她也試圖告訴自己，她不為多年前的事情責怪艾娃。她們只是孩子。但最近的事——艾娃未能通報潛在的安全問題——就很可疑了，丹尼爾立刻切入這一點。

「妳為什麼不報警說那幾個女生失蹤了？」他問。

「就我所知，她們沒有失蹤。如果她們沒有回來，才算失蹤。」

「但妳肯定會跟負責領隊的工作人員保持聯絡吧，」芮妮說。「他們還是青少年。我想珍奈・雷文斯克夫應該至少一天會回報一次狀況才對。」

「妳去過那裡。妳也知道那個區域不容易收到手機訊號。沒聽到她的消息也不是什麼不尋常的事。」

丹尼爾給了她一個難過的表情。有時候沉默的效果勝過話語。

「好吧，我確實覺得奇怪，」艾娃以一種似乎很不情願的態度承認了。「但是那些女生沒有帶手機。這就是我們的整個康復策略，完全不插電。領隊的珍奈是唯一有通訊設備的人，我曾試圖聯繫她，但直接轉到語音信箱。我以為她不在基地台範圍內，或者她的手機出了問題。也許她忘了帶充電器，也許她把手機弄丟了，哪種原因都有可能。我認為沒有必要驚慌。」

「針對這種失聯的狀況，你們沒有建立標準處理程序嗎？」芮妮問。

「我們還在學習。過夜行程是日間登山套裝行程的延伸，她們只是第三支成行的隊伍。」

「就我了解，這也是收費更貴的活動。」芮妮想起了她和丹尼爾返回聖貝納迪諾時在網路上查到的價目表。

「所以呢？」艾娃問。「行程的收費跟這個有什麼關係？」

「我想，比起那幾個女生，妳應該對這個新企業的名聲更擔心。」芮妮說。

這不是真心話，但是芮妮感覺到艾娃帶著點往日的罪惡感。如果兩人異地而處，芮妮就算在小時候，也不會拋棄朋友。艾娃過去的性格特徵顯示，她現在可能是在為自己而非為女孩們著想。人可以強迫自己改變，嘗試把方塊塞進圓洞，但核心人格通常保持不變。丹尼爾調整了談話的方向，芮妮在椅子上坐得更深，讓他來主導對談。也許她在回顧某些充滿怨恨的記憶。

「我們需要妳針對領隊人員能夠提供的所有資訊，」他說。「還有你們手邊關於那幾個女孩的所有資料。」

「她們的資料都是保密的。」她仍在抗拒。

「三個人失蹤了，」芮妮指出。她的沉默只維持了不到十五秒。「我想她們的父母恐怕會希望我們窮盡一切手段把她們帶回家。」

「我們還需要一份名單，包括所有員工、以及這幾個女孩報到後與她們接觸過的所有人，」丹尼爾說。他接著問她是否曾注意到任何異狀。「珍奈有樹敵嗎？跟任何人爭吵過嗎？私人生活方面有沒有什麼問題？」

「這些我都無法確認，」艾娃說，她還是散發出充滿防衛的感覺。她似乎在考慮她和「萬象生活」的脫身之道，這時她的態度才改變了。「你認為她是凶手的目標嗎？」亦即凶手針對的是珍奈，而非其他的女孩。

「我們並不知道。我們需要從某個點開始，而既然她是隊伍中目前唯一確定死亡的當事人……」

「我們還需要所有員工的電話號碼，」芮妮說。「治安官部門的員警會為他們做筆錄。」

「你們說得對，」艾娃說，她似乎又沉浸在新的一波希望之中。「我應該報警的。我現在知道了。但我當時真的以為只是通訊問題。是的，我很擔心這個公司的聲譽。現在大家都會要孩子退出療程，要求退費。這真是……」她顫抖地吸了一口氣，努力讓自己冷靜下來。「對我而言，現在已經完了。我會盡我所能幫助你們。」

芮妮對待艾娃的態度軟化了。

「我們想去看看她們的寢室。」丹尼爾說。

「她們的家長……馬上就要到了……」

「我們必須趕緊行動，」芮妮說，現在語調和藹許多。「我們已經損失了寶貴的時間。」

「當然，當然，」艾娃起身。「跟我來。」

他們離開了她的辦公室，她的鞋子在磁磚上敲出響聲，在這個本應平靜寧謐的地方，顯得格外刺耳。丹尼爾和芮妮的腳步比較安靜，留下了來自登山步道的沙土腳印。他們一邊走，艾娃一邊指出餐廳和廚房，還有一個溫馨的圖書館，裡面有看起來很舒服的椅子和壁爐，目前沒有人使用，另外還有一個擺了撞球桌的遊戲室。

「我們還有網球場和海水泳池。」她說。

又轉了幾個彎之後，他們來到一個看起來像飯店的側廂，有一排排的房門。她在一個個私人空間之間走過，在門把前掃過一張密碼卡，感測器一一讀取成功做出反應，讓她打開門露出門內的套房。

床全都鋪得一模一樣，每樣東西都整理得井然有序。

艾娃接到一則簡訊，查看了一下手機之後收起來，向他們解釋。

「是我的助理傳的簡訊。我們已經聯繫到所有的家長，其中一些人正在趕來這裡的路上。」

「其中一些？」丹尼爾問。

「瑞秋和史丹利・羅斯請求在他們家中進行會面，」她告訴丹尼爾。「我可以給你他們的電話。」

「我有了。」丹尼爾說。

真有意思，芮妮心想。對警探提出這樣的要求並不尋常，但這對父母可能已經歇斯底里到無法開車，或者他們在處理如此可怕的事件時可能需要家裡的舒適空間。

「我們希望和這些家長在有隱私的空間談話。」丹尼爾說。

「我想也是，」艾娃現在看起來完全順從配合。「我安排了一個私人空間，他們到了之後會有人通知你們。」她把他們留在滿是未鎖房門的走廊上。

第一個房間就像高級飯店，有一張看起來很舒適的床，和一個附有豪華淋浴間與金色裝潢的浴室。從陽台可以俯瞰附近的自然保留區。如此奢華。這不是真實的世界，芮妮在他們開始搜索時如此想。

都是女孩子的東西：化妝品、可能要價不菲的衣服。他們沒有發現日記或任何紙本紀錄。

「真有趣，現在的青少年都不寫任何東西了。」芮妮說。通常在這種情況下，個人電子設備會被當成證物，但女孩們來的時候沒有帶這些東西。這些房間裡雖然有衣服和化妝品，仍感覺沒有個性。也許這就是這個地方的理念：修道院式的靜修，雖然處在豪華的環境裡，但仍要捨去外物，只留下必需品。

只有必需品，別無其他。重新開機。這種事她了解。

「這樣真奇怪，」丹尼爾說。「也讓我們的工作格外辛苦。」手機和基地台訊號是追蹤失蹤人口的絕佳工具。

正要搜完寢室時，他們接到訊息，說波希亞・迪凡的父母到了，他們可以在中庭碰面。

「我覺得我們在這裡沒有得到任何資訊。」丹尼爾說。

「有時候事物的缺席也代表某些意義。」

「妳跟艾娃・布朗是怎麼回事？」他問。

「其實沒什麼。我們曾經是最好的朋友，直到我父親被逮捕為止。然後我們就再也沒有說過話了。」

「妳們那時幾歲？八歲？那也是懂得忠誠的年紀了吧。她在妳最需要朋友的時候棄妳於不顧。」

「我從來沒有責怪她，但當然我當時覺得很受傷。」

「也許因為牽涉到妳，我有點反應過度。我只是不喜歡有人傷害妳，就算妳們當時只是孩子。」

她跟他四目相交。「對這份工作而言你也太心軟了。」

他微笑。「這點我們都同意。」

他們前去跟失蹤者父母見面。

波希亞的父親，菲利普．迪凡，有著那種聽起來就像品牌名稱的姓名。他穿著黑色牛仔褲和一件清爽的白襯衫，解開了太多顆鈕釦，頭髮看起來好像是當天早上做的造型，但也許那就是他自然的樣子。看到他本人這麼矮，讓芮妮相當意外。她足足比他高了六英寸。她記得讀到過說他有時還必須站在箱子上，特別是在與較高的演員共演時。

這對夫婦是乘坐直升機抵達，就像賣座鉅片裡演的那樣。透過一組窄窗，芮妮看到直升機的螺旋槳仍在緩慢轉動，最後完全垂頭喪氣地停下來。

芮妮看的電影不多，但仍不可能不知道這個演員。他只要一有新電影上映，他的臉就無處不在，甚至貼在公車和樓房上。她看過他的一兩次專訪。他的妻子桂恩朵琳．達比．迪凡沒有那麼知名。她已離開影壇，現在管理著一個有機皮膚保養品牌。她本人簡直美得過頭。丹尼爾看起來有點出神，就像在看日落。芮妮對上他的目光，用一根手指推了推下巴，做出閉上嘴的動作。他趁別人注意到之前趕緊回過神來。

芮妮問起他們的女兒，問她是個什麼樣的人。

「她有個YouTube頻道，追蹤人數很多，」菲利普解釋道，然後他的重點立刻轉移到他對於送女兒來這裡的愧疚。這是典型的反應。試圖理清他們怎麼會落到這一步，過去所走的路現在可能成為他們質疑的對象。「她不缺錢，」他補充道。「我們只是想當負責的父母。」

「我說這都要怪萬象生活，」桂恩說。儘管她顯然苦惱不已，眉毛卻文風不動。「他們應該要有更好的安全措施。我不敢相信，他們什麼計畫也沒有，就帶著那些女孩子出去。」她的眼眶紅紅的，他也一樣。

芮妮不得不贊同，但她還是沒忘記要切入重點。「有些人說這是個失控的騙局。你們有任何理由覺得這個說法可能會是真的嗎？」

包括丹尼爾在內的所有人都對這直接的問題面露訝異之色，但芮妮就是希望問得他們措手不及。

「沒有，」菲利普．迪凡說。他似乎煩躁了起來。「她絕不會攪和進那種事。」

「她在直播上吹噓，保證要捲土重來，而這會兒她就上了新聞。」芮妮指出。

「我們應該想想這件事。」桂恩柔聲承認。顯然她認為騙局一說可能屬實。

菲利普向妻子投去一道嚴厲的目光。「我們的女兒不是殺人犯。」

「我不認為有任何人這樣暗示，」丹尼爾說。「有時候，青少年會遇到不良分子，導致情況超出掌控。我們必須對所有可能性保持開放態度。」

門口傳來一陣騷動，有哭聲和幾許噓聲。另一對父母也到了——喬喬．麥格雷斯的父母。父親穿著一件口袋和袖子上都有按釦的襯衫，是一件古著，領子上加了茶色和橙色的刺繡。他的妻子貝琳達穿的是那種飄逸的棉布洋裝，在沙漠裡的很多小精品店都能找到。他們都曬成古銅膚色，看起來很健康，是標準的加州中產階級夫妻。

吉姆．麥格雷斯告訴他們，他是開縫紉機維修公司的。「我有五個員工。我們基本上是在製造和修理機器。」

不問自答地分享這種資訊似乎有點奇怪。

「我母親是裁縫師，」丹尼爾說，「所以我對縫紉機也很有感情。我車庫裡還有幾台勝家的老機器呢。」

芮妮心想：在非正式調查中，你能對一個人產生的了解還真不少。分享他自己的個人故事是很好的訣竅，有助於緩解緊張情緒，以便切入真正的問題，而這位父親似乎也樂於暫時將精神轉移到平凡瑣事上。

吉姆．麥格雷斯掀開襯衫口袋蓋，掏出名片，遞給丹尼爾一張。「如果你有機器需要修理，請告訴我吧，我會幫忙的。」他也給了芮妮一張名片。

「妳也是。」

「我沒在縫紉，但還是謝謝。」不過，等到這一切塵埃落定，她打算要聯絡他，看看他維修過的某台機器是否有可能屬於丹尼爾的母親。

艾娃回來帶他們前往私人會議室。她沒繼續待著。她一直消失又重新出現的樣子，讓芮妮想像她是跑回辦公室處理短暫的情緒崩潰，之後才又憑空現身。

一張長桌的中間放了一壺水，裡面浮著小黃瓜薄片，在目前的情況下看起來有種詭異的不妥——像水療館一樣浮誇。沒有別的東西喝了，於是芮妮幫所有人倒了夠喝的水。他們在會議桌前坐下，一邊是整面牆的窗戶，另一邊是寧靜的自然風景複製畫，和可能是原創真跡的藝術作品。這一切都很有品味，但沒有人味。

他們的團體會議提供了更多關於這兩個女孩的訊息；家長們都備感恐懼擔憂。他們深深自責，他們的孩子當初根本不想參加這活動。這些都是常見的反應，無論別人告訴他們多少次這不是他們的錯，都沒有什麼能消除他們的罪惡感。

「我們需要她們的電腦和手機，」丹尼爾說。「也需要密碼，如果你們有的話。我們有優秀的數位鑑識小組，應該能夠查出案件的關係人之間是否有所連結。」他補充道。丹尼爾也指派給他們一項任務。「聯絡你們的朋友、家人、鄰居，看看我們能否把喬登・萊斯和笛德拉・倫蒂和這兩個女孩子連結起來。在這樣的案件中，我們會尋找共通點，藉此幫我們找到案發的原因，也可能進一步帶我們找到失蹤的女孩。我特別想知道她們之中有沒有人認識那個上傳Instagram影片的女生。」

整場會議中，菲利普・迪凡不斷在接電話，有時候站到一旁，有時候就直接坐在桌邊接。根據芮妮唯一能聽見的這一端的電話內容，他似乎還繼續在指導自己利用媒體和人脈進行的搜查。後來他乾脆站起來離開了會議室。芮妮看了丹尼爾一眼，就跟上迪凡的腳步，把門在背後關上。

她步上走廊，剛好聽到這位電影明星結束了通話，說的是要把他女兒的照片貼在市區公車廣告上的事。他把手機放進褲袋，看向芮妮，拍了拍襯衫口袋。「我身上沒帶筆。」

「什麼？」**筆？**「噢，不是，我不是來要簽名的。」這真是為名人文化下了個悲傷的註腳，鎂光燈下的人是如此少有機會與他人進行真正的互動。即使是現在，他的女兒失蹤了，他還是預期新來到他周圍的人們會向他索求些什麼。

「我想提醒你，調查是由我們負責的。」芮妮說。剛剛在會議室裡，她隱約感覺他只把她和丹尼爾當成麻煩人物，現在她更是對這個感覺萬分篤定了。但這不是迪凡主演的電影，他不可能從直升機上垂降下來，救走山頂上的波希亞，哪怕他真的想要那樣做。這是真實人生。「我們是警探。如果你想採取任何行動，比如把你女兒的照片貼成公車廣告，那就需要經過我們。讓我們做好我們的工作。」

他看著她，第一次認真地看著她。他可能經常費力避免與陌生人的目光接觸。「你們會做好嗎？」他問。「你們的工作？我不太有信心。」

她也不太有信心。失蹤者被發現時常常就已成了死人，但他擾亂調查的行為是危險且輕率的。

「艾利斯警探的樣子也許很輕鬆，他也的確泰然自若，但冷靜的頭腦有助於他的工作，」她告訴他。「他很厲害，是數一數二的人才。我也不算太差。」當她說出這些話時，她意識到她真的決心要致力於此，尋找失蹤的女孩。她當然想幫忙，想讓她們平安回家，但她也不會欺騙自己。

尋找失蹤者，特別是年輕女性，是她贖罪的另一種方式。

「重要的是讓我們密切參與，並且不要阻礙艾利斯警探的行動，也不要干擾調查，」她說。「我們的請求就是這樣。」

「妳要怎麼真心誠意地去調查妳認為是造假的案子？我只想知道這點。妳之前就是這麼說的。」

「我只是在考慮各種可能，僅此而已。我們想要你的幫助。我們需要你的幫助，但有時候，幫助代表的是克制自己的行為。有時候，並不是非要當英雄才能提供幫助。」

他盯著她看了一會兒，然後深吸一口氣，說：「謝謝。」他抹抹臉，用指關節擦過雙眼下方。

他的手在顫抖，她的心又軟了下來。當他再次說話時，他的聲音也在顫抖。「這讓我感覺好點了。」

她點點頭。「好的。」

他們在走廊上的時候，會議室裡的會談已經解散了。三位家長和丹尼爾先後走出。丹尼爾和芮妮走遠時，那些家長彼此扶持安慰。在沒有警探打擾的情況下，讓他們私下聯絡感情也好。

到了外面，丹尼爾查看了一下手機。「伊凡潔琳傳了簡訊，」他說。「珍奈・雷文克洛夫的遺體已經正式由親戚指認了。伊凡潔琳調整了排程，排進我們的案子。她三個小時內就會開始驗屍。」

芮妮想到她剛才和菲利普・迪凡的對話。她會不會說得太正面了？講得好像丹尼爾所向無敵？她從來不會告訴受害者的父母說一切都會好起來。她比任何人都清楚，那是身為警探在這世上永遠不該說的話。也許她更應該提出警告，讓他對人生中最可怕的事情有所準備。她真心希望菲利普和桂恩・迪凡最後不會要去縣立停屍間指認女兒的遺體。

丹尼爾看了看手機。「剛剛在裡面的時候，我收到艾默森・羅斯的媽媽傳了幾封訊息來。她住瑞德蘭鎮，想在家裡跟我們會面。」

「什麼時候？」芮妮問。

「現在。」

行動進展很迅速，很好。

11

一週前

他立刻就注意到了她。她長得比他矮，很好，因為他不喜歡太高的女孩。她的皮膚完美無瑕，膚色不深也不淺。他討厭皮膚非常白皙的女孩，因為你可以看到她們的血管，他不喜歡去想皮膚下面有什麼東西，不喜歡想到一個人的心臟是如何輸送血液流遍身體，一直流到末端的微血管。他幾乎不敢看他母親現在的樣子，因為她的皮膚變得透明。但餐廳裡的這個女孩近乎完美。

他經過她坐的桌子時，她從她的烤南瓜上抬起視線，直視著他，露出微笑。那直接的目光打開了心門，告訴了他好多事情。她喜歡他。她對他感興趣。她想了解他。她想和他一起生活，等他終於準備好了的時候，甚至會想跟他上床。

他們該怎麼讓這一切發生？她用笑容和眼神提出的無聲的問題。他走近一些，以便再次聽到她的聲音，也許還能對她多了解一些。她正在和其他一些女孩說話，那些皮膚白到讓他不寒而慄的女孩。她們在抱怨她們的父母如何逼她們來這裡。她們享用著高級大餐，菜名他連唸都不會唸，而她們竟然還在抱怨。

但他藉此知道了她的名字。艾默森。他不太確定自己對這名字感覺如何，也許得改一改，好像跟他的風格太不一樣了。

他在她的桌邊徘徊時，聽到她講起她的繼父，說他把她送來這裡是背叛了她，說她對他從此改觀了。他對自己點了點頭。哦，她需要被拯救，肯定的。他能夠救她。他有槍、有車、有一個藏身的好地方，沒有多少人知道。他吞吞口水，問她是否需要加水。

她說：「好。」

那是她在求救。**救我出去，帶我跟你一起走。**

「我會。」他說。

她眨眨眼，看著他的樣子好像沒聽清楚他的話。他不喜歡女生對他擺出那種表情，意味著他們的關係已經分崩離析。他躲開了，拿走她的杯子。「我會幫妳再倒點水。」他匆匆趕去廚房，將杯子在水龍頭下裝滿。

「你該死的在幹嘛？」廚師問。

他沒有回答，逕自跑回餐廳，把杯子交給她。

她微笑著向他道謝。

對，她喜歡我。很喜歡。

他可以為她解決所有問題，他可以為自己解決所有問題。她可以為他搞定一切，讓他的生活步上正軌。他從來沒有過女朋友，而現在有一個人想當他的女友，甚至不只如此。她再也不用看到她的繼父，再也不用去上學，再也不用做任何她不想做的事，再也不用吃他唸不出名字的生魚。

隨後的幾個小時，他向度假村的其他工作人員問了一些問題，知道這幾個女孩的登山健行行程，看到了地圖和她們可能會停留過夜的地點。他不喜歡戶外環境，痛恨露營，但他會為了艾默森而忍耐。這就是愛：犧牲奉獻，多走額外的一哩路，在精神上和實際上皆然。

回到家，他擬定了計畫，收集了裝備，打包裝進了他的車。他有很多槍，還買了更多的彈藥。工作時，他繼續在餐廳裡尋找她的身影。他想把他的計畫告訴她，想看到她的臉亮起來。但他也想給她一個驚喜。

12

「你還好嗎？」芮妮問他。

丹尼爾把目光從路上移開，看到她一邊看著手機，一邊拉著一縷頭髮，似乎下意識地希望它長回來。這是她最近養成的習慣，唯一可能的肇因就是羅瑟琳・費雪在拋下她等死前不久幫她剪的髮型。

「我很好，謝謝。」

他們在他的休旅車上，往瑞德蘭鎮的羅斯家前進，那裡距離聖貝納迪諾二十分鐘車程，取決於紅綠燈和車流量多寡。他不確定自己對芮妮隨同前往有何感受。

他想到的字眼是「不自在」，但在這種狀況下跟前女友見面本來就令他不安。他也在想，是否應該讓芮妮單獨前往羅斯家。偵辦的案件牽涉到家人、朋友或前女友，從來都不是好事。但他們就快到了，這時候才回頭也太愚蠢，畢竟時間寶貴。

抵達市區後，他們又花了二十分鐘穿過小鎮，來到高檔的溫布頓高地的一棟房子前。溫布頓是個老社區，維多利亞式的舊屋與現代牧場式的房屋混雜在一起，成蔭的老樹述說著時間和歷史。羅斯家的房子依偎在山坡上，可以同時看到近處和遠處的山景。

注意到芮妮不斷向他投來的目光，丹尼爾甩開自己的憂慮，將車停在車道上，兩人下車朝房子走近。他們還沒敲門，前門就開了，門口站的是瑞秋．蘿斯，艾默森的母親。這是大學之後他第一次面對面見到她。她一定保養有方，比如鍛鍊身體和健康飲食。她的皮膚仍然光滑透亮，頭髮烏黑而有光澤。

一時之間，他納悶她是否認得出他。他們已經闊別許久，也許他之於她的意義並不如她在他過往生活中的分量那麼重。但後來她喊出了他的名字。她的聲音中的哽咽、臉上的驚恐，使他擺脫了所有繁文縟節的偽裝。這就是一位遭逢痛苦的老朋友。

「我以為你會自己過來。」她說。

這個話題他真的很想避開。芮妮向車道比了個手勢。「我可以去車上等。」想到要跟瑞秋獨處，他在近乎驚慌的情緒中說：「留下來吧。」

「我得打幾通電話。我就在車上等吧。」

他投降，把車鑰匙丟給她。「要開冷氣。」

她大步走遠，留下他和一頭閃亮黑髮的瑞秋面對彼此，彷彿在一個與世隔絕的泡泡裡。

時間真是奇妙。他們交往的時間不到一年，他當時執著於尋找母親的下落，瑞秋對於這段戀情比他更投入。他們進展得太快，有一天她問他是否考慮過結婚生子。這讓他嚇跑了。

但她是他第一個認真的……愛人。對，也許就是愛人沒錯。當你的年紀還不比小孩大多少——他們當時都是二十歲左右吧——，你不會意識到身邊的人可能真的就是命中註定的另一半。你不會察覺到一段戀情中的特別之處。你會覺得戀愛都是大同小異，外面還有更多更接近完美的女人。但對他而言，她真的就是錯過的真命天女。他當時跟她說他還沒準備好，說他甚至不知道自己想不想生小孩。她想要他的承諾，就算只是一句話也好。

當時，他覺得自己就快要找到母親的蹤跡了。現在他甚至想不起來當時得到的確切線索。他也不知道，將來還會有許多次，他會一樣覺得自己就快要找到她了。將來也還會有許多次，他的女友——以及後來那個愚蠢地嫁給他、現在成為他前妻的女人——會求他放手。那些懇求讓他沮喪又氣惱，他對母親的追尋是他人生的一部分，她們應該知道最好別叫他放棄。因此，那段關係就此結束，結束得太過突然。不是小事慢慢累積、導致他最後搬出同居住所，而是她在一夜之間走人，留給他一種苦甜參半的後悔，伴隨著他在找尋母親的途中又碰上的一個死胡同。那是他生命中的一段黑暗時期。

「我很遺憾，瑞秋。」

他踏入室內。

她關上門。

她的丈夫站在客廳中央，這裡讓丹尼爾痛苦地意識到他自己的家有多麼寒酸，儘管他從來沒有考慮過要坐擁豪宅。看來她離開他是個好得要命的主意。

他對他們的了解是：瑞秋事業有成，是一間有機食品公司的執行長，也熱心於慈善工作。她丈夫史丹利是全職爸爸，也參與食品公司的運作。

房子的玄關和客廳採極簡主義設計，要價不菲的那種極簡風，象徵了順遂優渥的生活。磁磚地板、白牆和畫作可能都是由設計師挑選布置的。這間房子看起來隨時準備好可以上市出售——它就是如此完美——但丹尼爾知道他們已經在這裡住了十年。他很久以前就查過了。她打電話求他在一起校園槍擊事件中拯救她女兒時，他們就已住在這裡。在那次事件發生的當下和後續，他都沒有當面見到瑞秋，只在電話裡和她對話。今天他本來也更希望能在電話上談就好。如果他沒有記錯，在校園槍擊救援行動進行的同時，他手邊有一條關於他母親失蹤案的線索。事後他立刻跳上一班往佛羅里達州的飛機。但那條線索最後又只是另一個死胡同。其實就算沒有那趟旅程，他可能還是會想迴避瑞秋。

現在，她那個丈夫一臉茫然無助，看起來處於震驚之中，這也合乎情理。丹尼爾的職責是找到他們的孩子，但他也希望自己今天能多帶給他們一些什麼。

希望。

他理解身邊的人突然消失的感覺，而且很奇怪的是，他當年和瑞秋爭吵的理由，正是他現在在這裡的原因。他在她家的客廳裡，準備告訴她，所有能採取的對策都在進行。他也不禁猜想，她是否也想起她求他放棄尋找母親的那一天。她求他罷手，求他好好過自己的日子。他能感覺到那一天的記憶充斥於室內。

他們三個人站在那裡，她的丈夫可能不知道他們過去的關係，也可能不知道那突然變得無比真實而切身的一天，不知道丹尼爾記憶中那個廚房裡黃色窗簾飄動的時刻，那時她哭了，而他沒有哭。但現在的重點不在於過去、或他們以往的關係，重點是有個女孩失蹤了，必須在她喪命之前找到她——如果她還沒有被殺的話——，在她遭遇恐怖的事件之前找到她。成功的機率雖然不大，但並非不可能。

這間房子到處有著奇怪的稜角，是建於六〇年代的加州住宅，建物全都面對游泳池，讓人聯想到飯店。低矮的白色天花板反射著光線，整面牆都是窗戶，窗外有棕櫚樹，更遠處有朦朧而層巒疊嶂的山地。典型的加州風情，帶著點法蘭克・辛納屈的味道。他幾乎覺得會有人出現，問他要不要來杯雞尾酒。

他跟著這對夫婦走過一條長長的走廊，瑞秋打開臥室的門，站在後面，雙手扠腰。她並不想進去裡面。大多數父母都有這樣的反應。他曾經遇到過一個案例，母親似乎並沒有因為失蹤孩子的房間而感到不安，結果那位母親就是殺子凶手。

「我沒辦法進去。」瑞秋的丈夫說。他看起來就快哭了，丹尼爾覺得他恐怕需要獨處一下。多年下來，他逐漸了解到，為人父者最難以承受女兒的噩耗。他離開了，瑞秋在走進房間之前吸了一口氣、武裝自己，就像要通過力場。丹尼爾跟在她身後。

「史丹利在你面前覺得有點比上不足。」瑞秋說。

丹尼爾的疑惑一定全寫在臉上。從丹尼爾的觀點、從他截然不同的處境看來，瑞秋的丈夫擁有一位父親夢寐以求的一切，如果他的女兒沒有失蹤就好了。

「你是救人的。」她解釋道。

「我只是做著一份通常頗無聊的工作。」他移動到房間另一頭，被牆上一張裱框的泛黃剪報吸引過去。

他以為會看到頒獎的報導，或孩子喜歡展示的某種東西。靠得夠近之後，他才意識到剪報內容是什麼，皺了一下眉頭。那是一張五乘七吋的報紙照片，照片上的他從學校跑出來，懷裡抱著一個女孩。那女孩是艾默森。

當時，瑞秋聯絡他的時候，他還不明白她為什麼打來。一部分是因為她在電話裡哭得歇斯底里，他什麼也聽不清楚。他喘了幾口氣，才理解她在說那所緊急封鎖的學校。他知道那件事，但是校園槍擊不是他的工作範圍，他負責的是謀殺案。

有幾個特別小組從他所在的大樓出發，有的已經到場，有的還在路上。和部門裡的其他人一樣，他一直在辦公桌前觀看槍擊事件的現場直播。據報導，有幾個孩子已經死亡，還有很多人受傷。一名槍手飲彈自盡。當時，他們還不知道是否還有其他槍手在逃。當她的啜泣聲傳進他耳中，他終於搞懂了狀況，**瑞秋的女兒在學校裡**。

他參與過一些特警攻堅行動和人質協商工作，但儘管部門職掌偶有重疊，在槍擊事件發生時，他與這兩個單位都沒有關係。

「她在學校裡。」瑞秋說。

「她可能不在裡面，」丹尼爾告訴他。當時的情況是一片勉強控制的混亂，所有抽得出空的員警都被呼叫走了。「我會看看我能做些什麼。」如果在另一個版本的人生裡，那女孩有可能就是他的孩子。

他抓起外套，迅速走出重案組，幾乎是飛步爬下消防梯，加入眾多的員警和警車的行列，趕赴現場。在路上，他發現上空有直升機，正朝著同一個方向移動。他坐的那輛無標記警車上有電腦不斷向他提供最新的現場畫面，而螢幕下方的字幕則以一種不帶感情的方式報告所有狀況，使用的是很中性的字體，看不出消息是好或壞。

兩名保全人員死亡，最先到達現場的兩位警官殉職。

據通報又有新的槍響。目前懷疑建築物內有至少一名槍手。

可悲的是，這種事件屢見不鮮，在美國各地的學校上演了太多次。孩子們排著隊跑向校車，變焦鏡頭捕捉到驚恐的面孔、凝結而沉默的畫面。這樁槍擊案的不同之處在於學童的年齡小於以往大多數的受害者，但槍手在中學甚至小學內肆虐的趨勢正在增加。孩子們不應該體驗到這樣的戰爭。

丹尼爾花了半個小時才到達現場。他把車停在一片已經停滿車的草地上——有救護車、採訪車，還有許多是學生家長的車。瑞秋可能就在這裡的某處。但他不會浪費時間去找她。他只傳了一封簡訊給她，讓她知道他到場了。他又花了十五分鐘找到了員警和技術人員正在布置的指揮處。他們在一個大帳篷裡，目前的重點是嘗試獲取建築物內監視錄影機的畫面訊號。

「我進去了。」一個女人喊道。她一隻手拿著一台筆記型電腦，另一隻手在鍵盤上操作。她身後有兩個人正在擺放一張長桌，鋪設電纜接上電源，其他人正在拆開設備的包裝。有人在幫一台大螢幕插上插頭，另一個人把學校的實體平面圖攤開。拿著筆記型電腦的女人按了一個鍵，螢幕上就出現了來自大樓各個區域的監視錄影組成的棋盤格畫面。有些畫面中空無一人，令人毛骨悚然，另外一些則顯示了校內的混亂情況。地板上有屍體，死亡人數肯定比最早報告的更多。他們需要快速行動。

丹尼爾的手機傳來震動。他看看螢幕，有一封瑞秋傳來的簡訊。

她在圖書館的洗手間。我接到她的訊息。我回覆了但她沒有回我。她才十二歲。

她傳了一張照片。一個黑色頭髮、金色皮膚的漂亮女孩，眼神大膽而直率。

他把手機關成靜音。

一個計畫在他腦海中成形。

丹尼爾是行動中的一分子，但不是主導者。他和其他三名員警穿上了防彈背心。沒有人對他的參與提出質疑。特警隊扛著沉重的盾牌，穿著護甲，在前面帶路，丹尼爾和另外兩名員警跟在他們後面。

一個原本在監視畫面中已經淨空的區域爆發了意想不到的槍聲，隨後還有爆炸，炸毀了更多的窗戶。特警隊調頭切進一條走廊。丹尼爾俯衝到了相反的方向。他不知道為什麼，也許是本能使然。

自動灑水系統壞了，水滴如雨點般落下。在遙遠的某處，一支半自動手槍正在擊發，特警小組也開槍還擊。噪音使丹尼爾暫時失聰，只能依靠視覺行動。他在雨點中看到兩個人向他直奔而來。其中一個人揮舞著左輪手槍，一邊肩膀上掛著一把AK-47步槍，槍裡可能已經空了，沒有時間重新裝填子彈。他的另一隻手抓著一個女孩的手臂。

是艾默森．羅斯。

槍手高度符合熟悉的歹徒剖繪，幾乎沒有什麼出入。白人，頭髮染黑，手和脖子上有刺青，臉上有雜毛和青春痘，衣服是軍裝風，黑色的長大衣便於隱藏武器，黑色長褲褲腳塞進繫帶軍靴。

那孩子把槍管末端壓在女孩的太陽穴上。他已經毫不留情殺過人了。如果他帶著這個女孩離開大樓，他就會殺了她。丹尼爾對此毫不懷疑。

水繼續從天花板上傾瀉而出，澆灌在他們身上。丹尼爾沒有讓水分散他的注意力。他沒有說

「把槍放下」或「放開那女孩」。他反而說出了任何人在不管什麼情況下都想聽到的話。因為所有人都會痛苦，就連殺人犯也是。

「一切都會沒事的。」

那孩子聽了驚訝了一下。

他如此年輕，比丹尼爾原本設想的還小，可能還不到可以開車的年紀，甚至還沒大到會談戀愛。

那女孩有了出乎意料的舉動，雖然他在瑞秋傳來的照片中就看得出這種特質。她掙脫了他，逃跑了，朝著丹尼爾直奔過來，她的動作笨拙彆扭，因為逐漸升高的積水讓她必須涉水奔跑。

拿著手槍的那個人開了槍。

女孩發出一聲驚呼後倒下。

丹尼爾別無選擇，甚至沒有時間思考。他受過的訓練自動執行，讓他拔槍發射。槍手沉重如石地倒下。丹尼爾的心也放下了。現在他的履歷表可以加上一條「兒童殺手」，但他別無選擇。他身後的另一條走廊上，槍聲仍不斷快速響起。他聞到了一縷防身噴霧的氣味。那女孩在流血，但還活著。

他抱起她，開始向她和槍手稍早過來的方向移動，遠離噪音和煙霧，涉水而行。受潮的天花板開始坍塌。他跑了起來。他推開門，跑向光亮與新鮮空氣，手裡抱著的女孩就是瑞秋的女兒。

13

芮妮坐在丹尼爾的休旅車上，趁機回覆了她在來瑞德蘭鎮的路上收到的簡訊。丹尼爾小時候的保母又傳來一則訊息，她今天突然願意談了。有時，提供資訊的線人一旦做出決定就會希望盡快完成，有時他們也會改變主意，拒絕接受訪談。芮妮不能讓機會溜走，所以她建議立即用FaceTime通話。這並非理想狀況，但視訊訪談越來越普遍，總比完全失去她這個消息來源好。

珍妮同意了，於是芮妮撥號通話。

如今的社群媒體也降低了尋人工作的難度。芮妮透過珍妮．麥斯特司的Instagram對她累積了不少了解。在丹尼爾母親失蹤當晚照顧他的這個人已經邁入四十歲後半，單身，從未結婚，是浩室音樂家和小提琴手，跟樂團一起巡演。她是那種多年來長相都沒有太大變化的人。看一下案件檔案中的照片，就很容易對上她現在的模樣：一頭烏黑直髮中分，披在肩上。

「我一開始沒有理會妳寄的信，」珍妮坐在一個明亮的客廳裡，旁邊的牆上掛著裱框的畫作和照片，她身後有一個書架，書本按照書背顏色排列。「我母親和我都決定不再談那件事了，因為它已經佔據了我們的生活那麼久。但是，妳可能已經知道，十年前，她和我都曾經同意和丹尼爾談話。只是為了讓我們自己畫下這件事的句點，也為了讓他不再來煩我們。基本上我同意跟妳通話也是出於相同的理由——這樣妳就不會再設法聯絡我了。我幫不了妳，談到那件事只會把我拖回那段恐怖至極的日子。」

「我很抱歉。」芮妮說。她是真心的，而珍妮說的也沒有錯。她很有可能沒辦法提供任何線索，通話結束後，芮妮得到的故事版本可能會比現在案件檔案中的還要模糊。但她們的對話也可能揭示一些新資訊。

為了讓對方感到更安心，芮妮分享了一些她自己的背景。不是說她是連環殺手的女兒——雖然珍妮很可能知道這一點，全加州有誰不知道呢——而是說她作為犯罪剖繪專家的技能。「離開FBI之後，有人請過我處理失蹤人口的案件。我本來不想，我對任何與執法工作和犯罪有關的事情都感到厭煩。我想離那些事遠遠的。但我要說的是，我還是接了案子，」她說。「困難的懸案。而我找到了失蹤者，全都找到了。」

「那很好啊。」

「不幸的是，在那三個案子裡，失蹤者都已經死了。但是我的發現的確為案子畫下句點。這也是我想為丹尼爾做的，我相信妳也想。我不是想利用妳的罪惡感說服妳，但我是個實際的人。雖然我想放棄這種工作，因為我承受了嚴重的負面影響，但我也不得不承認，儘管我可能不是全國最適合做這項差事的人選，卻有著數一數二的出色尋人能力。」這是真的。她很訝異自己能夠承認。「但如果到了某個時間點，妳想喊停，我們就停吧。」

珍妮的眼睛濕潤了，她眨了幾下眼睛，緊抿著嘴唇，然後點了點頭。「我願意為丹尼爾這麼做。我已經有了這個念頭，未來的日子也逃不了這件事的影響。無論我們現在停止還是繼續，我今晚、明晚，甚至下週都會睡不著。我要警告妳，事發那晚的每一個片段都已經有人反覆推敲過很多次了。而且我不希望妳去聯絡我母親。」

珍妮的母親住在療養院，芮妮不知道她健康方面的細節，但她會盡量做到珍妮的要求。她一向留意避免做出像珍妮要求的這種約定，因為你永遠也不知道線索可能會帶你到哪裡去，但她在心中記住要盡量避免走到那一步，就算非聯絡不可，也會事先知會珍妮。

丹尼爾可能很快就會回來，所以芮妮馬上切入正題，打開筆記本，查看關於丹尼爾母親的可能問題清單，直接開始問標示為「緊急」的問題。

「愛麗絲．瓦爾加斯是個什麼樣的人？」

珍妮重複了警方對失蹤者朋友和鄰居所做的訪談中出現的描述，用了「友善」和「甜美」這些詞彙。「是個好媽媽。文靜，說話輕聲細語。」

「她快樂嗎？」

「我不知道。」珍妮聳肩。「我當時也只是小孩。她看起來很快樂，但我們都知道這不代表什麼。」

「她喜歡當母親嗎？」

「一樣，看起來喜歡。但我當時還小。」

「她有遭遇困難嗎？情緒上或財務上的？」芮妮知道兩者的答案都是肯定的。

「我不知道。」

「她有沒有欠過應該付給妳的錢？」

沉默。思索。點頭，然後是不情願的坦承。「有，有一兩次。但她最後都會付。我媽媽說我應該事先就請她付錢，但我沒有這個膽量。而且我並不真的那麼在乎錢。我喜歡當保母，讓我覺得自己是個負責任的大人。」

「她的男友呢？妳有見過其中任何一個嗎？」

「有，最後那個。他有時和他們住在一起，但後來搬出去了，我想她消失的那個晚上，就是他搬走後跟她的第一次約會。所有的事情我都跟警察說過了。」

「他們問過他話，他從來不曾被列為嫌疑犯。」

珍妮抬頭往旁邊看，然後轉回來。「我很快就要走了。」她提醒道。

芮妮感覺到一股全新的迫切，再度掃瞄她的問題清單，挑出最重要的幾項。「妳能告訴我那晚發生的事嗎？我知道妳已經分享過很多次了，但我們再複習一遍吧。我們講得簡單一點。妳過來顧小孩。愛麗絲穿了一件新衣服。丹尼爾吃了炸魚薯條。你們弄了爆米花，看了一部迪士尼電影。以上在妳聽來都正確嗎？」

「正確。」

「愛麗絲出門之前看起來如何？緊張？難過？害怕？」

珍妮思考了一會兒，眉頭皺起來。「我會說她有點心神不寧。」

芮妮拿出一張夾在筆記本裡的影印照片，舉了起來。照片中是丹尼爾和愛麗絲，是在他們家裡拍的，兩人站在門前，愛麗絲的雙手放在丹尼爾肩膀上。「這是那天晚上拍的，」芮妮說，她繼續將照片拿高好讓珍妮看清楚。「原始的照片邊邊有日期，大約是一個星期後沖洗出來的。」

她放下照片。「拍照的是誰？」

「是我。」

「沒有別人在場？」

「沒有。我用丹尼爾的即可拍小相機拍的。」

「後來呢？」

「我把相機還給丹尼爾。噢，而且我好像說那是那捲底片的最後一張了。」

芮妮點頭。這邊沒有新資訊。「然後呢？愛麗絲出門前有說什麼嗎？」

珍妮想了一下，然後再點了一次頭。「她說要把底片拿去沖洗之類的。噢等等，」舊時的記憶靈光一閃。「她說要請我媽把底片拿去洗。」

這是新的資訊。「丹尼爾的說法是，她說她要把底片拿去洗。」

「不。我很確定她說的是我媽媽。我會記得，是因為當時聽起來覺得沒道理。為什麼要叫我媽去洗照片？我想也許是她們之間說好的吧，可能是我媽幫她的忙之類的。」

「我也覺得她這樣說滿奇怪的。」

珍妮困惑地再度皺眉。「對啊。」

芮妮看得出珍妮已經把話說完了。最好現在見好就收。「我覺得這樣可以了。」她跟她說，如果這段談話觸發了什麼新的想法，請再打電話給她。她們說了再見，芮妮結束通話，心臟狂跳不已。

從珍妮的說法聽來，愛麗絲似乎有可能已經知道她要離開，而且不會再回來。問題是：為什麼？她去了哪裡？為什麼她沒有帶著丹尼爾？芮妮想起了她自己的母親，她無法忍受母親的身分。丹尼爾的母親聽起來很溫柔體貼，很疼愛他。但她孤家寡人，銀行裡沒有錢，嘗試靠做裁縫謀生。養孩子很花錢。一直以來，芮妮都不贊同丹尼爾母親自願離家的這個理論，覺得那只是警察怠忽職守的藉口，把責任怪到他母親頭上，擅自假設，放著線索不去追查。但現在這項新資訊讓母親離家出走的理論成了她清單上的首選。

她往房子瞥了一眼。仍然沒有動靜。於是，她打電話給一個專門畫年齡模擬肖像的藝術家朋友。「我在找人把一個成年人的年齡提高三十歲，」芮妮說。她看過丹尼爾母親的一些畫像，但那些都不是在最近、甚至過去十年內畫的。而且，多參考幾個不同藝術家的詮釋總之不是壞事。

「沒問題，」他聽起來好像在嚼薯片。「把照片寄給我吧。」

她瀏覽照片，然後寄給他一個JPEG圖檔。同時，她聽見羅斯家的一扇側門開了又關。一名黑髮男子走了出來。不是丹尼爾。這個人與他年齡相仿、個子瘦小，穿著短褲、涼鞋和灰色T恤。

他看起來茫然又失落。

「我得掛了，」她對著手機說。「謝謝。」她掛斷電話，一動也不動，看著走出側門的那個男人。殺死珍奈．雷文克洛夫的凶手很可能潛伏在羅斯家外面。

那個男人跌坐在地上，躲在一棵灌木後面。芮妮拉開車門，用肩膀推了一下，摩擦出的嘎吱一聲讓她不禁瑟縮。她溜了出來，輕手輕腳跑到房子前面，然後靠著牆壁悄悄前進，從建築物的側面窺視。她可以看到那個人的膝蓋和腳，還能聽到他的啜泣聲。

她的心縮了一下。這就是那位父親，史丹利．羅斯。她不想打擾這樣一個私密而脆弱的時刻，但出於同情和調查的需求，她也覺得至少得嘗試跟他談一談。她直起身子，走到人行道上，在離他幾碼遠的地方停下。一般人可能會問他是否還好，但他當然不好。

「我很遺憾。」她輕聲說。

他抬頭看了一眼，擦擦臉，試圖振作起來。她心痛地意識到丹尼爾和瑞秋就在不遠處，在房子裡，史丹利一定是在躲避他們。她在一旁坐下，離得很近，足以讓他們的交談保有隱私，但又不至於讓他更不自在。她盤腿坐著，雙臂撐在膝蓋上，做了自我介紹。

「我就是不得不出來，」他坦承，同時怯懦又誠實地搖頭晃腦。「這整件事都太恐怖了，而且我沒辦法跟那個男的打交道。」

「艾利斯警探？」

「對。很久以來，他都是我們生活中一個無所不在的形象。我永遠比不上艾默森在心中為他設定的敘事。我都叫他是『如果當時』先生。要跟一個根本不存在的人競爭實在太難了。好吧，他是真的存在，但她心目中超乎現實的版本不存在。」他嘆了口氣。「我想，事實是，他可以成為她想要的任何樣子，他可以成為她的英雄。」

他還跟芮妮說了其他的事，關於丹尼爾的事，有些她已經知道了，還有一些她本來並不曉得。看來史丹利長期以來在自己家裡都感覺像個外人，而他躲到外面的事實也支持了這個推測。

「所以說，我一直是跟兩個迷戀著他的女人一起生活。」他說。

「現在她們其中一個不見了。」芮妮輕聲說。過去的幾年來，有多少父親暗地裡造成了子女的失蹤？太多了。她從來不曾放過對家長的懷疑。她不是那種仰賴直覺的調查者，因為直覺可能出錯。她是個重視事實的人。然而，就她的印象而言，她面前的是一個心地柔軟、真誠、受了傷的人。但是母親呢？也許芮妮剛才不該那麼急著留在屋外、利用時間跟珍妮通話，因為這樣一來她就沒有機會觀察瑞秋．羅斯。

史丹利抬起哭紅的眼睛看著她。「這種場面不太好看，對吧？我希望妳知道我很愛她，把她視如己出。如果他能找到她，我也不在乎她會不會因此更迷戀他。該死，我還願意把他的照片掛在牆上，每天幫他點蠟燭。」他又哭了起來。「只要找到我女兒就好。」

這裡謎樣難解的人物不是只有瑞秋一個。史丹利的傾訴，加上丹尼爾聽到失蹤女孩姓名時的反應，讓她心生一個彷彿出自於肥皂劇橋段的問題：丹尼爾會不會是艾默森的生父？

14

「槍擊事件之後，艾默森就迷上了你，」瑞秋對丹尼爾說。他們仍然站在失蹤女孩的房間裡。「你成了她的超級英雄。」她在房間裡走動，有幾次沉默下來，時常迴避眼神接觸。「而且，我知道這很怪，但她認定你是她的父親。」

不是只有她如此懷疑，丹尼爾自己也想過這個問題，但查過她的出生日期，他就知道這是不可能的。

瑞秋觀察他的反應，看出他在心中計算。「我知道。你跟我分手之後，我投入了另外一段無法長久的關係。」

不意外。

「我懷孕了，但沒有嫁給那個人。槍擊事件後，艾默森發現了一張你和我的舊合照。你也知道女孩子有時候有多難纏。她和繼父以前本來很親，我知道這深深地傷害了他，但她開始說他不是她真正的爸爸，她開始著迷於你。」

難怪那個男的表現得那麼不自在。

「而且雪上加霜的是，槍擊事件之後，她面對現實就變得有點困難。」瑞秋說。

「我很遺憾。」

他是真心遺憾。他希望能消除她的痛苦。他希望能找到她女兒，希望她還活著，狀況至少勉強算好。雖然百分之百的好是不可能的。

「差不多就在同一段時間，」瑞秋說，「她每天上網的時數開始多得過分，之後就一直是這樣子。所以我們才送她去萬象生活。其他的方法都不管用。我們在電視上看到這個中心的廣告，決定不管費用多貴我們都要參加。立即戒斷。讓她遠離其他一切，因為她的狀況已經惡化到我們無法跟她對話了。她總是低頭玩手機或是盯著筆電。我們以為自己做了正確的選擇。我們覺得這是在救她。一開始是這樣，但看看我們落到什麼下場。」她說到最後的時候破音了。

丹尼爾試圖勸慰她。現在自責無濟於事。「這是個很好的主意，是我的話可能也會那樣決定。」他沒有提到艾娃．布朗可議的行為。之後打官司肯定是少不了的。

「我需要她使用的電子設備，」他說。「手機、平板、電腦。我會讓我們的數位鑑識團隊檢查所有的資料，看看是否能發現她跟某個妳不認識的人有所聯繫，或者是跟某個妳認識的人。綁架通常是由熟人作案，而且大多不是隨機發生的，雖然隨機作案也不是不可能，我們確實見過，但不多。現在犯案需要計畫，不像多年前、手機誕生以前的時代。」

他繼續解釋其他可能性。「話雖如此，綁架事件也可能與艾默森無關。失蹤的女生有三個，另外還有兩名登山客也失蹤了。艾默森可能只是在錯誤的地方遇到錯誤的人。」

「有人說這都是YouTube上那個女孩，波希亞．迪凡假造的。不是指謀殺案，而是其他部分，玩太大失控了。」

「我們正在把這個說法納入考量。這件事甚至可能跟菲利普．迪凡有關，有人試圖引起他的注意，也許是瘋狂影迷，或是想勒索贖金的人。」他希望實情不是那樣，因為那就代表艾默森在行動中不具價值。但他們談得太久了——他得搜查房間才對。

隔著另一面玻璃牆，他可以看到游泳池。這房間對一個孩子來說很大，但裡頭的布置仍然稚氣未脫——這是很值得注意的一點——，有粉紅色的牆壁，土耳其藍的飾邊，一張鋪著毛茸茸毯子的床。梳妝台上有一盞時髦的檯燈、一個珠寶盒，鏡子上面貼滿了貼紙和看起來像是她同學的小照片。她的生活彷彿在槍擊事件後就停擺了，令人一想就覺得難過。悲劇總會將人凍結在災難發生時的年齡。

他的心思又飄走了，飄到了過去，在微風中飄揚的黃色窗簾、洗碗精的氣味。那種共同存在的感覺如此貼近現實生活，他卻根本沒有意識到。

「我稍早發現這個。」瑞秋遞給他一本日記。「我覺得她已經很久沒有寫了。」封面也是粉紅和土耳其藍的配色。

他翻到好幾年前寫下的最後一段記事的時候，某個東西飄出來掉到地上，他撿起來。那是一張老照片，他現在看著就想起了往事。他和瑞秋的照片，是他們同居時拍的。天啊，他們那時好年輕。那是多麼甜蜜的日子，大學時代，第一個真正的女朋友。但是，瑞秋的女兒把這照片放在她的私人日記裡，顯然很奇怪。不僅如此，這還意味著瑞秋把照片保留下來。他已經把所有讓他想起她的東西都扔了。

他把照片夾回去，又多翻了幾頁，翻到一個塞進裝訂邊的東西。是一張剪報，沒有像一般的剪報那樣褪色，例如掛在牆上的那張。他把日記放在有裝飾的小書桌上，攤開了剪報。

那是一篇關於他參與內陸帝國殺手案件調查的報導。他抬頭看著瑞秋。

「我不知道她從報紙上剪了這個，」她說。「但我也不驚訝。還有，剛剛的照片就是她幾年前發現的那張。」

她哭了起來，快步走開，拾起一隻兔子絨毛玩偶抱了一下，然後放在床上，讓它坐著審視整個房間。

他吸了一口氣，切入一個父母總是不樂見的話題。「艾默森有沒有做過什麼危險的事？讓妳擔心的事？」

「例如呢？」

「有時候，槍擊事件或瀕死經驗的倖存者會產生自己所向無敵的錯覺。雖然我知道正常的青少年本來就會覺得沒有什麼傷得了自己，跟這種狀況可能很難區分。這種反應也可能以相反的方式運作，有些人什麼都怕。我知道有個人不敢坐車，也害怕離開家。」

「我會說她沒有。」

「那她有傷害過自己嗎？」

「也沒有。」

「有傷害過別人嗎？」

「沒有。她是個——是個小甜心。」她現在看起來心煩氣躁。「我根本不知道你為什麼要問這種問題。艾默森很溫柔，容易受傷，容易被霸凌。」

被霸凌的人有時候也會爆發。

「她傷害過我。」

丹尼爾轉向敞開的房門。

有個女孩站在那裡，手和臉靠在門框上。丹尼爾都忘了艾默森還有一個妹妹。很不幸，受創兒童的兄弟姊妹往往容易被忽略。

「她很壞心。」女孩不帶情緒地指出。

瑞秋連忙大步走過房間。「好了。妳知道不可以這樣。」她對丹尼爾解釋：「她們會吵架。手足之間就是這樣。我們有注意到，正在設法改善。」

丹尼爾從書桌邊拿了一把椅子，搬過房間，在女孩附近坐下，但沒有近到讓她害怕的程度。

她大約十歲，比丹尼爾在他母親失蹤時略長幾歲。她也是某些心理學家所謂的連帶受害者。她沒有親身經歷槍擊事件，但她也承受著自己的痛苦，因為她此後就鮮少得到他人的關注。

「我懂，」丹尼爾告訴她。「我想稍微多了解一下艾默森做了什麼。」

「這是浪費時間。」

丹尼爾抬起視線。瑞秋的下巴緊繃，雙臂在胸前緊緊交叉。

「給我兩分鐘就好。」丹尼爾說。讓她經歷這種事，他也很難過，但這很重要。

他轉回來面對那女孩和她的一雙黑眼。「她在肢體上傷害過妳嗎？」

「有時候。」

瑞秋倒抽一口氣。「這不是真的。」

這可能只是博取關注的行為，一個長期遭到忽視而想要成為目光焦點的孩子。或者也可能是真實情況。又或只是典型的手足競爭。他沒有任何兄弟姊妹，但他知道手足之間可能對待彼此非常惡毒，在其他方面卻都是好孩子。

他的目光在女孩身上片刻不離，問道：「比如說呢？」

「有一次她想淹死我。」

「愛瑞兒！」

「還有其他的嗎？她有沒有打過妳？不管是用手或其他東西？」

「你在灌輸她子虛烏有的事，」瑞秋說。「你該走了。現在就離開。」

「她有一次想刺死我。」

「她在說謊！」瑞秋對丹尼爾說。然後她指著愛瑞兒說：「回妳房間去！現在！」

那女孩跺著腳走開了。

瑞秋的憤怒轉向丹尼爾。他明白有一部分的憤怒其實是錯置的恐懼。「那是謊話，現在你難道要拿這個責怪艾默森，而不好好去找她嗎？」她說。

「我還是會像幾分鐘前一樣努力尋找她。這一點不會改變。但是我們必須考慮到各個面向。針對個性特徵得到準確和完整的描述是很重要的，不能只是父母心目中那種光鮮亮麗的形象。」只要一失蹤，不管是誰都會在旁人眼中變得像聖人一樣。

「愛瑞兒給的描述並不正確，難道你想要的是不正確的描述嗎？」她踱著步，然後轉身，氣得滿臉通紅。「難怪我當初要甩了你。」

他決定無視這段評論。「這是標準程序。而且，瑞秋，妳想想看，」他冷靜地說。「真相會通往線索，線索會帶領我們找到解答、救人一命。這就是我的工作，我很擅長，但我需要真相。她有過暴力傾向嗎？」

他的話似乎撫平了她的情緒。她正承受著巨大的壓力。他不介意她向他發火，但他會把她關於分手的評論儲存起來，等到未來更適當的時機在他的腦海中重播。

她讓自己恢復鎮定，深深吸了一口氣，穩定下來，樣子有點困窘。「有。」

他努力不要做出驚訝的反應，努力不要有任何反應。「她曾經想刺死她妹妹嗎？」

「我不確定。我不願意去想她會做出這麼恐怖的事。」

「但是？」

「可能吧。」她坐立難安，這代表他可能擊中了要害。

「她曾經想傷害妳嗎？」

「她不是暴力的人。」

他也希望不是，但真相終究會大白。「父母往往不是最適合判斷孩子性格的人。」

「這點你得相信我。」她拉開一個抽屜，拿出筆電包和手機，將手機放進包包側袋，交給他。「你找錯方向了。」

「警探的工作裡沒有錯誤的方向。」

他看了看他的手機，慶幸現在的時間還夠他離開之後花一個小時趕到法醫辦公室。

他收到德芬波特的一封簡訊，告訴他麥格雷斯和迪凡的電子設備已被提取登錄為證物。他告訴瑞秋說會跟她保持聯絡，然後離開了。

15

芮妮坐在丹尼爾的休旅車裡，試圖消化過去三十分鐘內發生的一切，從她與珍妮的通話，到她與史丹利的面對面談話，此時房子的前門打開，丹尼爾拎著一個粉紅色的筆電包走出來。

他上車，將筆電包放在兩個座位之間。「艾默森的筆電和手機，」他說。「等驗屍完成之後，我會先自己檢查一下這些東西，再交給我們的專家。」他一邊開車，一邊用免持聽筒功能打了電話，交代電話另一頭的人盡快對另外兩個女孩的電子設備進行數位鑑識，將這項工作標記為高度優先、極度緊急。「而且我很快會交上另一支手機和筆電。」

「在處理了。」電話那頭的人回答。

「我剛剛參與了一段有趣的對話，」芮妮在丹尼爾結束通話之後說。「我有個大問題：艾默森．羅斯是你血緣上的女兒嗎？」

他發出一個像是嗆到的聲音，但是很快恢復過來。「我幾年前也有過相同的想法，但是數字兜不攏。不可能。雖然我得承認，我還是感覺跟這個案子的距離太近了。」

小鎮上的消息傳得很快，中等大小的鎮也是。當他們到達法醫辦公室時，電視台人員已經沿著主要辦公區的環形車道入口做好了部署。這個區域聚集的是各種專業人員工作的大樓，位於聖貝納迪諾縣治安官辦公室的步行距離內。有些人坐著休閒椅，大多數人都在陽傘下，拿拍攝設備撐著腿。某處有一台破爛喇叭在放音樂，播的曲子是〈壞到骨子裡〉。

「壞——壞——壞。」

記者們一看到芮妮就跳起來喊著她的名字，無聲地猛按相機快門。

被媒體跟蹤這種令人不安的醜事，她從來沒辦法克服。即使是現在，即使她已長大成人，在處理棘手案件時能了解並欣賞媒體的價值。記者是無價之寶，尤其是在今天這個快速發展的資訊世界。但在她父親被捕後，她與母親同住的房子外停滿了新聞採訪車，讓她們母女倆成了囚犯，她的母親甚至無法去買菜，芮妮也不能再回小學上課。在那一連串無盡折磨的日子裡，她們的鄰居莫里斯在某個時間點想了個計畫，要把她們偷渡到附近的山區，他在那裡有一間豪華的小屋。芮妮和母親以黑夜作為掩護，蓋著毯子躲在他的凱迪拉克後座地板上，駛向自由。

這段回憶如今有了一層全新的意義。當年，芮妮以為母親是無辜的——雖然她從來不懂羅瑟琳怎麼可能如此渾然無知，忽略枕邊人就是內陸帝國殺手的跡象，她自己的女兒被用來誘使年輕女性走向死亡的跡象。結果，原因十分簡單，她的母親什麼也沒忽略。她一直都知情。她也許甚至就是幕後主使。

她們待在山區的期間依舊逃不過媒體的關注。最後還是有人認出了她們，記者們再次來到了她們藏身的小山城。於是她們採取了一項新策略：不管記者提出多麼侮辱性的問題，她們都不與對方做眼神接觸。

她至今仍然使用相同的策略，依舊低著頭，依舊避免眼神接觸，除非有人以她無法忽視的方式逼近她，或是她出於職責而必須與人互動。她的童年經驗在許多方面讓她留下創傷，而媒體是跟那份創傷混雜不清的一部分。

丹尼爾駐足了一段時間，久到讓記者們知道他們還沒有資訊可以分享，但很快就會有進一步消息。一個個問題朝他們拋來，他舉起一隻手，躲進了大樓。他們在前台報到，然後一起走進了驗屍間的準備室，法醫伊凡潔琳・佛萊在那裡等候。她已經穿上了手術袍，頭上戴著鮮豔的手術帽，藍色的口罩拉到下巴以下。她紅木色的直髮往後束成馬尾，深色的肌膚看起來不曾有過任何瑕疵，時髦的鏡框後是一雙綠眼。

如果芮妮要為她畫素描，她會特別強調她深色肌膚的光澤、她眉毛的形狀和弧度，還有一顆小小的痣。今天芮妮在伊凡潔琳年輕的臉上看到了倦容。身兼二職的負擔把她磨耗得消瘦。他們閒聊的同時，芮妮和丹尼爾套上紙手術袍，今天是藍色的。

「我聽說我的製片人嘗試遊說你們再上一集節目呢。」伊凡潔琳說。

他們在她的實境節目──名稱很不幸地叫做「輕聲屍語」──上當過來賓，芮妮當時比丹尼爾更不情願。那一集節目成功地吸引了「巨大的觀看數」，串流媒體平台對此感到非常興奮，甚至試圖遊說芮妮和丹尼爾成為常規班底。伊凡潔琳喜歡這個主意，芮妮卻不然。

「我覺得上一次就夠了。」芮妮一面說，一面在腦後繫好口罩綁繩。

丹尼爾看起來也失去了興趣，那集節目為他們倆帶來太多不必要的關注，尤其是他。

他們跟著伊凡潔琳走進驗屍間，三人走路時發出沙沙的聲響。一如往常，他們圍著不鏽鋼驗屍台上蓋著罩布的屍體時，伊凡潔琳輕鬆隨性的舉止就立刻改變了。伊凡潔琳這個人有個特色，就是她要到踏進驗屍間的那一刻，才會搖身變成法醫。芮妮喜歡她這一點。她似乎能夠自由切換開關，這是一種健康的生活方式，芮妮目前還做不到。

「死亡原因看起來是頭部和胸部的槍傷。」伊凡潔琳說。她拉開罩布，露出珍奈・雷文斯克夫的遺體。在這裡這個冰冷的醫療環境中，芮妮絲毫沒有感覺到她在山上經歷的那種恐慌，她現在可以將全副注意力集中於受害者。

即使已經死去，珍奈還是給人一種運動員的印象。「據我們所知，她是個登山者，」芮妮說。「她是鐵人三冠王，代表她爬完美國三條主要登山步道：太平洋屋脊步道、阿帕拉契步道和大陸分水嶺步道。」

「她應該對這類活動很了解。」丹尼爾說。

芮妮贊同。「如果讓孩子跟她一起去登山，我會很放心。我也不太確定一個人可以為這種事做準備到什麼程度。」

驗屍必須遵照明確的方法步驟。伊凡潔琳首先對著從天花板垂掛下來的麥克風報讀出基本資料，麥克風連接著數位錄音設備，她可以用腳控制。基本資料包括時間、日期、死者姓名、年齡、體重和身高，這些都會被轉錄到案件檔案內。

她接著進行Y字解剖。切割完成之後，她將器官秤重，記錄所有讀數。你永遠無法預料，驗屍過程中的哪個環節會成為審判中的關鍵。除了秤器官之外，她還取出了頭胸處的子彈，「叮」的一聲放在一個不鏽鋼的腎形盤裡。

「看起來可能是點二二口徑的。」丹尼爾指出。

現在這個階段，一切都仍端賴推測。目前，他們還不知道凶手使用的是哪一種槍枝，犯罪現場也沒有找到彈殼。

「瓶頸式彈殼沒有那麼普遍，」芮妮說。「那種是專賣的，不太常見到平民使用。」

「所以妳猜我們的凶手是軍人嘍？」丹尼爾問。

「只是腦力激盪一下，」芮妮說。「點二二口徑倒是在末日準備者之間很流行。凶槍有可能是巖島兵工廠一九一一系列手槍。」

丹尼爾湊過去看得仔細些。「可能是點三五七SIG子彈。那種比較普遍一點。」

「兩位啊，」伊凡潔琳的聲音中帶著熱忱和一絲幽默。「這就是為什麼你們可以成為我節目的完美固定班底！這些內容多性感啊。」

芮妮和丹尼爾都笑了。

「很宅，我知道。」芮妮說。

「無論如何，我們會把問題交給我們的槍械專家，找出答案。」丹尼爾說。

芮妮繼續說：「我很想找出這兩個穿刺傷口的成因。」社群媒體上有些人把這對傷口稱為「吸血鬼咬痕」。

丹尼爾表示贊同。

伊凡潔琳拍了照片，測量了傷口的寬度和深度。「是一模一樣的傷口。」她調整手臂上附有放大鏡的照明燈。「如果靠得夠近，可以看出傷口不是正圓形，像是牙齒或獠牙咬出的那樣。」

「尖角形。」丹尼爾說。

「我想我可能知道傷口是什麼東西造成的，」芮妮拿出手機，在Google上搜尋，將找到的圖片放大，轉過手機讓他們看到螢幕。「防身首飾。有項鍊、手鍊，甚至還有戒指。這個可能就是戒指造成的。」戒指上突出的金屬部分看起來幾乎像是貓耳。事實上，這款戒指就叫做貓戒指。

伊凡潔琳仔細一看。「我會說這可能就是造成傷口的武器。」

「這通常不是用來殺人，只有嚇阻作用，」芮妮說。「所以也許只是巧合。」她將手機收起來。「但還是個線索。」

室內的風扇繼續發出嗡鳴，伊凡潔琳蓋起屍體，拔下手套說：「吸血鬼都過氣十年了。」這種說話風格就是伊凡潔琳的節目如此受歡迎的原因。

芮妮的手機發出震動，她查看一下螢幕。是那個訓練搜救犬的女人傳簡訊來，說她明天一早就有空協尋失蹤女孩。芮妮討厭等待，但是搜救工作絕不可能在晚間危險的山區繼續進行。當他們踏出法醫辦公室時，黑夜已經全面降臨。

在得來速匆匆買了餐點之後，他們窩進聖貝納迪諾治安官辦公室二樓的一個私人空間，裡面有白牆和明亮的燈光。丹尼爾拿出艾默森的筆電和手機。他拿手機，芮妮負責筆電。嘗試過一連串由艾默森媽媽提供的可能密碼之後，他們成功登入了。

這是一門平衡的藝術：除了對案情的迫切性保持警覺，他們的搜查也必須做到滴水不漏。他們清查電子設備的同時，丹尼爾告訴芮妮他在艾默森家中得知的種種，以及他近期和這家人的互動歷史。芮妮先前並不知道他在那場校園槍擊案的介入。這沒有什麼不尋常，尤其因為他聽起來並不是救援小組的正式成員。但他現在第二次和羅斯家有了交集，就挺古怪的了。

幸運的是，筆電上設定了許多網站的自動登入，芮妮因此能夠查看艾默森在社群媒體上的檔案和活動。「我看到一個叫做『校園槍擊受害者』的Reddit社團，」她說。「艾默森在上面似乎相當活躍。」

丹尼爾把椅子拉近，以便兩人一起觀看螢幕。「不意外。人會在各式各樣的地方尋求支持。」

「對，但她可能結識了她不該接近的人。我想讀完這些討論串，看看她互動的對象。」

「我同意。」

「你覺得她母親可能跟這件事有所牽涉嗎？」她問。

他猛然抬頭。「瑞秋？」他看起來訝異又充滿防備。「沒有。」

他顯然對她仍有感情，這可能會影響一個人的判斷力。「你不覺得你現在第二次被捲入他們生命中的創傷事件，好像挺奇怪的嗎？」芮妮問。

「肯定是很奇怪，奇怪的巧合。但妳是因為妳的過去而產生投射吧。並不是所有的母親都那麼邪惡。」

沒錯，但有些母親確實是邪惡的。

16

發現屍體的十九個小時之後，芮妮和丹尼爾回到了山上的營地。聖貝納迪諾搜救隊從昨天就在這塊區域工作，直到天色太暗才中斷行動。到目前為止，空中的直升機和地面的志工都沒有發現失蹤女孩的下落。

連續吹了幾天的風終於帶來了一場刺骨的雨。經歷了這麼多年的乾旱和野火之後，大多數的加州人都知道最好不要對降水發牢騷，但每個人也都還是會擔心雨下得太急，可能會導致山洪和土石流。芮妮看過一棟價值百萬的房屋從山坡滑落。但他們最關心的還是證據被沖走的問題。

由於有警犬參與這一輪搜查，現場的人數控制在最少，以免分散注意、造成誤導。現場周圍仍然掛著黃色封鎖線。氣溫正在上升，現在大約是華氏六十度（約攝氏十六度），水氣從遠處的山谷飄來，每個人都穿著防雨裝備，芮妮斗篷的兜帽裡凝結了水珠。

他們一抵達，擔任搜救犬的澳洲牧羊犬貝蒂就跑向芮妮，她蹲下來迎接牠。貝蒂和娜汀在芮妮偵辦的幾樁失蹤案中幫過忙，雖然案件的結局並不圓滿，但貝蒂找到了屍體。芮妮深怕相同的狀況會在這次重演。

娜汀看起來更偏好待在家裡，坐在電視前喝葡萄酒配英國烘焙節目，一面織毛線。她一頭灰髮，身材有點圓胖，笑聲響亮，是所到之處都能帶來平靜的那種人。她有一股友善的自信，而且完全不擺架子——這一行裡有些人真該學學她。此外，她是一般民眾身分，光是這一點就讓她有餘裕表現得隨性一些。跟芮妮一樣，她如果想離開的話隨時可以走。

貝蒂受的是廣域搜尋訓練，意味著牠不是在嗅聞某個人的衣物之後展開追蹤的那種搜救犬（譯註：該種稱為氣味追蹤搜救犬）。芮妮比較偏好廣域搜尋，因為不用擔心追丟足跡——這點現在因為下過雨而特別重要。廣域搜救犬單純是被訓練來找出人類，不論人是死是活。

娜汀扣好貝蒂的GPS項圈。確認項圈可以對她的手持式裝置發送訊號之後，她們就準備完成了。芮妮擔任娜汀的助手，留意位置和地形。貝蒂巡過一片廣大的區域，在灌木叢之間進進出出，在山丘上上下下。貝蒂一直跑遠又跑回來。

過了幾個小時，他們失望地回到了營地，需要補充能量和重新整隊。在雨中的補給帳篷裡，她們喝著咖啡，吃喝了溫熱的湯和酸種麵包，站在一部連接著暖器的吵鬧發電機旁。芮妮注意到天氣的變化。雨停了。她低頭看著搜救犬貝蒂，牠看起來不累也不冷。「再試一次如何？」

娜汀同意加入。

芮妮和娜汀留下丹尼爾和小隊成員討論策略，往她們之前尚未探查的方向前進。這裡的樹幹是深色的，樹葉在太陽下閃耀水光。空氣乾淨到不像真的空氣，反而像是經過濾清的。走了二十分鐘後，娜汀對貝蒂下了指令。「去找。」

狗狗出發了。

貝蒂的行為這次看起來不同了。牠毫不猶豫地以之字形移動，只有偶爾停下來嗅一嗅，然後又快速向前走，刻意而有目的的行動方式。芮妮的心跳因為集中注意狗狗的行為而加快了。她一度跟丟了貝蒂，但是接著就看到牠繼續前進時攪動得沙沙作響的灌木叢。然後她們聽到一聲狗吠，是牠當天發出的第一個聲音。

「有通知。」娜汀說。

他們透過GPS追蹤狗狗，直到發現牠站在一座山壁附近，看著下面的東西，尾巴搖晃著。牠又吠叫起來，來回跑動，似乎在尋找下山的路。娜汀在崖邊叫喚牠，抓著牠的項圈扣上狗鍊。等到狗狗安全避開可能的傷害，她們倆才往前移動，看著如剃刀般鋒利陡峭的山崖。

她們站在一座高得令人暈眩的懸崖上。腳下有常青樹的樹梢搖曳著，在擺動的樹枝之間，芮妮發現了一片鮮豔而不自然的顏色。可能是衣服，可能是一個躺在地上的人。

娜汀對狗狗又是摟抱又是誇讚，芮妮則拿出雙筒望遠鏡，將它對焦，掃視了一下整個區域，在那片鮮豔的粉紅色上停住視線。是的，是布料；是的，是一個人。她看到了金色的頭髮。「可能是波希亞．迪凡。」她說。登山行程裡的女孩只有波希亞是金髮。

她感覺到一股希望，將望遠鏡遞給娜汀。娜汀將望遠鏡舉在眼前時，芮妮用無線電聯絡丹尼爾，給了他此地的座標和地形描述。「我們立刻需要直升機，還需要搜救人員待命。」

「人還活著嗎？」丹尼爾問。

芮妮對著娜汀問道：「有任何動作嗎？」

「沒有。」

「不曉得，」芮妮說。「等我進一步通知。」她切斷通話，讓他處理他那一邊的救援工作。貝蒂在她身邊哀哀叫，努力維持「坐下」的姿勢。

「我要下去。」芮妮說。

娜汀一臉狐疑。「坡很陡呢。」

「我會小心。」芮妮知道他們現在最不需要的就是讓她也變成待救對象。

她觀察地形，尋找立足點，在她的右邊發現離懸崖稍遠的幾處有看起來像是動物的足跡。娜汀留在原地，芮妮從崖邊移開，然後迅速退回她們剛才走的步道。

她現在發現了一條稍早錯過的舊小徑，路面分岔、下降、轉彎之後與她從上面看到的那條窄路會合。如果這女孩還活著，那就意味著她已經暴露在自然環境中至少三十六個小時。芮妮努力克制快速行動的欲望，走上那條小徑。

小徑並不是筆直向下的，但鬆動的岩石使她的靴子鞋底很難找到可以抓地的位置，路面也因為下雨而濕滑，額外增加了危險。岩石在她的腳跟下晃動，她最終以螃蟹式爬行和滑行的方式向下。下降的高度夠了之後，她就改變方向，開始水平移動。娜汀把芮妮和那具人體的相對位置看得更清楚，她在上方大聲喊出方向指示，直到芮妮來到女孩身邊。

初步觀察。

女孩光著腳，穿著粉紅色的睡衣短褲和成套的粉紅色T恤，上面有紫色的羊駝圖案。她的腿和手臂上滿是擦傷，嘴唇發青，被刮傷的臉瘀青而腫脹，但芮妮仍然認得出這是波希亞·迪凡。

她跪在她身邊，注意到她的身體沒有腫脹，沒有腐臭味。芮妮的心跳已因為下坡的路程而加速，但現在跳得又更快了。她抬起女孩冰冷發青的手腕，移動手指，終於感覺到了微弱的脈搏，然後停了一下，確定她感覺到的不是自己的血液在指尖的搏動。

芮妮在腦中搬演導致這個結果的可能情境。她想像波希亞在帳篷裡聽到騷動、醒了過來。也許她看到本來不該在帳篷裡的人，那個殺手。她在驚慌之下盲目地跑進黑暗中，最後衝下了山崖。那麼其他兩個女孩呢？她們也在附近嗎？

她對娜汀大喊，「人還活著！」

然後，她將注意力轉回那女孩身上，輕輕撫摸她的臉，用指關節輕撫她的臉頰，柔聲說出她的名字，試圖喚醒她。

沒有反應。

芮妮剝下自己身上的斗篷和汗衫，盡量將女孩蓋住，然後拿出雙向對講機，再度聯絡丹尼爾，向他報告消息。無線電斷斷續續，但她聽得出他聲音中的欣慰。他們一向先為最壞的情況做準備，比較容易面對。

「你有直升機的預計抵達時間嗎？」她問。

「二十分鐘後。」他的聲音聽起來很不穩，稍後說的話解釋了他的呼吸困難。「我正在徒步前往妳的位置。很快就會到。」通話結束。

芮妮揉揉波希亞冰冷的手，再喊了一次她的名字。她看著女孩的臉，尋找最細微的肌肉抽動或眼瞼顫動。但她感覺到的是波希亞輕捏她的手。芮妮小聲地喜極而泣，靠得更近，再次喊出女孩的名字。

又捏一下。

「好孩子！妳會沒事的。妳會沒事的。」這些語句就像念經般對她們兩人承諾著。她想到波希亞的父親，想到她昨天無法向他保證任何事。現在她可以了。

她聽到石子滑動的聲音。

是丹尼爾，在往她這裡趕來。

他下坡的動作彆扭笨拙，讓石子從山坡上彈下來飛掠空中，但他最終還是到了。一踏上平地，他就開始用無線電與直升機飛行員對話，他說了一些關於風和風向的事，然後切斷通話，跟芮妮一起來到受害者身邊。「強風讓行動很困難。有時候風速已經達到每小時四十哩。」

「你得聯絡她的家長。」

「已經聯絡了。他們正在前往她之後要送去的醫院。」

由於他們的所在地偏遠僻靜，沒過多久就聽到了直升機螺旋槳的劈啪聲。一架黑白相間的直升機出現了，在他們上方盤旋，氣流壓平了灌木，然後隨著螺旋槳葉片形成一個空氣流量極小的中心而逐漸消失。一個黃色的救援吊籠和兩名組員垂降了下來。

芮妮也擔心風勢，但她告訴自己，搜救人員有他們的專業，基於波希亞的狀況，現在唯一要考量的就是速度。抬她下山會讓救援時間增加好幾個小時，延誤急救。

受傷的女孩被包上護頸，裹進一條銀色的發熱毯，接上小型行動發電機。開關打開，溫暖的空氣注入了細胞。

女孩一度閉著眼睛喃喃說了些什麼話。

芮妮靠得更近一些。

「我好怕，」波希亞耳語道，接著稍微大聲一點地說：「陪我走。拜託。」

救援小組中的女性說：「我們可以一起載妳們兩個。」

這不是芮妮今天計畫的一部分，但如果她在場能讓那女孩感到些許安慰，她就會去。

「絕對不行。」

她抬頭看到丹尼爾站在一旁。

「在這種風勢下太危險了。」他說。

正是這一點幫助芮妮下定決心。

「我要去。」

「芮妮——」

「我要去。」

「這不是妳的工作。這些人才是專業人員。」

「我要去。」

他投降。這不是適合爭論的時間和地點。

芮妮和其中一名救援人員被綁上吊索。確保一切安全後，他們兩人和波希亞一起被抬離地面。到了樹木上方，吊籠開始在風中搖擺旋轉。芮妮並不害怕，至少不為自己害怕。旋轉速度逐漸減慢，最後穩定下來。

接應點和救護車等候的步道入口之間有很長一段路程，長的不是里程數，而是時間。到達定位後，波希亞被迅速送上救護車，芮妮解開安全帶，隨後也爬上車。車門重重關上，警笛聲響起，救護車出發了。一名嚴陣以待的救護員最終設法在波希亞的手臂上找到了一條靜脈，另一人將血氧儀放在她的手指上，檢查讀數。「考慮到她各方面狀況，脈搏還不錯。」波希亞開始哭泣發抖，心跳一飛衝天。「我要找我媽。」

「妳爸媽會在醫院跟我們會合。」芮妮說。

「喬喬在哪裡？」波希亞虛弱地問。「她還好嗎？」

「我們還在找她。」芮妮對她說。她注意到波希亞沒有問起艾默森。

三十分鐘後，他們開進聖貝納迪諾醫學中心的急診入口。待命的急救小組跑向救護車。他們將女孩推入院內的同時測量了生命跡象。經過電梯和一道道的走廊，他們到達了急診室。

波希亞的父母已經在那裡了，睜大的眼睛盈滿淚水。他們和一組醫生護士包圍了移動的推床擔架，靠在女孩身邊。菲利普和桂恩對他們的女兒說著話，握著她的手。

這規格高過一般的急救處理，菲利普．迪凡顯然打電話動用了一些人脈。

雙扇門打開了，接著在他們通過後關上，留下站在走廊上的芮妮。不再需要負責照顧波希亞，讓她鬆了一口氣，但也感到情緒和身體上的疲憊力竭。她勉力轉身離開，通過迷宮般的門扉和一組樓梯，到達出口。到了外面，她一屁股坐在涼蔭下的長椅。在低海拔地區的這裡，天氣很熱，沒有下雨的跡象，陽光閃耀。在明亮的光線下，芮妮發覺自己的衣服上滿是乾掉的泥巴。她看看時間，已經傍晚了。

她打電話給丹尼爾通報消息。他沒有提起她在山上的固執行為。她告訴他波希亞的狀況，然後問：「有其他女孩的蹤跡嗎？」

「一無所獲。娜汀計畫明天要再回來。」

芮妮聽到他們還沒天黑就要離開，心裡感到失望，但能夠理解。娜汀和貝蒂都需要休息充電。

「我知道妳沒計畫加入危險的直升機飛行，」丹尼爾說。「我也沒有。很高興妳安全抵達。」

「謝謝。我會坐計程車去警局，牽我的卡車再回來。」找到波希亞是天大的好事，但也帶來了新的緊迫感和恐懼。她不願去想其他的女孩要在那裡再度過一夜。

「再過一兩個小時，搜救行動就得喊停了。我討厭這樣，但我們不能讓人天黑後待在山裡。回家去吧。好好休息一下。我打算呼籲一般民眾志工協助進行網格搜索。」

他說的有道理。「志工這個主意不錯。」換成她也會這樣做。有些人可能會想先等等，給娜汀和貝蒂再試一次，不讓志工在周圍干擾搜救犬。但她和丹尼爾都看到了波希亞獲救時的狀況。

「等波希亞恢復到能夠說話，妳和我去跟她談能發揮更大的效益，希望明天一早就有機會。」丹尼爾補充道。

「我比較想去山上。」

「我知道妳想，但我們有優秀的小組在那裡了。我相信他們會盡其所能，而且娜汀也會回來。此外，波希亞．迪凡顯然喜歡妳，所以訪談時我需要妳在場。我們能做到最有用的事，就是盡快從她口中取得精確的實況報告，這有助於我們尋找仍然失蹤的女孩。」

如果再過二十四小時沒被發現，波希亞大概就撐不過了。就算其餘兩個女孩還活著，她們可能也沒剩多少時間。

坐計程車到治安官辦公室後，芮妮進了她的卡車檢查油表。她有半箱油，如果她現在立刻前往山區，車上也有她所需的所有物資。

她的手機響了。是丹尼爾打來的。她接聽通話，希望有更多的好消息。

「妳在打算現在立刻回來山上對不對？」

「這不是個壞主意。」

「這就是個壞主意。妳沒有槍，殺手可能還在山上。而且我們都需要好好睡一覺，才能正常運作。」

她懷疑他也沒打算睡多久。「我能照顧自己。」

「噢，我知道，但我們不知道現在面對的是什麼情況。想想愛德華。」

「我的狗？」

「要是妳出了什麼事，牠就會無依無靠了。」他接下來說的話對她而言更難以聽懂。「我也會。」

17

和愛德華依偎著在自己家的床上度過一夜之後，芮妮隔天一早再度將牠託在喬斯家，然後前往山下的聖貝納迪諾。昨天的成功仍然讓她備感樂觀。她不常找到還活著的人，但這件事提醒了她，尋人的結果並不總是最壞的情況。雖然其他人仍舊失蹤，但尋獲波希亞·迪凡給了大家希望。芮妮感到左右為難——她希望能回到山區幫忙尋找其他人，但同時也知道她必須和那個受傷的女孩談談。

丹尼爾昨晚說的話同樣讓她心煩意亂，就是說沒有她會無依無靠的那段話。她試圖告訴自己這只是丹尼爾的固有表現，他是個溫暖體貼的人，也許隨時都能對其他人這樣說。她也認清自己的反應是她和父母相處時養成的否認態度使然。這並不健康。但現在沒有時間多想。她將思緒收拾起來，看日後要重新思考或是乾脆忘掉，一切都要等到這個案子結束。

波希亞的醫院位於聖貝納迪諾的高級區域。街道兩旁有棕櫚樹和真正的草坪，而不是石頭、沙子或用來給狗撒尿的假草。停車場設計成頗具禪風的庭園，有弧線和稜角，圍繞著超現代風格的建物，土堆上滿是盛開的花朵，無論情況多麼惡劣，只要置身於此就能讓人感到放鬆。入口處正前方有一座噴泉，池裡有魚，為寧靜的空間添上幾許生氣。沙漠裡的東西往往老舊且飽經風霜，但這裡的一切似乎都是新的。

她在三樓的等候區和丹尼爾碰頭。正如她所懷疑的，他看起來並沒有睡多久，鬍子也沒刮，頭髮比平時更加淩亂，敞開的深色外套下是白襯衫。與他相反，芮妮穿著輕便的牛仔褲和黑T恤。

丹尼爾從手機上抬起頭。「報案熱線剛接到一通匿名電話，表示萬象生活的員工並沒有全部做過背景調查，」他說。「報案者說最後階段加入的支援人力都沒有經過調查。」

「你指的是如果有人請病假時的替補人員。」

「對。我也跟笛德拉．倫蒂和喬登．萊斯的家人再講過話。他們還是沒有聽到這兩個人的消息。」

情況聽著越來越像這兩名登山客偶然發現了犯罪現場，最後自己也成了受害者。

「你們來了。」菲利普．迪凡大步走向他們，手臂敞開。芮妮還沒看出他的企圖，他就用雙臂環住她，給了她一個擁抱。他身上有咖啡和薄荷的味道。幸好這個擁抱並沒有持續很久。

「抱歉昨天沒機會跟你們說到話，」他說。「波希亞告訴我，是你們找到她的。謝謝，真的謝謝你們。」他看起來快哭了，眼睛紅紅的，儀容不像昨天那樣整齊。他可能在醫院待了一晚上。但就像好萊塢如雲的俊男美女，幾個無眠的夜晚也無損於他出色的外貌。即使少了一半的光采，看著他仍然像是凝視太陽。

「找到她的不是我，」芮妮說。「是貝蒂那隻搜救犬，還有牠的飼主。」

「我打算提供貝蒂夠吃一輩子的點心，並且捐款給聖貝納迪諾搜救隊。」

「我相信他們會很感激的，」芮妮說。「他們的工作具有無比的價值。」

「如果波希亞願意，我們希望能跟她談談。」丹尼爾說。

「她已經在社群媒體上貼文了，」菲利普告訴他們。面對兩張訝異的臉孔，他表示他和桂恩已經放棄了。「我們根本不應該送她去萬象生活。她是個好孩子，人氣超高。我們應該支持她的創新精神，而不是處罰她。」

他們沿著走廊來到他女兒的病房。門外站著一位武裝員警，她臉上的表情嚴厲堅定。他們不能冒任何風險，因為女孩獲救的消息已經對外公開。十六歲的波希亞在荒野中奇蹟似地活了下來，即使無處棲身，氣溫低至華氏四十五度（約攝氏七度），還下著雨，而她只穿著睡衣短褲和T恤。媒體很喜歡這個故事，但這也代表隨便一個人都知道她還活著、知道她在哪裡。而且，如果有人在將證人滅口——如果倫蒂和萊斯已經因此遇害——那麼波希亞就還有危險。任何和凶手狹路相逢的人都有危險。

在波希亞的病房裡，她們母女倆都帶著一股風暴後的平靜。桂恩看起來幾乎就跟幾天前一樣容光煥發。房間裡有高溫烘乾殺菌的棉被味道，還有昂貴的香水，那種味道刺鼻、但不會讓你偏頭痛的香水。

芮妮和丹尼爾要問的是可能有助於找到其他女孩的資訊，但他們必須小心。經歷過創傷的人若是被逼得太緊，可能導致他們封閉自己，什麼都不說。他們首先談到事件發生前一天的情況，那些不具威脅性的細節。萬象生活的司機放她們下車，她們登山紮營。這時芮妮才柔聲問起那一晚的事。

「我記得我聽到尖叫，記得我一直跑，」波希亞說。「差不多就這樣。我好害怕。就只是在黑暗中一直跑。」她的聲音細如耳語，芮妮和丹尼爾都必須湊近才聽得清楚。

「妳知道喬喬和艾默森出了什麼事嗎？」芮妮說。

「妳似乎是跟喬喬睡同一個帳篷，」丹尼爾補充。「她也逃跑了嗎？」

「我們都逃跑了。我們有一陣子是手牽著手，但是一直絆跤，最後就走散了。我想我們兩個都一直繼續跑。」她麻木地說話，沒有真正的情感。這樣有時比淚流滿面好，但也有時不然。

「妳記不記得有看到什麼？」芮妮問。

「沒有。」

「或是看到什麼人？」丹尼爾問。

「我只記得聽到尖叫，還有我一開始以為是煙火的炸裂聲。現在我知道那是槍聲。」

丹尼爾瞥瞥芮妮，然後視線看回那女孩。「那麼艾默森呢？妳對那晚的她有任何記憶嗎？」

波希亞皺眉，試圖回想。「沒有。我想她沒有跟我們一起。」她猛然抬頭。「她死了嗎？」

芮妮主導了對話。「我們希望她沒有死。目前我們有理由相信她還活著。畢竟我們都找到妳了。那麼喬登．萊斯和笛德拉．倫蒂呢？」芮妮問。「妳熟悉這兩個名字嗎？」

女孩搖搖頭。

丹尼爾拿出手機，給她看那對情侶的照片。「妳有在步道上碰到這兩個人嗎？」

波希亞再度搖頭。「但爸爸把手機還我了，所以我知道那個女生就是上傳影片的人。」她變得更有活力了。「她現在有快一百萬的追蹤數了，雖然影片已經移除，而且她也沒跟追蹤者互動。是我的話就會多互動。」

芮妮沒有對她指出，笛德拉可能受了傷、迷了路或是已經死了。

女孩短暫振奮的精神很快就消退了。她垂下肩膀哭了起來。丹尼爾對芮妮投以擔憂的目光。**問夠了**。波希亞的父母也有同感。

「她累了。」桂恩說。

「我們知道。」芮妮柔聲說。「但是還有兩個女孩下落不明，另外也有兩個人可能失蹤了。快速行動很重要。」

「我們明白。真的，」菲利普告訴他們。「我們會繼續努力蒐集資訊，如果有什麼發現，會立刻打電話給你們。如果我能幫上什麼忙，也請讓我知道。」

芮妮和丹尼爾往門口移動時，波希亞叫住他們。

「我剛想起來一件事。」她在病床上坐直，她媽媽在旁邊忙著給她水和可彎吸管。「是在尖叫聲以前。喬喬和我在帳篷裡，一邊講悄悄話一邊笑。然後我們覺得聽到艾默森的帳篷裡有說話聲。可是她是自己住一個帳篷。我們互看一眼然後笑了，因為——」她瞥向父母，然後看回芮妮和丹尼爾——「她有點怪。但現在我懷疑她其實是在跟某個人說話。」

既然波希亞已經不再哭泣，芮妮利用機會再問了別的問題。「妳有在登山步道上看到什麼讓妳有特別感覺的人嗎？感覺不對勁的人？」

「那可能有很多人呢。但是我不記得有特定哪個人。」

「妳有看到過艾默森跟妳們在步道上經過或遇到的登山客說話嗎？」丹尼爾問。

「我們都有跟其他登山客說話，多多少少，但是沒有什麼特別奇怪的人。」

「在休憩所的時候呢？有沒有什麼奇怪的人？」芮妮問。「像是其他的訪客？那邊的工作人員？」

波希亞思考了許久，最後搖了搖頭。「沒有。」她靠向枕頭，閉上眼睛。菲利普和桂恩看了芮妮和丹尼爾一眼，意思很清楚。迪凡全家人都希望他們離開。芮妮和丹尼爾目前沒有別的問題要問，就照辦了。

「我覺得我們用一種不是真的被趕出門的方式被趕出門了，」丹尼爾在他們沿走廊步向電梯時說。

「我們把他們提供訊息的能力和意願逼到了極限，」芮妮說。「別惹人生氣總是比較好。」

在大樓外，丹尼爾接到一通電話，他接起來開了擴音。是他的實習生打來。

「我拿到一份中心工作人員的完整名單，包括廚師在內，」德芬波特說。「廠商、電工、過去幾週內去過那裡的所有人。我把名單上傳到私人資料庫給你查閱。所有工作人員都需要經過背景調查，還有毒品檢驗。」

丹尼爾向他道謝，掛斷電話後說：「但是打給報案專線的人卻說，最後加入的支援人力不用通過背景調查，就可以進入中心。」

「跟艾娃告訴我們的不一樣。」芮妮說。

「不一樣。我想我們得再去萬象生活拜訪一趟了。」

18

「我們聽說，中心裡可能有一些員工不在妳給我們的名單上。」芮妮說。她和丹尼爾剛抵達艾娃·布朗的辦公室，芮妮沒浪費半點時間，直指重點。

「我不認為這樣說是對的。」艾娃說。她的頭髮分線不再筆直，眼睛充血，辦公桌上擺著一瓶止痛藥。

「妳確定嗎？」丹尼爾雙手插在口袋裡，轉身背向其中一扇俯瞰地面的大窗戶。「那麼來替補病假員工的臨時人員呢？」

艾娃看起來很虛弱，重重跌坐在椅子上，打開藥瓶抖出三顆藥，四下看看才發現她沒有水。她還是把藥仰頭吞下，立刻就哽住了。

芮妮從自己的包包裡拿出一瓶快要見底的水。兩年前，她會不假思索地把沒喝完的水遞給別人，但如今，因為近期的疫情，情況完全不同了。她轉開瓶蓋，將水瓶拿給艾娃。

艾娃含著眼淚喝了幾口水，咳嗽舒緩下來，但沒有完全消除。

「我再去裝，」芮妮宣告道，並且踏向外面的走廊。她打算同時探查一下。她經過了他們與兩組家長見面的會議室——這次裡面沒有加小黃瓜片的水——然後朝餐廳的方向走去，那裡的椅子倒反過來架在圓桌上。她走到廚房，從不鏽鋼托盤上拿起一個杯子。還有一排排其他乾淨的杯子一起放在橡膠墊上，杯口朝下。

廚房和停屍間的相似之處總是讓人有點不安，都有著白牆和隨處可見的不鏽鋼器材，因為不鏽鋼是最容易消毒的表面材質之一。她從水龍頭將杯子裝滿水。

她後面有個低沉的聲音說：「那不是飲用水。我不懂為什麼耶，你們這些臨時工老是想給客人喝水龍頭流出來的骯髒自來水。」

臨時工。平心而論，芮妮的黑衣黑褲是滿容易被誤認成服務生的。

她轉過身，看到一個穿著廚師服外套、戴著帽子的人從一個大型冷凍室裡走出來。門在他身後喀一聲關上時，連聲音都讓人聯想到停屍間。他看起來對自己的技術充滿自信，對程度不如他或不在乎的人則備感厭倦，他走到一個廚房台面，放下一個裝著某種糕餅甜點的巨大金屬托盤。然後他打開一個立式冷藏櫃，拿出一瓶綠色瓶身的氣泡水，拿走芮妮手上的杯子倒空，重新裝進瓶子裡的水。

他把杯子遞回去。「我不知道這是誰要喝的，」他說。「我猜是艾娃吧，因為這裡現在也沒其他人在了。她拿到一杯自來水會不高興的。」

「臨時工？」芮妮問。

「妳送完這個——」他朝那杯水點了一下頭——「就得回來這裡幫忙準備晚上的餐會。我們有二十個客人，要出六道菜，目前只有妳一個廚房助手到場。」

「你們這裡很常辦餐會嗎？」她問。

「我猜這是個額外賺錢的管道吧。」

她也是這樣想。「我其實不是來幫忙餐會的。」她介紹了一下自己。廚師要求看她的證件。她不再是警探了，沒有警徽，所以她遞給他一張名片。名片肯定還是有用的，因為他接著問她需要什麼。她重提一次關於臨時工的問題。

他把臀部靠在一張高凳上。他年紀不小，也許快六十歲了，需要整天站立，所以他得把握任何能休息的時間。

「這地方就像旋轉門似的。」他告訴她。

抓到了。

「沒有人待得久。我是從來沒有問題，但話說回來，我是名廚嘛。」他向她報上姓名，她沒聽過，但他不在意。「我很受歡迎，艾娃不會想冒險讓我走人。但是我聽說有些人很難拿到薪水，如果是沒有存款、靠薪水支票過活的人，都不會想面對這種每個月追討欠薪的狀況。」

這個地方要不是生意不好，就是艾娃小氣得抱著錢不放。或也許兩者皆是。

「你會不會剛好有冰袋呢？」芮妮問。

他有。

她向他道謝，拿著東西回到艾娃的辦公室。

艾娃喝了一大口氣泡水，然後將冰袋敷在後頸。芮妮不在的時候，丹尼爾坐上了艾娃辦公桌對面的一張椅子。芮妮坐在他旁邊。

「我剛剛跟廚師聊了一下，」芮妮說。「他提到你們請了很多臨時工來幫忙。我們需要他們所有人的名單。」

艾娃放下冰袋，手臂擱在桌子上，彷彿冰袋重到她再也拿不動了。「噢，沒錯，我真的忘了。」

芮妮向丹尼爾瞄了一眼。雖然他的表情可能難以判讀，但她看得出他和她一樣不相信。他們倆都不笨。他們知道，一旦生計受到威脅，很多人就會撒謊。而這就是做這一行最棘手的工作之一：區分謊言和真相。

芮妮饒富興味地看著艾娃努力控制自己的表情，讓人很難不想起她小時候的樣子。芮妮記得以前艾娃被抓到做了不該做的事時，也都是這副表情。有些事情從來不會變，真是有意思。人可能會有一陣子努力嘗試改變，但大多數時候都會變回讓他們熟悉自在的預設狀態，耗費最少的精力。成為更好的人是需要努力的。

被逼到絕境的艾娃別無選擇，只能承認事實。「我不知道那些臨時工是誰。」

「我們來的這兩次都簽了保密條款，」丹尼爾指出。「如果妳能找到臨時工簽的文件，應該就很容易確定那些非正式員工的身分。」

丹尼爾應對這種情況的方式很周到。他保持輕鬆態度，不具威脅性。即使知道對方在胡說八道，他也沒有戳破。他順勢而為，這樣對方就不會被嚇到，不會提高警覺。但艾娃似乎懷疑他已經鎖定了她。她沒有回答。

芮妮的方式更直接一些。艾娃從她身上得不到溫言軟語、虛假的同情或理解。也許這就是她和丹尼爾能組成優秀搭檔的原因。「妳沒有讓他們簽保密條款。」芮妮說。

艾娃匆忙為自己辯護。「你們要知道，廚房是一個分離的單位。後面的服務門總是有人來來去去，我們不可能監測那麼頻繁的動態。不可能的。送到廚房和補給區的貨那麼多。」

可憐的艾娃，她懷著一個夢想起步，但沒有把一切都想清楚。芮妮不知道這種無能而傲慢的行為是否值得她的同情。櫃檯要求簽署的保密條款徒具形式，讓人感覺到實際上並不存在的隱私和安全。

謊言穿幫了，丹尼爾暫且沒有別的問題。「妳對那些女孩有責任。她們的安全本來應該是妳的優先考量。」

「我知道。」

「我們需要看你們的監視器錄影。」他說。

「我已經請大樓的工程師蒐集所有錄影了。量很大。」

「任何沒有紀錄的臨時人員都可能接觸廚房或房務工作。」芮妮說。

丹尼爾順著她的話說：「我們從那三個女生停留期間的餐廳監視畫面開始。那樣不會花太久時間。」

芮妮可不確定。

艾娃帶他們到一個黑暗無窗的房間，有一個人坐在三段式辦公桌前，面前擺著一排螢幕。他似乎沒有注意到他們進來，這就奇怪了，因為即使他戴著耳機，也不會沒察覺到外門的開關。然後芮妮才發現他在睡覺，這進一步證明了保全工作的鬆懈。

艾娃碰碰他的肩膀，他驚跳起來，把耳機往下拉到脖子上，試圖表現出警惕而清醒的樣子。

這個房間狹小而封閉，螢幕在黑暗中顯得明亮又令人暈頭轉向。桌面上散落著個人物品，例如絨毛小象玩偶、一個女孩站在迪士尼樂園入口的裝框照片，還有些殺時間的零食，一罐時不時地冒出氣泡的蔓越莓汽水，和一袋玉米片。

艾娃說明了他們的來意。芮妮、丹尼爾和艾娃站在那名男子身後，他按了按鍵盤，叫出時間線視窗。艾娃給了他需要檢索的日期。他打開檔案。畫面上是餐廳，一組組人坐在餐桌旁。

「注意看服務人員，找出任何妳不認得的人。」丹尼爾說。

芮妮注意到有個人似乎有點不對勁。他外表邋遢，跟這個高檔場所格格不入。她指了出來。

他們看著廚房和餐廳之間走廊上監視器的畫面。這名男子出現了好幾次，有時推著車回到廚房，來回走動。看起來他在收拾髒碗盤，給水杯加水。

「那是艾默森，」芮妮說。「還有喬喬和波希亞。」她們都坐在同一桌。那名男子在艾默森面前放了一個杯子。她抬頭對他微笑。「那是誰？」

艾娃湊近螢幕瞇著眼看。「我不知道。」

芮妮和丹尼爾互看了一眼，然後又看向螢幕。那名男子低著頭，五官不清晰。

「你可以把他的臉放大嗎？」丹尼爾問。

那名技術人員按了幾個鍵。局部放大的畫面沒什麼幫助。影像放大之後像素化太嚴重，仍然看不清五官。艾娃顯然對監視器的花費很吝嗇。

「我們得找出這個人的身分。」丹尼爾說。

他們繼續看，發現有另外兩個人與檔案中的任何員工面孔都不相符。治安官部門已經有了員工的電話號碼和電子信箱，而且大多數人都已經接受了員警訊問。

「也許跟這裡的任何人都無關。」艾娃說。

她似乎仍在試圖說服他們，沒有發生什麼大事，儘管她有一個員工已經死了。「你說得對，」芮妮說。「我們只是在追蹤手邊的所有線索。」她沒有明說這是他們目前僅有的稀少線索之一。

「很多人都認為這只是惡作劇，」艾娃說。「我也覺得。」

「惡作劇通常不會出人命。」芮妮說。

「我不是說這些女孩之中有人是謀殺案的幕後真凶——如果這真的是謀殺的話。也有可能是自殺。」

又是一個已經在社群媒體上流傳的不實說法。

「她們也許是攪和上了不該招惹的人，」艾娃繼續說。「這種事時有所聞，尤其這些女孩子又整天掛在網路上。她們會認識一些人。這就是我們想教導她們的其中一件事，她們不能相信網路上認識的每一個人。」

技術人員看看牆上的時鐘，刻意地伸了個懶腰。「我該下班了。」

「我相信你可以再待一下，」芮妮說。「我們想再看一些錄影。」他們沒有時間等技術員回家、明天再回來重新開始搜查。

他不悅地看了她一眼，然後手回到鍵盤上。丹尼爾和芮妮在旁指示，以免他們有所疏漏，再過了三十分鐘，他們碰上了另一個有趣的畫面。

一個單獨站在走廊上的女孩。

「那是寢室側廂的監視器。」技術人員說。

監視器的角度沒拍到她的臉。一個赤腳的女孩，穿著睡衣，粉紅色的連帽T恤蓋在頭上，遮住了頭髮。她穿過走廊盡頭的一扇門消失了。

「你可以找另一台監視器追蹤她的行動嗎？」芮妮問。

他叫出另一個角度的錄影。是樓梯井的監視器，但還是沒拍到臉。

「這條走廊或樓梯間還有其他監視器嗎？」丹尼爾問道。

「沒有。」

女孩在一扇似乎通往戶外的防火門旁停下。她環顧四周，但沒有看鏡頭。

「我看到有人這樣做都忍不住要笑，」技術人員說。「你應該覺得現在的人都知道舉頭三尺有監視器了，幾乎不管在哪裡都會被拍到。」

「我們的女生寢室和洗手間裡都沒有監視器。」態度總是充滿防衛的艾娃說。

「不是在說那個，」技術人員說。「妳知道的。人會做各式各樣的事，非得小心那些東西不可。」他敲敲桌上的照片。「我都是這樣跟我女朋友說。」

他們看著那女孩把防火門打開了幾吋。「為什麼那樣沒有觸發警報？」艾娃問。然後她對著丹尼爾和芮妮說：「那樣應該會觸發警報才對。」

「要不是那天晚上的警報還沒設定，就是有人把它關掉了。」技術人員聳聳肩說。又一項證據指明了這裡的保全漏洞百出。

女孩探出門外和某人說話，但玻璃另一邊的人只是一個黑糊糊的形影。一隻手從開口處伸了進來。幾秒鐘後，女孩關上門，轉過身低著頭。仍然看不到她的臉。她正看著手裡的東西。

「是一支手機。」芮妮說。

「這偷偷摸摸的小鬼。」艾娃說。

「那是餐廳裡的那個人嗎？」丹尼爾問。

技術人員將畫面停格放大，把鏡頭拉近門上的玻璃窗和門外的人影。誰也沒辦法確認。

「我們還不知道他是否跟任何事件有任何牽連。」丹尼爾警告道。

「我們可以至少找出這女孩的身分嗎？」芮妮問。「從她的衣著判斷？」

「那套睡衣是普發給所有人的，是體驗行程的一部分。」艾娃說。

芮妮看向丹尼爾，努力忍住別翻白眼。「當然嘍。」她咕噥道。

「我們需要這些檔案——這三個女孩待在這裡的期間的所有錄影。都寄到我的信箱，我會轉給數位鑑識小組。也許他們可以清理畫面，給我們更清楚的影像。」

「當然好，」技術人員說。「我明天就處理。」

「現在就處理，趁我們還在這兒。」丹尼爾拿出一張印有他信箱位址的名片放在桌上。

技術人員不太高興，但還是照做了。他一按下「寄出」就說：「如果你們部門裡需要人手，就告訴我一聲吧。」

他抬頭看著艾娃。「恐怕我這份工作是做不久了。」

19

艾莉莎對於在二號公路上看到登山客已經習以為常。畢竟這裡是加州，住在太平洋屋脊步道附近的人更把搭便車當成普遍行為，常有人比著拇指想搭一趟車進城。

她不覺得自己是所謂的步道天使，那指的是一群特別犧牲奉獻的人，設立救助站提供食物、飲水、衣物和醫療救護。艾莉莎比較像是隨機助人，她看到比著拇指、揹著後背包的人，就載他們一程，有時候一路把他們載到費倫鎮上他們指定的麥當勞分店。只要看到有需求的人，她總是會幫忙。

當她看到路邊有一小團像是衣服堆的東西，她放鬆了油門，從座位上往前傾，警覺地觀察。以前，她救助過幾個昏倒在公路邊的登山客，脫水、神智不清，在不支倒下之前撐著來到路旁。他們算是比較幸運的。

她停止滑行，踩住煞車，把吉普車停在隨風翻飛的粉紅色布料後方。她調整一下眼鏡，透過髒污的擋風玻璃望出去。

附近有一道鐵網柵欄，就算隔著窗戶她也能聽見拉緊的鐵絲被強風吹得震動的聲音，她稱之為歌聲。有些人討厭那聲音，覺得聽了毛骨悚然，但是她跟那些人不一樣。

透過擋風玻璃，她覺得自己看到了一隻手臂。她眨了幾下眼睛讓視線清晰。那也有可能是一條腿。她想起那些失蹤的女孩。她的胃往下墜，心跳加速。那兩個女孩消失的地點大約在七英里外。她關掉引擎，跳出車子，跑向地上的那團東西。

沒錯，是個人，一動也不動地躺著，儘管身上的衣服被風吹得亂七八糟，而艾莉莎的灰髮也在臉周拍打，干擾她的視線。她抓住頭髮，用手掌按在脖子上，同時蹲下來接近那具人體。

她碰碰其中一隻手臂。「嗨，」她輕聲說，然後加大了音量。「嗨。」

那團東西發出呻吟。

艾莉莎倒抽一口氣，拿出手機要撥號求援，差點弄掉了，抓穩之後卻發現沒有訊號。不意外。要是真的撥得出電話，那才是驚喜呢。她喜歡萊特伍鎮的遺世獨立，但是如果有人需要送醫……這個嘛，你多半就只能靠自己了。她將手機收起來，輕輕將那個人翻身露出臉部。

是個青少女，眼睛閉著，意識模糊。

「嘿，親愛的，妳還好嗎？」

女孩再次呻吟，艾莉莎試圖回想失蹤登山客的外觀，她在電視上看過他們的臉。這女孩是棕髮。失蹤者裡面是不是有一、兩個人是棕髮？

女孩試圖睜開眼睛，但眼球只是在眼眶裡向後翻。

艾莉莎趕回吉普車上，拿了一瓶水和一條毯子——她總是帶著這些補給品，以免自己落難，或是碰到需要救助的人。她匆忙回去，一面跑一面打開水瓶。

雖然花了點時間，但女孩漸漸醒過來，喝了幾口。

「我們得載妳去看醫生，」艾莉莎說。「妳覺得妳可以站起來嗎？」

女孩點點頭。

至少她還半是清醒著。

艾莉莎幫著她起身。她沒穿鞋，雙腳滿是瘀傷和血跡，當艾莉莎定睛一看，發現她全身也都傷痕累累。外面天氣很熱，但女孩的皮膚冰冷，艾莉莎於是在她身上裹了毯子。她個頭很小，體重不到一百磅，但艾莉莎肯定還是扛不動她。

「妳叫什麼名字？」艾莉莎問。

女孩嘗試組織字句，從頭試過一遍，吞吞口水，舌頭舔過乾裂的嘴唇，然後悄聲說：「喬喬。」

聽起來沒問題。「妳會沒事的，喬喬。妳不會有事的。我叫艾莉莎，我會幫妳。」她扶著女孩走到吉普車那邊，協助她上車，自己爬上駕駛座。

喬喬的頭靠著椅背，臉龐轉向艾莉莎。她的眼下有深深的黑圈，臉頰因為缺水而凹陷，嘴巴微張著，頭髮髒污糾結。平常的日子裡她可能很漂亮，但今天不是平常的日子，她現在並不漂亮，艾莉莎覺得自己這樣想很糟糕。

「她死了。」女孩不帶感情地說。

艾莉莎知道那組人裡有一個被殺了。她不喜歡想到有這麼恐怖的事情就在她的家附近發生，也不喜歡想到下手的人仍在外面的某處。

20

芮妮將手機螢幕轉成橫向觀看一段直播。

「哈囉大家！我回來了，各位帥哥美女！我現在呢，是在美麗的聖貝納迪諾醫學中心。你們可能有聽說，我被艾莉莎這位人超好的小姐救起來，我發誓，她在公路旁邊發現我的時候，我人就快死了！」

丹尼爾從休旅車的駕駛座往旁越過芮妮的肩膀瞥了一眼。螢幕上是喬喬・麥格雷斯的直播影片，她坐在床上，妝容完美，手裡捲繞著深色的髮絲，眼線畫得無懈可擊。她還貼了假睫毛嗎？看起來是喔。她的雀斑顯然也是假的，但芮妮不確定那是化妝還是紋繡。女孩穿著醫院的病人袍，她撫摸頭髮時，芮妮看到她手指上的血氧儀和手背的點滴管。

她恢復得很快。從丹尼爾接獲通知說有人找到她，到現在只過了短短一段時間。除了脫水和失溫之外，她似乎沒有大礙，目前被送到跟波希亞同一間醫院。

兩個女孩存活下來。

「已經有一百萬觀看數了。」丹尼爾說。

直播留言回覆不斷飛來。

我們真高興妳沒事！

我以為妳死了耶！我哭了好幾個小時！

我就知道妳沒死！

自導自演！

詐騙！

她差點死掉耶！

造假！

在留言貼出的同時，喬喬將內容朗讀出來。「你們有些人真的很沒品！」她說。「我才不會假裝這種事！」她嘟起嘴。

丹尼爾停進醫院的停車場，熄掉引擎。他們下車往大樓走，芮妮仍然盯著手機。

「還有一個驚喜！」喬喬說。「看看跟我在一起的是誰啊！」

有人擠進鏡頭。

是穿著病人袍的波希亞，她的手也連著點滴管，看起來不像應該下床的樣子，臉色蒼白，帶著黑眼圈，但是比芮妮發現她時好多了。

她揮手微笑。

螢幕右側的留言增加的速度快到讓芮妮來不及讀完。

發生了什麼事！跟我們說！

是誰對妳做了這種事？

珍奈・雷文斯克夫是妳殺的嗎？

是誰殺了她？

妳有看到事發過程嗎？

「我們得阻止一下，」丹尼爾說。「趁她還沒把不該公開的關鍵資訊分享出去。」

「也趁她還沒跟波希亞串供。」芮妮說。

不論是被害人或別種身分性質，犯罪事件的關係人在分別做筆錄之前就共同接受訪談或彼此交談，從來不是件好事。他們的說詞會以一種不妥當的方式互相融混。即使他們無意誤導任何人，也應該保護各自的想法和記憶的細節不受交叉污染，大腦是一種古怪的器官。他們沒有預期到喬喬這麼快就恢復得活蹦亂跳，但青少年的體力有時候的確宛如超人，光是補充輸液和電解質就能有驚人的效果。

在醫院門前，芮妮將手機收進口袋。丹尼爾進去秀了一下警徽，櫃檯後的女人就給了他病房號碼。病房在三樓，跟波希亞在同一條走道上，難怪波希亞可以那麼輕鬆去找喬喬串門子。

他們不等電梯，改走樓梯。同一位表情嚴肅冷靜的警員駐守在走廊上，不過現在站的位置變成在喬喬的病房外。從敞開的房門，芮妮看到那兩個女孩，和一個忙來忙去的護士，看起來是在等著用輪椅把波希亞推回病房。

丹尼爾敲敲門。

波希亞看到芮妮時，臉色整個亮了起來。

「噢喔，」喬喬對著智慧型手機，跟她的直播觀眾說。「這邊來了兩個看起來像警探的人喔，其中一個是可愛西裝男！」她對丹尼爾嫣然一笑。「我先閃啦，各位親愛的。但我馬上就會回來做化妝教學片！再也沒有人可以阻止我上網啦！」

就憑這句話，芮妮也不禁懷疑那些懷疑她造假自演的人是否說對了。也許造假的不是謀殺案本身。很難想像喬喬和波希亞會為了重回網路而下手殺人，或是請人代勞，但芮妮不會排除這個可能。所有殺人犯都是從某個起點開始的。

波希亞整個人癱在輪椅上，直播結束似乎讓她鬆了一口氣。她可以回去當個休養中的病人了。

「我們很快就會去看妳。」丹尼爾在護士把她推走時說道。

就算他對喬喬的行為有任何煩躁不耐，他看起來也把自己的感覺掩飾得很好。而由於這女孩只對在場的男性有回應，芮妮就在角落坐下，拿出她的速寫簿，開始畫下眼前的景象，並隨手記錄出現的資訊，就像法庭畫師一樣。看樣子，丹尼爾比較有機會跟這女孩成功溝通，她打算好好觀察。

他拿出一支數位錄音筆，唸出人員姓名、日期、地點，然後將錄音裝置放在床邊桌上，推到離女孩較近的位置。

芮妮常會請受害者把問題的答案寫下來。有時候，比起把同樣的話說出來，用寫的比較容易。有時候腦裡的思緒能更清晰地流動到筆尖。她不確定這是為什麼。想到這一點，她撕下一張橫線筆記紙，從包包裡拿出一支筆，遞給喬喬，對方拿到這兩樣東西似乎很困惑。

「妳想用寫的來回答也可以，」芮妮解釋道。「或是畫一些相關的圖。」

芮妮回到座位上，丹尼爾則開始問一些例行的問題，讓喬喬放鬆。他問她健行那天有什麼感覺、天氣如何，事態丕變之前她那一天過得愉快嗎？或是感覺像在被懲罰？

「我本來不期不待，」喬喬承認。「我很生氣，但是後來那個活動感覺還可以。當然我一直想著我的頻道，想回去更新，希望手機在身上，這樣我就能錄影。不過我那天不怎麼上相，所以也許還是別錄的好。我拍片之前都要花兩個小時準備，有時候還不止喔。」

丹尼爾嚴肅地點頭，彷彿他完全能夠理解。然後他們談到事發的那晚。喬喬的說法和波希亞很接近，這也難怪，因為她們睡同一個帳篷。喬喬也確認了這一點。

「那麼艾默森．羅斯呢？」芮妮問。

「她怎樣？」

「妳喜歡她嗎？」

「她好像人還不錯。」

「妳去參加萬象生活之前就認識她嗎？」

「不。而且到我們去爬山之前，我跟她都不怎麼熟。我們有一個營火夜話時段，她告訴我們說她遭遇過校園槍擊。」

「是的，」丹尼爾表示，並沒有補充說他當時也在。「我要請妳回想她和另外兩個人當晚分享的其他所有內容。」

「嗯，你知道吧，那是機密。就是要保密的事，或至少珍奈保證過那些話不會洩露出去。」她皺眉。「但我猜她也死了。」

芮妮畫下她皺眉的樣子。她也畫了喬喬手背上的點滴針和輸液管。她畫了穿過窗戶的光線落在地上形成的三角圖樣。她畫了丹尼爾，他的手肘撐著膝蓋，雙掌輕鬆地交疊。捕捉這一刻的感覺很好，雖然不像她畫她父親的埋屍地點時那麼好，但是令她滿意。

喬喬開口要說些什麼，但又打住了。

丹尼爾靠近一些，她說：「我一直在想是不是艾默森認識的某個人幹的。」

芮妮忍住抬頭的衝動。她抓緊了筆，壓低下巴，盯著紙張等待。

丹尼爾用毫無變化的聲音說：「為什麼？」

「嗯，之前她說有人會來救她走，說她爸很壞，而且根本不是她真正的爸爸，他會後悔的。

某個人會來救她。」

「某個人？」丹尼爾問。

芮妮在紙上寫：男友？朋友？

「妳記得名字嗎？」

「我想她沒說過。」

然後喬喬說當時還聽到尖叫聲，她跟波希亞逃跑，然後跑散了。「我有找她，但是我嚇壞了，當時又很暗。」

「我一直聽到尖叫，我就嚇跑了。」她回溯這段經歷時看起來是發自內心的驚恐，原本歡快的少女直播主形象消失無蹤。

芮妮為喬喬的手臂塗上陰影，畫出醫院病人袍的淡藍色花紋。她聞得到病人袍的味道，醫院的病人袍都是同一種味道。

「希望你們能找到她，」喬喬說。「艾默森。」

丹尼爾用小心措詞的提問試圖向她多套出一點資訊。

「我可能聽到她喊了一個名字，但我不知道。」她哭了起來。

芮妮從駝色的塑膠水壺裡幫她倒了一杯冰水。目前為止，喬喬都沒有提到她聽見艾默森跟人說話。

喬喬虛弱地喝了幾口，然後放下杯子。「我覺得我講夠了。」她閉上眼睛，往後靠向枕頭。

丹尼爾關掉錄音筆，收起簿子。

「很遺憾妳要經歷這一切。」芮妮輕柔地說。

如果神燈精靈讓芮妮許三個願望，她會希望不再有掠食者加害年輕女性，希望不再有孩子失蹤。還有最後一個願望呢？她會求什麼？希望她父親從來不曾殺人？或是希望能找到丹尼爾的母親？也許第一個願望就已經包含了第三個：雖然丹尼爾母親的名字不在她父親的被害人名單上，但芮妮相信那份名單並不完整。那她就要把最後一個願望用在別處：希望找到艾默森。

芮妮收拾了東西，包括她剛才拿給喬喬的紙筆。女孩在紙上笨拙地畫了一個人像。

芮妮拿著簿子。「這是誰？」

「我看到的一個在和艾默森說話的人。」

丹尼爾越過她的肩膀看著簿子。

喬喬做了一段描述：「有點瘦，不高，棕髮，臉上可能有點鬍子。」

「在哪裡看到他的？」丹尼爾問。

「萬象生活。」

「他多大年紀？」芮妮問。

「不知耶。比你們老一點吧。」

「妳覺得我們是什麼年紀？」丹尼爾問。

「五十幾？」

丹尼爾發出脖子被勒住的聲音。「是三十幾。」

「噢，對不起。」

喬喬的父母出現了。他們散發的氣息像是那種疲於在醫院等待的人，一心只想要把女兒帶回家。貝琳達．麥格雷斯留在病房裡安撫喬喬，芮妮和丹尼爾去跟她父親說話。

「我們放棄幫她戒掉電子產品了。」吉姆．麥格雷斯說。他看起來傷心又羞愧。

芮妮想向他保證，他沒有做錯事。

「就算是安慰你吧，」她說。「換成我處在你的位置，也會做一樣的事。」在她心目中，電子產品的位階並不高。

「她有提到什麼特別的事嗎？」丹尼爾問。

「她不肯談。」

「我會給她一點時間，但之後還是需要她的正式供述。」丹尼爾說。

他們向吉姆道別，沿著走廊走向波希亞的病房，經過那位監看著兩間病房的警員。

他們不知道喬喬和波希亞是否已經討論過，艾默森認識的某個人就是凶手的可能性。丹尼爾如此向波希亞問起。

「對，艾默森說她認識一個人，會來救她走，」波希亞說。「嗯，我想她說的不是救她走，她是說她爸會後悔。我記得我那時覺得這樣講好奇怪，她可以自己離開啊。」

芮妮把喬喬畫的圖給她看。

波希亞笑了出來，然後又恢復嚴肅的態度。「有個人在萬象生活那邊亂晃。我想他長得有點像這樣。但我其實不太記得。」

他們向她道謝。芮妮走近病床，對波希亞露出微笑。「我很高興妳沒事。」

波希亞也報以笑容。

「艾默森的媽媽有說到男朋友的事嗎？」芮妮和丹尼爾離開醫院大樓時，她如此問他。

「沒有，但這種事永遠說不準。可能是她沒注意到的人。小孩子在做的事情，父母大半都不知道。而且，如果這是個失控的惡作劇呢？」丹尼爾問。他不像在問芮妮，更像是在問自己。

「我也一直在納悶，」芮妮說。「但我覺得太專注在這個想法上很危險。我們要是往錯誤的地方找，就可能錯過重要的訊息。」

走向休旅車的途中，丹尼爾做了個鬼臉說：「五十幾歲？」

他似乎不太顯老，但芮妮不太確定自己是否一樣。「我們的歲月痕跡真不少啊。」

21

那天晚上，芮妮回到家，計畫要做幾個小時的線上調查。有時候，這可能跟實地調查一樣有用，甚至猶有過之。她沖了個澡，然後抱著筆電上床，愛德華蜷縮在她身邊。她登入重案組的資料庫，看看案件檔案是否有新增內容。有兩份針對萬象生活工作人員的訪談，她讀過了，並且做了標示，好讓丹尼爾知道她有看到。看起來沒有什麼新東西，至少目前沒有。然後她開了信箱，看到她做年齡模擬的藝術家朋友寄的信時，不禁心跳加速。那封信夾帶了一個圖檔。

愛麗絲．瓦爾加斯現在應該是五十五歲左右，附檔的圖畫把她畫成頭髮長度及肩，帶著幾縷灰白，臉胖了一點，眼睛小了一點，抿著嘴，有輕微的雙下巴。

年齡模擬基本上是粗略的推測，一種可能，一個假設。有些模擬圖十分準確，有些卻嚴重失真，跟畫中人實際的現今相貌幾無相似。體重、壓力、遺傳因素、健康狀況，都會造成影響。值得一提的是，這張畫像和芮妮之前看過的大有不同。

她回到手邊的案子上，瀏覽了艾默森．羅斯的臉書頁面。上面的內容不多，看起來她已經有好幾年沒在臉書上活躍了。波希亞和喬喬也一樣。她看了笛德拉．倫蒂的頁面，就是那個女孩把謀殺案現場的影片貼到社群網站上。她那邊最近也沒有動態。她男朋友喬登．萊斯的頁面則是設成私密，她能看到的東西不多。芮妮對他們兩個有種不太妙的預感。

她從臉書連到Reddit，申請加入艾默森所在的校園槍擊受害者社團，必須等待核准。她瀏覽了波希亞和喬喬的YouTube頁面，除了訂閱之外還按了透過手機通知新內容發表的小鈴鐺圖示。然後，她覺得自己在失蹤案上出了夠多力，可以偷閒一下了。她於是登入了一個她偶爾使用的臉書假帳號。如果是在她身為FBI探員的時候，這種投機行為的後果絕對不堪設想，但現在她擁有更多自由空間。

她調整更新了她的個人檔案，填寫興趣和嗜好來符合她的人設，以便獲准加入她想參加的社團。她填寫的嗜好是縫紉和手工藝。她唯一可靠的線索就是縫紉。芮妮傾向認為丹尼爾的母親已經不在人世，但如果她還活著，她可能在國內外的任何地方。

她搜尋了裁縫相關的社團，對找到的每一個社團都送出入社申請。臉書上的縫紉社團似乎都很相信人性，不設人工審核，她回答幾個問題之後，就成功加入了。

她打算瀏覽社團成員的大頭貼照，看看能否找到某個人的臉孔和她朋友畫出的素描相似。這是個無聊的程序，但是所有私人調查員的工作，從核心而言都是無聊的。他們付出的努力多半派不上用場，但也都提供了值得一探究竟的方向。在確切的線索出現以前，大部分的偵查工作感覺都是徒勞無功。

接下來的兩個小時，她瀏覽了數百張臉孔，注意到其中幾位女性可能是愛麗絲。如果愛麗絲真的就在其中，她其實應該避免列出任何可能和她以往的線下身分產生連結的興趣嗜好，但是過了三十年，放下偽裝、至少做回一部分的自己，可能也是一件輕鬆愉快且撫慰人心的事。

芮妮先前花了大把時間閱讀愛麗絲·瓦爾加斯的檔案，針對他母親的各種喜惡品味問過丹尼爾。當時，他還沒有決定放棄找尋她。愛麗絲以前喜歡手工藝，是個裁縫好手。不幸的是，有這些嗜好的人為數眾多，縫紉類的社團成員多達數千名。如果愛麗絲的興趣是挖掘蘇格蘭高地的無名塚、或者用昆蟲製作珠寶飾品，找起來就會容易得多。或者，如果她的興趣跟芮妮一樣是製作羽毛陶器、為死亡場景作畫，那就好了。

這時候，品味這件事就能派上用場，例如喜歡的書籍、電影、旅遊地點、消費產品。當然，這可能在三十年間有所變化，但是大部分人的偏好往往長期維持，這點很是有趣。此外，你也會有喜歡的顏色、花卉、樹種、動物，以及政治傾向，還有在網路上應對陌生人的習性。這些特徵是不易隨時間改變的。

芮妮利用她蒐集到的資料，將可能人選縮減到十人，至少目前就是這些了。她得找個地方開始。這十個人分布在全國各地，還有幾個在國外，像是瑞典和英國。但其中有三個人在加州，還有一個在拉斯維加斯。這四位是芮妮名單上的首選。根據她長期的觀察，加州出身的人通常久居在加州，或者離開一陣子之後也會回來。至於拉斯維加斯？可巧了，愛麗絲已故的前男友凱爾·甘迺迪最後就是搬去拉斯維加斯這個城市。他在她失蹤之後被約談過，後來丹尼爾也親自跟他問過話。

我們很容易假設，一個人若是想要消失就會遠走高飛；愛麗絲可能確實去過遠方外地，但是感覺安全無虞之後就回來。

芮妮看著那些個人檔案，發現大部分都是已婚有子女，還有孫輩。但是其中一位，住在拉斯維加斯的那個，潘妮羅佩．拉尼爾，曾經喪子，兒子在八歲時早夭。

她全身起了一股寒顫。

芮妮覺得自己不該懷疑對方，但她完全曉得某些母親可能是多麼邪惡，可能利用子虛烏有之事博取他人的同情，甚至藉由在臉書上分享喪親之痛來為自己脫罪。或者，她說的也可能是真的，可能就是事實。

芮妮用臉書私訊跟那個女人聯絡，表示自己想請人裁製同學會場合需要的成套洋裝。

妳有空檔嗎？我們能不能找一天碰面？當然是在公共場所。

對方幾乎是立刻就回覆了。芮妮沒想到回應會來得這麼快，尤其現在又是深夜。臉書上的那個女人，那個可能是丹尼爾母親的女人，說道：我這個禮拜都有空。

現在芮妮陷入兩難。她不能從時間緊迫的調查行動中抽身，但是她也不想冒著失去潘妮羅佩這條線索的風險。她送出一則模稜兩可的回覆，說她要看看行程表，之後再聯絡。她不喜歡有祕密瞞著別人，但現在她還不打算把這件事對丹尼爾透露。

22

他看新聞看得欲罷不能。

只要他人在家裡，電視就每分每秒都開著。就算他人不在家也是——以免她製造太多噪音。他附近沒有鄰居，也絕少看到路人經過，但誰也說不準會有什麼意外。

他好看失蹤登山客的新聞。每過一個小時左右，他就忍不住要看看有沒有新的進展。昨晚，聖貝納迪諾的一個電視台在一處步道起點做報導，攝影畫面中有一個手握麥克風的女人。即時播報稍後被步道的無人機空拍畫面打斷，並且穿插一位本案負責警探的訪問錄影。丹尼爾・艾利斯警探，和另一個穿駝色襯衫的警察站在一起，兩人都籲請民眾協尋失蹤的登山客。

強尼立刻在網路上填了資料，得到通知要他前往協助搜救。他一想就興奮起來。現在他在清晨的黑暗裡開車前進，前往山區的步道起點，搜救行動預計在破曉展開。

破曉。他們用的真的就是這個詞。

他是最先到的一批人。

他們檢查了他的證件，他在表格上簽名時喘個不停、心臟狂跳，但是報到桌後的女人似乎沒有察覺。她微笑著感謝他過來。

他也報以微笑。「不客氣。」

他拿到一件橘色背心，和一根用來翻找搜索的長棍。

還好他早到了，因為現在到場的人太多，他們不得不把多餘的人請回。搜救志工集滿一百名時，新聞上那個穿駝色襯衫的警察對他們傳達了指示，叫他們集體行動，雖然礙於地形無法進行真正的網格式搜索，但他們得盡力而為。強尼總是盡力而為。

他還沒有想到計畫，只能見機行事。坦白說，這裡的每樣東西看起來都好相似，就算他下定決心要找，也不知道能否找到。真是好笑。

他不是戶外型的人。他討厭戶外活動。風老是吹個沒完，太陽也不停照著。他喜歡看漂亮風景的照片，他喜歡各種空拍畫面，因為空拍機很酷，但是他不喜歡登山或散步，他尤其討厭昆蟲，還很怕蛇。這地方有響尾蛇出沒，他知道有人養的狗被蛇咬到臉，下場很慘。

他一面走，心裡一面盤點著一般人遭遇蛇咬之後會犯的各種錯誤。你不該用皮帶之類的東西束緊手臂或腿，要把衣物鬆開。這沒什麼道理，但他看到Reddit上就是這樣寫的。你應該把被咬的地方擺在低於心臟的位置，努力保持冷靜。說要保持冷靜還真好笑。誰有辦法做到啊？他就會尖叫著跑上車，把自己送進急診室。這就是他的計畫。

志願搜救者之間不太交談，只有原本就相識的人會跟彼此講話。他們的對話多半都很煩人，除非他們談論的是凶手，想猜出是誰幹的。

是他幹的。

「前男友。」某個人說。

「只是隨便一個神經病，」有人回應道。「見機起意的殺人案。」

「他們說那種人都會重回犯案現場。」

他差點笑出來，但不是被神經病那段話逗笑，那段話惹得他很火。

大家都低著頭慢慢前進，眼睛對著地面，找尋登山客掉落的任何物品。他從新聞中得知，還沒有人找到是誰上傳了女性死者在帳篷裡的Instagram影片，也沒找到她的那個男友。在Instagram應警方要求刪除影片之前，他用特殊的軟體下載了備份。

「要是我們找到屍體怎麼辦？」

發問的是個中年女子，她拿著長棍戳弄幾碼遠處的地面，彷彿在找埋在她腳下的某個人。他想到好幾種聰明的回話，但是他也不想引起別人注意。

「那就報告給帶頭的人。」他指點道。「那個男的。」然後他又指了另一個人。「或是她。」

搜救過程毫不意外地相當煩人。他不喜歡聽從命令，偏偏整個行動除了聽令行事之外就沒別的了：所有人間隔幾呎排成一列，以相同步調前進，注意看地面，注意你踏腳的地方。一排橘色背心在森林中移動，接近遇害的女孩被發現的地方。但好笑的是，他們和另外兩個登山客先前的所在位置差了老遠。那兩人現在有名字了，笛德拉·倫蒂和喬登·萊斯。他感覺得意又優越，因為他知道自己比在場所有人都更懂。

三十分鐘過去了，但感覺像是好幾個小時。他對大自然的痛恨有增無減。他又熱又累，靴子摩擦著他的腳跟，肯定長了水泡。他們停下來休息。

一隻搜救犬坐在他旁邊，前腿伸直併攏，眼睛直盯著他。有人說那隻狗叫貝蒂。給狗取這名字真蠢。

他一面瞪回去，一面想著：滾開。

那隻狗沒眨眼。**牠眼睛眨都不眨！**他有點嚇著了，因為那隻狗像是讀得出他的心一樣。牠一直盯著他，直到其中一名領隊徵求二十個人跟他一起走。他們要進入地形更惡劣的區域，無法維持排列隊形，必須分散前進。他和那名中年女子都自願加入隊伍。

走著走著，他來到一個開始有點眼熟的地方。步道在這裡轉了個急彎，他們不得不繞過。那天他也轉過這個彎角，那天風更大、更嚇人，風勢幾乎要把人吹倒。現在他走過轉角，想起了他是怎麼遇到那兩個登山客。他只是做了不得不做的事，他們讓他別無選擇。他們實在根本不該出現在那裡的。

兩個登山客不再有呼吸、動作和叫聲時，他就把他們的屍體拖上一處山崖，推到山壁下。他不習慣體力活，這件事做起來並不輕鬆。

現在，他得決定該怎麼做。也許某個人、或是那隻狗會發現他們。如果那「某個人」就是他，豈不更好？

沒錯。

他踏出步道，走向一座峭壁的邊緣往外看。他看到巨大的岩石，還有在風中搖曳的樹冠，看得他頭暈眼花。

回想那一天，就像在回顧一部電影，或是他讀到過的某個人的遭遇，不是他的。不然，他怎麼可能拖著屍體、把它們推下山崖？但他真的做到了，他很肯定。腎上腺素可以讓人變成瘋狂的大力士，他看過有個故事說一個女人因此能舉起一台車子，小報新聞說這是真的，Reddit上的人也有討論。對於那天發生的事，他的記憶是真實的，只是被當時的情緒和恐慌所蒙蔽。

他下定決心，快步爬下陡峭的山坡，靴子在岩石上打滑，他拿長棍作為支撐，並且抓著樹枝減緩下滑的速度。那個問他找到屍體怎麼辦的女人在上方對著他大喊，叫他小心，說他不應該下去。

「你違反規定了！」她往下對著他喊道。

「沒有什麼規定！」他往上吼道，眼睛沒看她，而是鎖定著屍體當時消失的方位。

現在他想起來，當屍體像巨大可笑的填充玩偶一樣翻滾彈跳時，他放聲大笑。那個女孩有跟他一起笑嗎？有幫他一起搬動屍體嗎？有時候他把她想成自己的伙伴、朋友。畢竟，他是為了她這麼做，為了救她。他現在還是在救她，未來也仍然要救。

「我去找人幫忙！」那個女人大叫道。

「我不需要幫忙！」他喊回去。他終於不再往下滑了，他很好，她暗示他要人幫忙實在讓他很生氣。他特別不喜歡女人指使他做這做那。

他掃視山坡下的區域。也許不是這裡。但接著他就看到了某個東西，那個男的不是穿了橘綠相間的上衣嗎？對。擴散的血跡把綠色染深，橘色被染得更暗。他那時就沒有笑了。

他沒往上看，也不知道那個女的還在不在上面，但他心跳加速地喊：「我找到一個人！」他吞吞口水，面露微笑，更大聲地再喊一次，「我找到一個人！」

她喊了些話回應。接著上面傳來移動的聲響，漸行漸遠，然後又回來。「這裡！他在下面！」

他想像那個女的指著他剛才消失的位置。他像屍體一樣滑落山壁，只不過他有能力止住自己的墜落。他沒有丟人現眼地死掉。他握拳抵住嘴巴，忍下一陣笑聲。然後，他不確定是怎麼搞的，他突然就跪在那個身穿橘綠相間上衣、年紀不比孩子大多少的男人旁邊。

如果找到屍體，不要碰，要呼叫求助。

他現在不是應該腫脹發臭了嗎？情況不對勁。為什麼，那傢伙看起來不差，挺好的，一點也不像他夢見的死人，那些晚上坐在他床尾、全身發腫、頭上有蒼蠅盤旋的死人。然後，那具人體發出呻吟。

它會呻吟！

強尼跌跌撞撞地後退，險些繼續往下坡滑。他等了一秒，看著上方的藍天，然後爬回那具人體旁邊。一隻眼睛睜開看著他，臉上的其他部分鬆垮無力，嘴巴張得開開的。這就是他夢裡的怪物。他搖著頭，像是要把水甩掉。他再看了那個傢伙一次。不，不是夢，不是怪物。

那個人還活著。

就在他覺得情況不可能更混亂、更難解的時候，那個穿橘綠色上衣的男人對他伸出了彎成爪狀、積著乾涸血跡的手。他的指甲斷裂，兩隻手指彎成奇怪的角度，肯定很痛。強尼理解到，那個男人是徒手抓地，拖著自己的身體從山谷裡爬出來的。哇。他站起來往更下方看，沒有看到其他屍體。這個人就這樣把自己拉上陡坡、爬到這麼高嗎？太驚人了。

了不起。

他站在那裡，試圖把這一切組織起來，同時那個人張開嘴，發出一聲嘶啞的嘎叫，然後說了一個難以辨識的詞。好像是**笛德拉**？喔，天啊，對，是那個女孩。他還能說話，這可不好，太不好了。其他人正在趕來，有人喊著發號施令。

他緩緩靠近那個穿著染血橘綠色上衣的可憐人。他望著那隻睜開的眼睛說：「抱歉了，老兄。」

他一手摀住那名登山客的口鼻，對方又是掙扎又是哀叫。「真的很抱歉，經過這些事，你本來有資格活下來的。」

一顆落石打中他的背部。搜救人員已經在滑下山壁了。

他把那個人的臉摀得更緊。那隻眼睛往外暴凸，仍然看著他，那隻眼之後似乎還藏著一個人，一個會思考、有意識的人。

「退後。」後面有人對他說。

他的身體擋住了正在發生的事情，其他人看不見全貌。他別無選擇，只能把手移開。地上的那個男人，那個穿橘綠色上衣、還沒死掉的男人，嘶嘶咻咻地吸了一口長氣，然後那隻眼睛閉上了，身體也癱軟下來。

「他還活著嗎？」搜救隊裡有個人問。

強尼往背後看。問問題的不是那個頤指氣使的女人，而是其中一位正式搜救員。強尼短暫地考慮要絆倒他，然後把他推下險峻的山丘。但是還有更多人正在趕到，彷彿從天邊和樹後冒出來。那個討厭的女人站在山上，指揮搜救員下坡。有些人帶著補給裝備，一張給傷患用的鋁箔毯，和一個醫藥箱，用來避免他嗆咳。

他一面迅速思考，一面喊道：「他還活著！對，他還活著！快點！在下面這裡！」他做了個像是往對方身上舀水的動作。

「幹得好。」第一個人說。

他們有過搜救經驗，是專業人士，繩子垂降而下，強尼還沒反應過來，就有人在他腰際綁上粗繩，把他拉了回去。他途中半爬半滑，一時沒踩穩絆到繩子，最後跪倒在坡頂。他站起來、解開繩子之後，那個大嘴巴的女人遞給他一瓶水。她微笑地看著他，彷彿是個以他為傲的媽媽。他不知道他真正的媽媽會作何感想。她會大吃一驚，但是深表肯定，或許真的也會引以為傲。

他微微一笑，喝了點水，把剩下的水倒在自己頭上，就像他看過的那些運動咖。山壁下傳來他們處理那個登山客時的聲音。

「是另外一個人！」

「還有一個！」

「在下面這邊！」

「是個女生！」

他們找到她了。

幾分鐘過後，新的消息以接力方式傳了回來。

死了。她死了。

強尼對宇宙發出一句無聲的道謝。

現在回想起來，他剛才好像聞到了某種東西腐爛的一絲氣味。沒錯。他太忙著注意其他事，沒有多留意。

「至少其中一個人活下來了，」那個女的告訴他。「你表現很好。」

是表現**得**很好才對。

他跟她聊了一會兒，然後沿著步道往回走，想要回到車上開回家。他過了片刻才發現有掌聲，過了更久才發現那些人是在為他鼓掌。他得到笑容、喝采，甚至有人拍拍他的背。他是英雄。

「抱歉，但是你得在這裡多待一下子，」穿駝色襯衫的警察說。他袖子上的布章寫著**聖貝納迪諾縣治安官部門**。「會有一位警探來幫你做筆錄。」

「我得走了。我媽有失智症需要我照顧。我已經把所有的事情都告訴搜救隊了。」

「我知道。」那個警察差點翻了白眼。他跟他有同感。「但是警探也想跟你談談。」

成為英雄人物的欣快感逐漸消逝，他開始想著那個被他們從山壁下拉上來的男人。那個登山客會認得出他嗎？

強尼必須回家，推敲出他的下一步，如果他還有下一步可走。他想把這一天重新來過。如果他沒有出聲，就可以在其他人到場之前殺掉那個男人。這不是他的錯。錯在那個不停嘮叨的女人。還有那個穿橘綠色襯衫的男人，活下來就是他的錯。

「好吧，沒問題，」他告訴那個警察。「我會等。」

警察對他點了一下頭，然後走遠去和其他人講話了。

警察一走出視線，強尼就離開了。他匆匆走向步道起點時的車子時，很驚訝時間還是早上。他要回家，不是回去找他母親，而是那個女孩。要是那個男人醒來、開口說話怎麼辦？他不想要這麼做，但是他或許會需要把她也殺了。

23

在臉書上收到潘妮羅佩・拉尼爾回覆後的隔天早上，芮妮去喬斯家託放愛德華，在途中接到丹尼爾的電話。

「喬登・萊斯找到了，」他告訴她。「還活著，但是失去意識。」

她感到一陣帶著警戒的樂觀。「這是個好消息。」

他針對萊斯的傷勢多說了一點細節。他有兩處槍傷，其中一槍的子彈留在他腦部，必須動手術。「壞消息是，笛德拉・倫蒂死了，也是中槍。」

「艾默森呢？」

「還是失蹤。」

「很遺憾。」

「我們會封鎖消息，直到我聯絡上倫蒂家的人為止，」他說。「他們住在內華達州的企業城。我馬上就要過去，只是想先跟妳說一聲。」

企業城，那是個拉斯維加斯郊區的市鎮。她靠邊停車，揚起一片塵土。「我去吧，」她說。

「你手邊的事夠忙了，你的時間用在別的地方比較好。而且從這裡到那邊的沙漠裡有一大段收不到手機訊號。」他現在會想要隨時保持資訊暢通，而且他還得去向瑞秋・羅斯報告壞消息。芮妮知道，在其他人的下落都已經明朗時，要去跟家長說明他們的孩子仍然失蹤，是一件多麼艱鉅的任務。

但至少那不同於她要帶給倫蒂家人的消息。

「妳確定？」他問。

「對。而且我還沒出發去聖貝納迪諾，所以車程比你少一個小時。」

「聽來不錯。妳一跟家屬見完面，我就舉行記者會。我想盡快釋出明確的資訊。」他把地址資料傳給她，她在地圖應用程式裡輸入倫蒂家的地址，跟他道別，然後跟喬斯說愛德華今天由她照顧。最後，她跟臉書上那個女人聯絡。

好，今天可以見面。

芮妮調頭轉往拉斯維加斯的方向。車程不到三個小時，如果她抄捷徑走莫哈維自然保留區。那是一片沒有手機訊號的廣闊荒野，狹窄的公路沒有路肩，蜿蜒穿過的地帶多半是一望無際的公有地。那條路線並不熱門，公路已經廢棄失修，如果你在途中拋錨，就只能自力救濟，可能要等上好幾個小時才會有別人經過。但她沒有拋錨，一路順暢，很快就來到加州和內華達州的州界。

她跟著導航系統的指示，開往企業城出口，最終來到一塊開發區，所有的房子都是新建的，而且外觀一模一樣，全是卡其色的獨棟房屋搭配紅瓦屋頂，分布在彎曲的街道上。前院是帶有紋路的沙地，種著格外高大的仙人掌，有些還是巨人柱品種。利用這趟旅行跟臉書上那個女人見面，讓她有點罪惡感，但是她安慰自己說，這樣丹尼爾今天就少了一件壞事要面對。

氣溫接近華氏一百度（約攝氏三十八度），所以她讓卡車上的冷氣繼續運轉。也許她應該讓愛德華留在家的，但牠喜歡出門旅行，而且帶著牠也給了她不能久留的理由。有時候，受害者家屬會想要讓通知噩耗的人留下，跟他們對話，重複談論事件細節，因為整件事太難以消化。雖然芮妮想離開並不需要藉口，但如果她表示因為愛德華在外面等而不能久待，情況會容易得多。

遇到這種情境，她每次按門鈴或敲門時，心裡都有一部分希望家裡沒有人在。丹尼爾堅持這種悲痛的消息必須面對面通知，芮妮對此則是感到五味雜陳，因為上門通知顯得帶有侵略性，但這也許只是她自己的投射。如果要接到噩耗的人是她，她寧願對方打電話來。

那家人的母親打開門，芮妮一介紹了自己，就看見對方眼中盈滿恐懼。她丈夫出現在一旁，兩張臉一起驚恐地看著她，不想聽見他們女兒的死訊。

芮妮用盡可能溫柔的態度傳達了消息。她告訴他們遺體目前被移置何處。雖然死者身分沒有疑義，但他們必須做正式指認。他們請她進去，一起坐了一下，但是僅僅五分鐘就感覺像是兩個小時那麼漫長。芮妮站起來告辭。「我相信你們需要獨處。」她遞給他們兩張名片。「我知道你們會有問題想問。請隨時打給我或艾利斯警探。請容我再說一次，很遺憾你們痛失至親。」

她離開時的四周景象模糊成一片，每次都是如此。

她步向炎熱的戶外，聽見門在她背後關上，也許還聽見了大聲的嗚咽和低聲呢喃的、安慰性質的對話。她上了車，給愛德華拍拍抱抱，傳了一則簡訊給丹尼爾，告訴他記者會可以繼續進行。然後她在腦中重播剛才的十分鐘。他們第一時間的不敢置信，還有隨後悲痛欲絕的面容。她是否用了最妥善的方式說了正確的話？雖然她知道，要減輕他們的痛苦是不可能的，但她還是強烈地希望能做到。

她回到十五號公路上，前往賭城大道西北方的一個區域。她和臉書上的那個女人要在一個安全的地點碰面，一間戶外商場。她將車停在一座看起來很新的停車場，但是拉斯維加斯的大部分東西看起來都是新的。這令人既驚奇又不安，一個虛假的世界，其中卻有真實的人過著真實的生活、感受真實的痛苦。

她單肩揹著皮革包包，戴上大框墨鏡——這是她稍微嘗試的喬裝，因為偶爾會有人從新聞上認出她——並把愛德華的狗鍊扣好。牠跳下卡車之後，就舉起一隻腳搭在路標柱上。地上沒有草和泥土，這裡比她住的地方更熱，她提醒自己補充水分，也餵愛德華大量喝水。

她找到一張長椅，坐在棉白楊樹的樹蔭下，看著咖啡店的人群來來去去。當芮妮看見愛麗絲・瓦爾加斯——也就是潘妮羅佩・拉尼爾——時，她的胃直往下墜。在偵查工作這方面，芮妮並不永遠希望自己是對的。這一次可能就是那種狀況。

那個女人的姿態舉止就像丹尼爾。她抬頭挺胸，肩膀往後收，慵懶大氣的步態跟他一樣。年齡模擬畫像驚人地精確，不過她比畫中漂亮多了，真實的她有著波浪狀的閃亮長棕髮，雖然想必是染的，但顏色濃烈，讓芮妮想起自己母親的頭髮，但聯想到的相似處僅止於此。愛麗絲全身都是各種色彩，看起來猶如春天裡的沙漠：鮮豔的飄逸長裙、粉紅色無袖上衣、亮麗的頭巾，雙臂雙腿外露，腳踩棕色皮革涼鞋，塗了閃亮的紅色指甲油。

活力四射。

包括丹尼爾在內的許多人都用這個詞形容過她。

芮妮推了推墨鏡，站起來，叫出了那個女人在臉書上的名字。她不像個叫潘妮羅佩的人，芮妮無法想像。她在自己腦中還是叫她愛麗絲。

愛麗絲看過來，發現了芮妮，露出微笑。

該死，那笑容也和丹尼爾一模一樣。

愛麗絲走近，彎腰逗弄愛德華，輕輕拍牠。

加分。

愛德華喜歡她。牠搖著尾巴，趕緊坐下，期待得到更多關愛。愛德華的反應可能不代表什麼特殊意義。雖然丹尼爾堅稱愛德華沒有她就會無依無靠，但是芮妮才養牠沒多久，無從得知牠是否只是不管見了誰都喜歡。看著愛麗絲和狗狗的互動，芮妮覺得，愛麗絲顯得就跟丹尼爾記憶中一樣討喜。是的，她充滿活力，但還帶著一股沉靜的自信——又是一項令芮妮想到丹尼爾的特質。而在那股自信之外，她整個人似乎還散發出一種甜美。芮妮覺得自己深受她吸引，她的一切都感覺如此完美。但是……

如果她就是愛麗絲（芮妮有百分之九十九點九的把握），那麼也就是她當初遺棄了自己的孩子。這個人讓丹尼爾花了一輩子找尋她，想像最糟的結果，希望能找到她、拯救她，或安葬她都好。他年復一年地面對倖存者的罪惡感。

芮妮原先也準備要花費多年來尋找他的母親。她願意為丹尼爾這麼做，或許也是為了她自己。這麼快就找到她實在出乎意料。但是這也證明了訪談證人的重要性，即使證人已經接受過無數次的訪談，仍然有可能靠著一個小細節扭轉全局。

芮妮不確定自己是如何撐過此後的幾分鐘。她的頭腦飛快運轉，神經發出繃緊的嗡鳴，情緒承受著撕扯。她們坐在一間小餐館的戶外桌，點了咖啡，芮妮幫愛德華倒了一碗水，放在桌下的遮蔭裡。送來的咖啡是用免洗杯裝的。

愛麗絲拿出一本厚重的設計書攤開，書裡有各種布樣和繪圖。芮妮差點忘了她的托辭是假裝要找裁縫師。

愛麗絲將書拿給芮妮。「看看這裡有沒有什麼讓妳眼睛一亮的。」她等待芮妮翻看樣品時自己啜著咖啡。

芮妮假裝對布樣有興趣，腦裡的思緒繼續飛馳。愛麗絲怎麼做得出這種事？她一定知道丹尼爾還在找她，新聞報得那麼大，甚至讓他不斷受到疲勞轟炸，有些女人想當他的母親、想嚐嚐成名的滋味，或者只是想感覺自己幫上了忙。偽冒者背後的行事原因很難理解，就像我們難以參透為什麼有些人會聲稱他們目擊了根本沒看到的事物。也許是因為這些人活在崇拜名人的文化裡，想要感覺自己舉足輕重，不管是透過拉近關係，甚或有時透過殺人，就像那些謀殺名人的凶手。也許那些聯絡上丹尼爾的女人想要的是一種扭曲的名人地位。

她們討論著布料的顏色，購物的人群來回走過，空氣中飄著香水和皮革的氣味，以及對話聲。

「我在考慮紅色，」芮妮說，她刻意提起一種對愛麗絲．瓦爾加斯而言應該非常熟悉的布料花色。「配上粉紅花紋。」愛麗絲失蹤時穿的就是這個花色的洋裝，丹尼爾挑選布料、幫著她一起製作的洋裝。

這一擊正中要害。愛麗絲張口結舌，努力恢復鎮靜。「很不錯。」她又喝了幾口咖啡，現在動作緊張起來，手也發著抖。至少她有所感受，對於自己的作為懷著些許愧疚。

紙杯的邊緣被唇膏染紅。芮妮不做任何解釋就抓起杯子，倒掉剩餘的內容物，將杯子放進一個她專門帶來的夾鏈袋。愛麗絲迷惑地看著芮妮、狗狗和布樣冊，想不通現在是什麼情況。

芮妮可以在這裡收手，她也想如此，她想起身走開，遠離這個帶給她朋友這麼深、這麼長久的傷害的女人。但她也想得到答案。

她把墨鏡推到頭上，叫出了愛麗絲的名字，不是她在臉書上的名字潘妮羅佩，而是她的真名。她等著這股震撼像一道隱形的波浪般出擊，愛麗絲的臉龐頓失血色。

「妳是芮妮．費雪，」她說。「我就覺得妳看起來眼熟。」

她也許看過芮妮出現在電視上的記者會，站在丹尼爾旁邊。近期，她雙親的逝世讓她又回到鎂光燈下，舊報導浮出水面，新報導也寫了出來。

「沒錯。」

「這是為什麼？」

「我想妳已經知道了。我專門找失蹤人口，即便失蹤的人不想被找到。」

愛麗絲收拾了東西，闔上她的設計書掃進包包，站起來，低頭看看芮妮的狗，也許是在想愛德華會不會追著她跑。哈，真是荒唐的念頭。

芮妮稍待片刻，希望愛麗絲主動說些什麼，但她沒有。「請坐，」芮妮說。「我們需要談一談。」

愛麗絲或許是別無選擇，她劇烈地顫抖，重重跌到座位上。

24

「事情不是表面上這樣。」愛麗絲說。

芮妮不肯放過她。「我相信事情就是表面上這樣。」

愛麗絲搖搖頭，哭了一下，想找面紙但沒找到，改用手臂抹臉。「我的咖啡杯。是要拿去驗DNA的對嗎？」

「對，但如果妳講講妳的故事，就能幫我省些時間。」芮妮必須暫時撇開這件事和丹尼爾的相關性，在如此脆弱不穩定的情形下，執著於他是很危險的。她對愛麗絲所作所為的感受和憤怒，可能會讓這一刻崩毀。

她必須提醒自己，每個人都有自己的觀點，每個人的行為背後都有自己的實情和理由。芮妮不覺得愛麗絲是個像她自己父母一樣的反社會人格者，此人似乎能感覺到痛苦、愧疚與悲傷。她喜歡愛德華，愛德華也喜歡她。芮妮得忍住出言傷害她的衝動，她得找出同理心，因為愛麗絲並不是非跟她說話不可，她大可起身走開，也許再度消失。雖然跟三十年前相比，現在要消失是困難多了。

每個人都認為自己的故事獨一無二，但大多數人其實都是受相同的事物所驅策。在這個例子裡，芮妮猜測驅動愛麗絲的是貧窮、恐懼、愛情、貪婪、寂寞。寂寞這種感受的影響力，比某些人所察覺的、願意承認的程度更大，特別是對單身男女而言。愛麗絲還沒開口，芮妮就知道她的故事了，和羅瑟琳・費雪，也就是芮妮的母親一樣。差別在於愛麗絲不是殺人凶手，至少就芮妮所知不是。

「他不想要小孩，」愛麗絲說。「他說如果我沒有小孩，他就會跟我結婚。」

真是老套。「凱爾・甘迺迪？」

「對。」

愛麗絲說的是她失蹤前不久的約會對象，她當時交往了一陣子的男友。丹尼爾說起他時心懷敬重，但他一直是用孩子的眼光在看待整個狀況。凱爾・甘迺迪一度是頭號嫌疑犯，但是很快從嫌犯名單上被剔除，因為他當時不在本地。

「他甚至不知道我要去找他，」愛麗絲說。「我想給他一個驚喜。別那樣憐憫又嫌惡地看著我。」

芮妮沒有發現自己的撲克臉面具滑落了。

「妳有小孩嗎？」愛麗絲說。

「沒有。」但她確切知道的是，如果她有小孩，她絕不會遺棄他們，不會利用她的子女作為謀殺計畫中的道具，不會企圖殺害他們、丟下他們等死。

「單親媽媽的生活很困難，」愛麗絲說。「以前那時候還更困難，當時更難得到大家接納。男人不想跟帶著孩子的女人約會，大多數人都不想。我那時候戀愛了，又笨得可以。」

她出走的時候，應該是二十多歲。很容易就忘了她當時有多年輕，根本也不比一個孩子大多少。

愛麗絲毫無保留，彷彿幾十年來都在等著傾訴她的內疚。一旦下定決心說出來，就像在告解，像在擺脫罪孽和祕密，黑暗而傷人、不曾向任何人透露的祕密，她甚至不曾在隱祕的淋浴間裡說給自己聽，也不曾在孤身一人的車上掩面哭喊。

「他是個推銷員，」愛麗絲說。「我知道，我知道。哪有人會為推銷員傾倒？我決定給他一個驚喜，那天晚上就離開家，把丹尼爾留給一個保母照顧，自己搭上長途巴士，一路到佛羅里達州去。然後我發現他已經結婚了！他從來沒有考慮過要娶我，不論我有沒有小孩。」

「那件紅洋裝又是怎麼回事？我搞不懂。」

「那件是我為了凱爾特別做的，但是我看到它就難以忍受，因為它讓我想起丹尼爾。他幫我選了布料，幫我一起做。所以在離開加州之前，我就在一間加油站裡換了衣服，把洋裝塞進慈善捐贈箱。」

那件衣服經歷的旅程真是奇妙。它想必是在慈善二手商店裡被漢娜．柏奇買下，在她成了班傑明．費雪的其中一名受害者時，跟她一起進了沙漠裡的墳墓。

芮妮還沒有畫過那個場景，但那具木乃伊化的屍體樣貌大概會永遠離不開她的腦海。一片駝色大海中的一點紅。確信墓中屍體就是母親的丹尼爾站在一旁，手裡拿著被長年掩埋的洋裝，沙塵被風吹散，夕陽正在西沉。但DNA檢驗證明他錯了，於是他再次出發，繼續他的追尋之旅，而他的母親活得好好的，可能還看著報導他尋人行動的新聞。

愛德華在芮妮腳邊嗚咽一聲，不安地動了動，抬頭看著她，不知道她為何難過，不知道這彷彿朵蘿西·帕克所謂的「邪門怪事」什麼時候才會結束。她伸手下去輕拍牠。「乖狗狗，」她悄聲說。牠的確是最乖最乖的狗狗。

她在椅子上坐直，手指在桌下亂動，最後終於投降，拿出了速寫簿和鉛筆，翻到空白的一頁，拿起筆開始畫。她非畫不可。她把簿子放在一邊彎曲的膝蓋上，問道：「如果那個男人已婚，那妳為什麼不乾脆回家去？妳一定也有看到關於妳失蹤的報導。」

「我有看到一點，但是報導其實沒有那麼多，當時情況不同，沒有社交媒體。我當然覺得羞恥，但我身無分文，離家又遠。我要是有錢，就會馬上回去了，但我得先找工作，然後又過了那麼久……」

這多半是自我合理化。芮妮在她的工作中見多了，人們若不訴諸這種方式便無法自處。

「我在彭薩科拉的碼頭找了一份餐廳服務生的工作。我開始酗酒嗑藥，整個人恍恍惚惚。我覺得好羞愧。我沒辦法回去。而且我真心認為丹尼爾沒有我會比較好，最後的確也是。」

她在對自己說謊，為她的錯誤決定撐腰。「妳的失蹤影響了他的一生，」芮妮說。「妳讓他只能成為一個非得尋找母親下落的孩子，沒有機會選擇當別種人。」

重點不在於她離開，在當時的狀況下，單純的離開也許還足堪理解。她真正的罪過在於，她就這麼讓丹尼爾一輩子都在哀悼她、尋找她。這一點是芮妮無法原諒的。

愛麗絲哭了。大部分的路人經過時都盡量不看她。她用手背擦擦鼻子，看著芮妮。

「妳最後怎麼會到拉斯維加斯來？」芮妮問道。

「我想搬回加州，但是又不敢。我認識了一個男人，對，另外一個，然後我們搬到這裡來。我做了些裁縫工作，試著重整自己的生活，把毒癮戒掉。他開了一間工程公司。雖然最後還是結束了，但算是一段幸福的婚姻。」

芮妮一直在醞釀她要怎麼告訴丹尼爾這件事，但同時也想要不管三七二十一立刻打給他說：**你絕對不敢相信這有多扯**。不過也許他就是會相信。

「我以前會開車到加州看看老家。住在夠近的地方能夠這樣去看看，感覺挺好的。有時候我可以當天來回，就只是開車經過，有時候把車停在房子前，心裡但願能讓這一切重來。但犯了這種錯，你是沒辦法挽回的。我甚至不知道你能不能真的活過這一切。我感覺自己內在的某些部分在過去那時候死去了，再也不曾醒來。我那時好想他，現在也想。我追著跑的男人只是反映了我對於更優渥生活的嚮往。他代表的卻是我不再擁有的世界。我以為我可以重新來過，修正我的人生。」

「為此要拋棄妳的孩子。」

「是的，我知道這很可怕。但之後我發現丹尼爾被人收養了。我也會開車到他們的房子去。我不止一次看到他。有一回他在人行道上溜滑板，直直地看著我。我以為他認出我了。」

芮妮真正的弱點，在於她會對痛苦之人有所共鳴，不論那些人自己做了什麼。她感受到愛麗絲的痛苦，想要消去那股疼痛。而且，滑板上的丹尼爾這個情景太過衝擊。

愛麗絲繼續說：「我想，我的內心深處是想要他認出我的。但是我戴了粗框眼鏡和假髮。他就轉開視線往前走了。」

可憐的丹尼爾。

「妳會告訴他嗎？」愛麗絲問。「我覺得我無法承受。別告訴他吧。讓他以為我死了。我希望他以為我死了。告訴他我已經死了吧。」

他如果永遠不知道實情，會比較好嗎？芮妮心中猶豫著。也許吧，但那樣對他不公平，也不符合芮妮的作風。而且那樣就與愛麗絲的行為無異。不論多麼難受，他都必須聽到真相。

「他還好嗎？」愛麗絲問，一隻手靠上臉頰，若有所思的樣子。

她不配得到答案。「綜合各方面而言，他還好。」

「我以前是愛他的，我現在還是愛他。我想我只是更愛自己罷了。」

「我想也是。」

芮妮把愛德華的水盤裡剩餘的一點點水倒掉，壓扁了容器，並收起速寫簿。愛麗絲坐在原處的同時，芮妮站起身來，往加州的方向看，注意到一層霧霾瀰漫，也許是野火冒出的濃煙。然後，她和愛德華走向停車場和她的卡車。

考慮過幾個不同的會面地點之後，她決定在丹尼爾的家傳達這個消息。他的反應無從預測。她不想在公共場合告訴他愛麗絲的事，也不想讓他聽完之後還得開車回家。她也絕對不想在電話上跟他說。丹尼爾偏好親自向人報告壞消息，當接受通知的對象換成他，他可能也會希望有人當面傳達。

25

風總是吹個不停。怎麼可能有這種事？不會停的風？誰又想得到風也可以這麼恐怖？不過就是風而已嘛，艾默森以前也很喜歡風，會在風吹過頭頂的棕櫚樹時又跑又叫。那樣的記憶讓她想哭。但是，風的聲音是她在這個地方最糟糕的遭遇之一。

他們之前爬了好幾英里的山路，然後他把她塞進後車廂，開了好長好顛簸的一段路。是往更深山裡開嗎？她不知道，因為從後車廂拉她出來以前，先蒙住她的眼睛、綁住她的手。接著他抓著她的手臂，把她帶到臥室，再進了衣櫥，她就此一直待在裡面，也不知道過了多久時間，因為藥物和黑暗的環境攪亂了她腦裡的時鐘。艾默森想著他們在步道上看到的，那些釘在里程柱上的失蹤登山客照片。她媽媽也會在那裡釘上照片嗎？她會挑哪張照片？希望不會挑到艾默森討厭的。

沒有人能幫你為綁架這種事預做心理準備。學校應該要教防範綁架安全須知，比如說要是有人想綁架你，你該怎麼辦。學校會做槍擊事件演習，那為什麼不做綁架演習呢？

風把東西吹得撞上房子。每一下撞擊都驚動她，讓她把膝蓋抱得更緊。狂暴的強風讓她想起她那個死掉的歷史老師。他們讀過黑色風暴事件，知道有人因為狂風而發瘋。她以前一直覺得，那是因為颱風讓他們在室內一關就是好幾週。而現在，她思索是否風聲本身就能把人逼得發狂。

她媽媽說，聖塔安納風侵襲的期間發生的犯罪事件多於平常。艾默森相信。風日日夜夜咆哮呼號，蓋過更重要的聲音——例如或有人來解救她的聲音。但有時候風勢會停下來，就像現在。彷彿她所在的地方沒了底，變成一片空洞，她的耳朵試圖找出另一種聲音攀附住。

她聽到門開了又關，然後是腳步聲。她聽到他的運動鞋鞋底在地板上嘰嘎摩擦。另一扇門嘎吱打開，然後是他拖開重物、推走書桌的熟悉聲響。他很強壯，比艾默森壯多了，比外表看起來強壯。她應該感到害怕，但是藥效把萬物軟化了，讓這一切顯得無聊而非嚇人。

隔著衣櫥門，她聽見他沉重的呼吸。然後她聞到他的味道，是某種體香噴霧，但是在那之下，她還聞到油炸食物的氣味，聽到紙袋的沙沙摩擦聲。他老是買速食給她，讓她覺得他們所在的位置應該不是太偏遠。

另一個念頭躍入她腦海。他殺了珍奈，也許還殺了其他女孩，和步道上那些人，隨機的登山客。他這麼做沒有理由，完全沒有。

他打開衣櫥門，站在那裡，一個巨大而充滿壓迫感的影子。她眨眨眼，等待眼睛適應天花板的燈光，光線圍繞著他的頭部輪廓，像個光環。他看起來跟她第一次在萬象生活看到他的那天沒什麼不同。那時的他看起來也沒什麼特別，有點緊張，在女生身邊很害羞，就是害羞，沒別的了。他年紀比她大。一開始，她覺得頭髮稀疏、禿了一塊的他長得很醜，眼睛小小的，嘴巴是一直線。但現在她已經習慣了他。

待在這裡的期間，她都無法觀察出什麼跟他有關的事。她不確定自己想幹嘛。她猜他是那種交不到女朋友、可能完全沒有性經驗的男生。那種人叫什麼？社群網站上有一個針對他們的專有名詞。目前為止，他還沒試圖對她做什麼。她不確定自己該如何面對那種狀況，因為她認為他不會聽進她的拒絕。他就像是擁有了她，她是他的所有物，一隻他照顧得不太好的寵物。

他每天都出門，她猜想他是否還在萬象生活工作。也許他會跟其他女生聊天，跟其他女生調情，跟蹤其他女生。她不知道他會不會把別的女生帶來這裡。她幾乎要希望他那麼做，好讓她不會孤單，但那不公平。她不該想讓另一個女孩經歷她現在所經歷的一切。

她接過一袋食物和飲料。可樂附有杯蓋和吸管。她喝了一大口，儘管知道他在裡面下了藥。她發現不難說服他去做無害且簡單的事情。例如前幾天她想吃巧克力棒，他就真的出門去，半個小時後帶了好幾種不同的糖果回來。這讓她知道，他去的地方離這裡車程半小時或可能更短，也許是間加油站，因為糖果包裝紙聞起來有香菸和衣物柔軟精的味道。

也許她爸爸會來，她真正的爸爸。他就是專門救人的。也許他會查出她在哪裡，過來找她，破門而入，移開外面的書桌和重物。他會把她拉出衣櫥，問她是否還好，她會回答是，而他會把她帶走，抱著她跑過屋內，就像在學校那次一樣。

她打開袋子，抓出一把薯條塞進嘴巴。

「趕快吃。我有朋友要來。」

他之前也這麼說過，但她不知道他是不是真的有朋友。他聽起來像是說謊。她從來沒聽到過其他人的聲音，對話和腳步聲都沒有。但是他有時候會把電視音量開到最大，大到幾乎蓋過風聲。她猜想他是否有在線上互動的網友，他看起來像是那種人。

「如果警察來這裡，妳要怎麼做？」他問。「妳會大叫嗎？」

當然，我會不停一叫再叫。

她把腦子裡想的話說出來了嗎？有時候她很難區分她想到的話和講出來的話，因為當沉重感蔓延到她的四肢、心神開始麻木無感，她就會對每件事都覺得糊塗。

她將吸管放進嘴裡，吸得更用力，想像藥物襲向她的身體系統，而在此同時，他站在房間的中央，手臂垂於兩側，低著頭，看起來好像在拚命思考。

「我想給妳看個東西。」他像是下定決心般突然這麼說。他拿出手機滑了幾下，將螢幕轉過來讓她看。

她訝異地倒抽一口氣。她看到的是一張她妹妹的照片，在他們家前面拍的。

他滑到下一張。是愛瑞兒從校舍走向爸媽開來等她的車上。愛瑞兒是個死小孩，老是撒謊，想陷害艾默森，但是艾默森依然愛她，不想看到她受傷害。

「如果妳想尖叫，如果妳想逃跑，」他說著將手機推到她臉前。「我會殺了妳妹。我知道她住在哪裡，在哪上學。我會殺了妳全家，就像殺掉帳篷裡那個女生，就像殺掉步道上的那些人。」然後他的臉色倏然一變，表情幾乎稱得上快樂。「噢，我差點忘了。」

她感覺他根本沒有真的忘了什麼東西。

他伸手進口袋，拿出某種小東西藏在手裡，雙手握拳向下伸到她面前。

「選一邊。」

在體香噴霧之下，他身上帶著汗味，緊張的出汗，那種汗水有股特殊的臭氣，幾乎熏得人眼睛灼痛。「我不想。」她說。

「選。」他舉起一邊拳頭，碰觸她的下巴，假裝要打她，然後又收回手。

「我不知道。」這不重要了，她只想睡覺。她指了指。「那個。」

他將那隻拳頭翻面攤開，手掌上放的是一個圓形徽章，就是那種會印著勵志小語、或是做成樂團周邊商品的。他將徽章的別針穿過他襯衫的布料，除了第一個徽章之外還有另外兩個。「是我自己護貝的。」每個徽章上都有一個家人的照片：她媽媽、愛瑞兒，和她的繼父。

艾默森的心跳加速，嘴巴的呼吸也越來越粗重。她不知道這是什麼意思，他為什麼弄了這些東西，又是從哪邊弄來的。「你也有幫我做嗎？」

他哼了一聲氣。「這是為了萬一妳嘗試要離開這裡，或是呼救。」他用食指和拇指比了槍的手勢，一一指著那幾個徽章，做出開火的動作。「咻、咻、咻。」

他話中的含意穿透了令她四肢和眼皮沉重不堪的藥效。她得乖乖聽話，不要嘗試逃跑，不然他會殺了她的家人。「我在這裡很好。」她的腳踝交叉，跌坐在地上變成盤腿坐的姿勢，笨拙地撞倒了旁邊的飲料。「我不會大叫，」她搖搖頭。「絕對不會。保證。」

「我很想相信妳。」

他關上門，把書桌推回去。她聽到他在桌上堆積好幾百磅的重物。她好幾次嘗試推開門出去，但是她推不動。而現在她沒有嘗試離開的理由了。這是她的任務：躲好，保持安靜，確保她的家人安全。

26

芮妮到丹尼爾家門前敲門時，已經快要晚上八點了，愛德華耐心地坐在她身邊。丹尼爾的休旅車在停車位上，波的轎車則不見蹤影。如果她沒記錯，今天是他的撲克牌之夜。

丹尼爾位於聖貝納迪諾的家很簡樸，有弧形的步道、看起來頗具創意的花格磚，屋前種著兩株高大的棕櫚樹，和好幾種不同的仙人掌。

她有好幾個小時為此做準備，但她還是不確定自己能否辦到。她希望丹尼爾知道真相之後，就能往前走，即使真相並不是他期待聽到的那樣。然而，他應門的時候，她又感到一股全新的心痛。他看起來已經好幾天沒有睡好，而她現在要拋給他的訊息又將導致更多無法成眠的夜晚。

愛德華和丹尼爾相見歡，丹尼爾輕拍狗狗，愛德華使勁搖尾巴。

「我有新消息。」芮妮關上背後的門。她知道他已經曉得她一定是有什麼大事，才這麼晚開車來他家。但是照邏輯而言，他會預期這是關於太平洋屋脊步道謀殺案和失蹤女孩的消息。

她沒有說「你先坐下來比較好」，而是默默坐到沙發上示意，愛德華也在她腳邊就位。客廳是典型的加州現代風格，有大觀景窗，復古風的窗簾拉上，角落有綠色的造型立燈，燈罩是白色，還有藍色的矮沙發，和一張可能是專門給波坐的扶手椅，面對著書架和平面電視。布置很隨性，用了大量的藍綠色和橘色。有一幅黃貓的天鵝絨畫像，和珠針加上彩線做成的金棕兩色貓頭鷹裝在畫框裡——六〇年代曾經風行的藝品，如今在這區專做觀光客生意的古董店頗受歡迎。

她知道這兩個男人，養父和養子，是怎麼住到一起的。波有一次心臟病發作後，丹尼爾便幫他打包行李，帶他過來一起住。那已經是好幾年前的事了，看來這個安排對他們兩人都進行得很順利。

丹尼爾消失了一下，然後拿著一碗水回來，放在愛德華旁邊，然後自己坐在芮妮對面的電視椅上，轉過來面對她。某處傳來時鐘的指針滴答聲，愛德華則從碗裡嘖嘖有聲地喝水。

「這件事沒有辦法委婉地說。」她表示。她的心臟狂跳，但願她當初只是傳簡訊或寄電子信給他就好。她已經對受害者家屬報告過壞消息好多次了，為什麼這次對她而言格外艱難？因為這是丹尼爾，而他母親的遭遇是他這一輩子所有作為背後的驅動力。

立燈的光線照過他的臉龐。他的頭髮微亂，臉上的鬍子需要刮一刮。他工作得好拚命。她現在做的是對的嗎？她是不是應該把關於愛麗絲的消息放著，至少暫緩一下？她短暫考慮要為自己的造訪編個藉口，等到這個案子結束或是冷卻下來再說。但是他們永遠都會有案子，無法成眠的夜晚也一直免不了。而且要是愛麗絲在芮妮透露消息之前就主動聯絡呢？

他察覺到她的焦慮。「發生什麼事了？」

她想要逃跑的欲望是出自於懦弱，不是因為顧及丹尼爾，但他才完全應該是這件事的重點。

她淺淺地吸進一口氣，說出了她必須說的話，沒有任何委婉修飾。「丹尼爾，我找到你的母親了。」

他看著她，拚命想要搞懂她的話，也許正在反覆咀嚼。「什麼？」

「對不起。我知道這非常意外。我找到你的母親了。」

她感覺到自己的肚子又遭受新的一擊，幾乎像是反射了他必然感受到的震驚。

他沒有移開視線，問道：「屍體在哪裡？」他跳了起來，四下張望室內，彷彿這樣能幫助此時此地的他想出下一步該怎麼做。「我得過去那裡，親自到場。」

他以為她死了。「我還有別的事要告訴你。」現在，她對他做出「請坐」的暗示。他置之不理。芮妮拱起肩膀。「她還活著。」

「妳說什麼？」又是一陣新的困惑。他以為自己誤會了。

「她還活著。愛麗絲還活著。」她可以看出他的思緒飛馳，努力想參透究竟是什麼因素可能導致這樣的結果。

「她人安全嗎？」

噢，丹尼爾。他心中放下了愛麗絲已經死亡的念頭，立刻轉而想到她是被綁架、虐待、監禁。

她為他心碎。她真想將時間倒轉到十分鐘前，跟他說她只是路過打個招呼。「她沒事。」芮妮站起來面對他。「她很好。」

芮妮不是喜愛肢體碰觸的人，但她伸出手，用雙手握住他的，並且望進他的眼睛。「丹尼爾，」她輕聲說著，試圖喚回他的注意力，讓他知道她會在這裡陪著他。

「警方說得沒錯。」她說話時感到一陣歉意，聲音破碎。「當年，愛麗絲是出於自己意願離開的，她離家出走。」

他那張對許多人而言無法看透的臉，現在已經能輕易地被她解讀。他細微的表情變化所傳達的遠比言語更多，從不敢置信化為憤怒，再變回不敢置信。

「妳確定嗎？」他問。

她對這個問題有備而來。他是個警探。「我今天向倫蒂夫婦告知噩耗之後，跟她見了面。我採到了她的DNA，你可以拿去測試看看是否相符。但我毫不懷疑，那就是她。」她沒有提起他們之間的各種相似之處：步態、舉止、笑容。

他看看門外，看往街道和芮妮的卡車。「她在這裡嗎？」他幾乎顯得恐慌。芮妮從不曾看過他害怕，但她現在看到了。一個懼怕自己母親的孩子。

「不，沒有。」她將一隻手放在他胸前。他的心跳猛烈。「我真的很抱歉。」他跟她說過別再找了。而現在，她傷了這個在她允許之下走進她生命的人。「她過得很好。她住在拉斯維加斯。我今天見到她了。先消化一下，我之後再跟你說其他細節。」她到廚房去，從水龍頭裝了一杯水。

她回到客廳，但心中希望自己乾脆待在廚房裡。她將水杯塞到他手中時，他的手在發抖。

他一飲而盡，彷彿杯中裝的是烈酒。「不，全部一切我都需要知道。」

她把愛麗絲說出的每一件事都告訴他。丹尼爾的臉在她的注視之下垮了下來。

他轉身背對她，臉埋在手中，顫抖地倒抽一口氣，然後雙肩開始搖晃。一個聲音從他體內撕扯而出，發自最深最深的悲傷，幾乎成了真實的、生理上的疼痛，將他的骨骼從身體剝離。她知道這對他會很難以接受，但她沒有想到會這麼慘痛。他的反應震撼了她。

她自己的悲傷一向是沉默而私密的，鮮少伴隨眼淚。但這不代表她沒有同理心，也許甚至還豐富過頭。也許這讓她來到一個她自己一人無法面對的境地，他的痛苦開啟了她的痛苦，一陣情緒的雪崩向她襲來。

她將雙手放在他肩上，把他轉過來，把他抱進臂彎拉近，在他痛哭出來時抱著他，讓他依附。他大概會為這一刻後悔，但也或許不會。

過了一陣子，他們分開。他不再哭了，但還是處在驚愕之中。他的反應就像是剛得知重要親友過世的人。她向被害人的親友傳達死訊時看過許多次這樣的反應。然而，丹尼爾剛得知的是他的親人活著。

芮妮曾希望能抹去他眼中的痛苦，但現在她反而讓他痛上加痛。如果讓他以為愛麗絲已死，是否會好過告訴他她是自願離家？而且她不只離家，明知他在找她，還從來不曾聯絡。

儘管屋內不冷，他還是顫抖不止。她在沙發尾端找到一條看似手工製作的橘色毯子，披在他身上，他喃喃道謝，把毯子抓緊。愛德華在一旁難過地嗚咽。丹尼爾彎身安撫他。

他會試圖去和愛麗絲見面嗎？不管見或不見，不論如何，他都得到了真相。他需要時間適應，而且永遠無法完全復原，但他可以不用再苦苦猜想。

他坐在椅子上，空洞的眼神望著前方。她無話可說，於是只陪他一起坐著，愛德華在她旁邊，下巴擱在她膝上，眼睛久久才眨一次。最後她聽見車子開進車道的聲音。過了幾秒鐘，廚房的門打開，波大喊一聲「哈囉」。

「我們在裡面！」芮妮喊著回應，波回到家讓她鬆了口氣，她終於可以離開，好好面對她所作所為的後果。

跟在鑰匙落於桌面和鞋子被踢到地上的聲音之後，波走進客廳，立刻明白過來情況不對勁。她站起來，愛德華的狗鍊被她扯得繃緊。「我找到愛麗絲了。」她柔聲對波說，輕輕碰了一下他的手臂。

他猛然吸了一口氣。「屍體在哪裡？」

「她還活著。」

他的眼睛先是圓睜，然後瞇了起來。

他是否覺得她的來訪和宣告是不智之舉？如果換作是他知道真相，他會選擇保護丹尼爾嗎？

「我讓你跟丹尼爾慢慢談吧。」她說。她向丹尼爾道別之後離開了。現在，說出了祕密、又讓波面對丹尼爾的創傷，她背負著雙份的罪惡感。

她和愛德華到了屋外，爬上卡車，她啟動引擎沿著陰暗的街道行駛。經過幾個街區之後，她才發覺自己沒有轉到任何一條會帶她回家的路上。卡車減速停下，現在換她顫抖起來。她舉起一隻手掩上嘴巴，忍住哭聲和痛楚。然後她將頭靠在方向盤上哭了起來。

她父親死時，她也是這樣私下躲起來崩潰，但他們家的好友莫里斯死時她沒有哭，她母親被丹尼爾槍殺時，她也沒有哭。當時，她母親的背叛行為已經曝光，芮妮整個人麻木心死。現在，這一切在她心中全都糾纏難分。丹尼爾的故事、她的故事、他們的父母所做的種種選擇。她趨向那股痛苦，利用它讓自己感覺到她長年來不容許自己體驗的哀傷。在此同時，她也懷疑自己是否利用這個時刻讓她自己了卻心事，而沒有顧及丹尼爾。

她不確定自己把卡車怠速停在路中間、在車上坐了多久。所幸路上沒有車流。一聲悲鳴和放在她手臂上的狗爪將她拉回當下，讓她足以嚥下情緒，堅定地止住眼淚，推動卡車排檔往前開。

她找到二一〇號公路，接上十號州際公路，再換到莫倫戈谷上的六十二號公路前往約書亞樹和沙漠，最後到了家，暫時安全了。

給愛德華吃了遲來的晚餐之後，她坐在戶外的星空下，想起肉眼可見的彗星很快就要出現了。她也許根本不會睡，所以有機會看到。她希望能看到，也希望丹尼爾會沒事。

沙漠有療癒的效果，但是今晚的沙漠感覺並不撫慰人心。過了一兩個小時，美洲狼嚎叫的同時，彗星仍不見蹤影，她於是回到屋內，在背後甩上門。無法入眠的她拿出速寫簿，倒了一罐水，坐在廚房桌子前畫了起來。

幾個小時過去，她繼續畫著，畫著丹尼爾聽見她告知消息時的痛苦。她根據網路上找到的比較新的照片畫了一幅艾默森的畫像。但她也回頭修飾她先前的畫作：醫院裡的喬喬、在山上犯罪現場畫的圖、丹尼爾的母親。

黎明前，她的手機在廚房桌子上震動起來。她置之不理。手機鈴聲響了。她拿起來，發現是丹尼爾的來電，她一面看著螢幕，一面撥頭髮。

她現在無法跟他說話。她甚至不知道自己有沒有辦法繼續參與太平洋屋脊步道的案子。她並沒有做出什麼其他人做不到的事。是貝蒂找到波希亞，而喬喬是自救成功，喬登則是被一個搜救志工發現。他們不需要她。她關掉手機丟到一旁，回頭畫畫。

27

芮妮帶著愛麗絲的消息來訪後的隔天早晨，丹尼爾決定去找強尼．梅伊．摩爾，那個發現喬登．萊斯的人。喬登被發現時，現場的急救員報告了一些有意思的事，讓丹尼爾想追蹤看看。他本來可以派其他人去，但很巧，摩爾就住在沙漠裡一個離芮妮家不遠的區域，大概相隔十英里。那天清晨，他試打她的電話好幾次，毫不意外地，她沒有接聽，然後他的來電就直接轉到語音信箱，代表她把手機關了。

她帶給他的消息很難消化，就算他最終能夠接受，也要花上不少時間調適。但是在他痛苦的反應之中，他看見了**她**眼神中的悲戚，她後悔告訴他。當時他但願她沒有告訴他。現在……現在他還是不知道自己對那個決定有何感受。但他知道，他得主動聯絡、看看她是否還好。

他踏出休旅車時，氣溫高達將近華氏一百度（約攝氏三十八度），他都要以為自己會在遠處看到發光的海市蜃樓。他查看手機，訊號有時是一格、有時收不到。他逐漸喜歡上沙漠，但還是訝異於這種環境受到那麼多人的歡迎。沙地、高熱、古怪的生物，與世隔絕。但是你可以在這裡看得好遠，看到好大的天空，好多遙遠的山峰。一個地面又近又熱，而天空無比廣闊的地方。

現在吹著強風，拍打著丹尼爾的頭髮和領帶，把他的襯衫從褲腰裡拉扯出來，也吹得附近的柵欄鐵絲發出嗡嗚。這陣風都可以幫車子表面磨砂了。各種有害程度不等的物質可能會飄進你的肺、眼睛和齒間。

GPS導航把他帶到一間看起來不像有人住的房子，但是很多沙漠地區的房子看起來也是同一副德行。鐵網柵門用一顆大石頭撐開，有幾輛車零散停在四處，看起來都不像能跑的樣子，早已被大自然吞噬，車體被強烈的日照變成深褐色。

沙漠一向吸引犯罪分子，但也有些人來此只是想要獨處。對於有些人，例如芮妮，沙漠是個逃避的去處，但是其他人在這裡大量囤槍、擁抱陰謀論，和志同道合的人聚在一起，想要證明地球是平的。最近就有這樣的一個人死在一艘火箭上，他本來要乘著火箭飛到高空，親眼見證平坦的世界，回來向人報告他的發現。然而，不論如何，甚至即使芮妮的父親曾在沙漠裡殺人埋屍，她還是能夠愛這個地方。

他的手機叮了一聲。顯然他還是收得到簡訊。是德芬波特傳來喬登・萊斯在醫院的最新狀況。他們取出了卡在他一隻眼睛後面的子彈，他正在手術後恢復期。

可憐的孩子。

丹尼爾傳了一封回訊，沒有成功寄出去。

現在沒有訊號。

結果這房子還是有人住的。走近門口時，即使在風聲中，他還是聽得到吵鬧的電視聲。他敲敲門。

一個打著赤膊的男人來應門，身上穿著鬆垮的迷彩褲，手腕上戴了一條銀手環，上面有個他辨認不出來的紋章。以一個住在沙漠的人而言，他膚色很白，雖然也許還不到三十歲，但頭已經有點禿了。

「你就是強尼．梅伊．摩爾嗎？」丹尼爾問。

「是。」

門打開時，電視的聲音更吵了，重低音猶如雷鳴。

「關於昨天的搜救行動，我要替你做筆錄，」丹尼爾說。「還有，要感謝你的幫忙。」

「我聽說他們在徵求幫手加入搜救，我就覺得應該盡一份力。」他聳聳肩。「沒什麼。」

「你可能救了一條人命。」

「所以他還活著嘍？」

「是的。」

摩爾鬆了一口氣。「太好了。」

丹尼爾想看看他周圍，不過屋內是暗的。「我可以進門嗎？」

「我媽在睡覺。」

「但電視開著？」

「她有失智症，我一關電視，她就對我大吼大叫。」

丹尼爾環顧四周，找尋有遮蔭的位置。只有單單一棵約書亞樹，樹下有一張塑膠桌和壞掉的椅子。「我們來這邊吧。」他走向桌子，摩爾跟上來。

丹尼爾在桌上放下手機，啟動了錄音，然後把一本記事本翻到空白頁，按了筆。汗水淌下他的脊椎，浸濕腋窩，他心中默默咒罵著沙漠。

他大聲讀出時間、地點、提問對象姓名。然後他問了一個最明顯的問題，這也是最初讓他前來拜訪的理由。

「你為什麼離開搜救現場？」

「因為我媽。我得回來關照她。」

在當時的情況下，一切可能很混亂。每個人應該都在關注喬登．萊斯，找摩爾來問話並不是他們的優先事項。

「是什麼讓你往那個地方看？」丹尼爾問。「受害者有喊聲嗎？」

摩爾想了一下下。「我聽到一個聲音，也許是呻吟。然後我往山下看，看到一個格格不入的東西，我想是他的上衣吧。」

「所以你到達那裡時，他意識清醒嗎？」

摩爾皺著眉頭，似乎在試圖回想。這就是為什麼最好當場立刻把細節問清楚。「我不覺得。」

「他有對你說什麼嗎？」

「可能吧。對了，現在想想，他是有說。說的是個女生的名字。我想是達拉吧。」

「笛德拉？」

「對，就是。他那樣講有什麼意思嗎？」

該問問題的人是丹尼爾。「他還說了什麼嗎？」

「沒有。」

「你有觸碰他嗎？因為搜救人員說你蹲在他旁邊。」

「我只是湊近過去看，看他還有沒有呼吸。」

「結果有？」

「對。」

「所以你沒有嘗試心肺復甦術之類的？」

「沒有。」

「而且你沒有觸碰他？」

「沒有。」

「你確定嗎？」

「問這些是要幹嘛？我就是發現了他，然後呼叫支援。」

「我們只是需要幫每件事留下詳細紀錄，盡量還原你和每個參與者的記憶。我知道，即使事發後只過了幾個小時，要回想就已經不容易了。」

「我說過了，我當時要去關照我媽。」

「我能跟你媽媽談一下嗎？」

「我說過了，她在睡覺。我也說過了，她有失智症。」

丹尼爾開始覺得這個媽媽並不真的存在。「好吧，那我們回歸正題。就快問完了。我一直問你有沒有觸碰他，是因為他的臉上有個手印。」雖然痕跡很淡，可是喬登一被送回山上，就有一個救護人員發現了。

「哇。」

「所以我才會問有沒有做心肺復甦術。如果你嘗試做過，沒關係的。」

「我沒有。我沒碰他。」

「好的。」

摩爾回頭往房子的方向看。「我該去換衣服準備上班了。」

「抱歉耽擱了你。」丹尼爾關掉錄音。他真的很想進去摩爾的房子，但是這個人的行為尚不足以讓他沒拿到搜索令就擅闖進去。丹尼爾將手機滑進口袋。「我想我需要問的都問到了。謝謝你撥出時間。」

在休旅車上，他傳簡訊給德芬波特，叫他對摩爾做背景調查。還是跟上一封簡訊一樣發不出去，他只得稍後再試。然後他前往芮妮的家。

28

丹尼爾等著他的敲門聲被芮妮忽略，同時重傳了他寫給德芬波特的簡訊，這次傳成功了，德芬波特回覆了一些正面的消息。喬登・萊斯的意識時有時無，可能有機會恢復某種程度的正常生活，也有機會協助案情，填補調查中的缺漏——主要是得靠他指認那個殺害他女友的凶手。

「我知道妳在家裡。」他對著門說。

一面窗簾動了一下，然後他瞄到愛德華在往外探看。牠溫和地吠了吠。

狗狗消失不見，吠了幾聲，然後再度出現。

門終於開了，芮妮舉手遮眼，擋住明亮的光線。

她在畫畫，畫得很勤，牛仔褲上沾了顏料，襯衫的衣角看起來曾被拿去擦過畫筆。她的頭髮用橡皮筋束在腦後，眼睛下有黑眼圈，他不禁懷疑她是否整晚沒睡。

「我剛好在附近。」他說。

「真的假的。」

「真的。我剛從強尼・摩爾家過來。就是找到喬登・萊斯的那個人。」

「進來吧，」她往後退。「站在外面太熱了。」

這讓他想起幾個月前，他第一次來到她家的時候，當時他請求她幫忙找出她父親埋在沙漠裡的屍體。

他跟著她進屋，彎腰摸摸愛德華。看到芮妮平安無事，他鬆了一口氣。直到此刻，他才發現自己一直在過度擔心她的心理狀態和人身安全。他很高興她養了愛德華，有時候他會好奇她是不是為了這隻狗才活下來，前幾天他之所以說愛德華沒有她就會無依無靠，正是出於這個原因。他想提醒她，她是會被想念的。他也想藉此暗示自己對她的情感。

確認了她的狀況半好不壞之後，他四下看看，這個小空間裡的畫作數量之多令他倒抽一口氣。總共可能有超過一百幅畫，有的裝框掛起，但是現在已經沒地方掛了，於是一疊疊畫作堆在她的廚房桌子上，紙張因為受潮而捲起。地上和牆邊也都靠放著更多裝框的畫作。

一開始，她的繪畫似乎是個她不願告人的祕密。而她真正作畫的時候，看起來像陷入某種狂熱，某種取代了陶藝的執迷。她總是隨身帶著速寫簿和小型顏料組，一旦久坐下來就忍不住要打開包包、拿出筆刷和水罐，有時候則只是用鉛筆或色鉛筆。仔細想來，他發覺她從她母親死去那時就開始畫了。

「我在準備去一個藝品市集。」她說，彷彿是為了解釋這番瘋狂的創作活動。

「這是她嗎？」他指著一幅顯然是愛麗絲的肖像，再度感到痛徹心腑。那張臉如此亮麗，如此美。

「噢，天哪，我很抱歉。的確是她。」

他盯著畫看了一分鐘，利用這段期間讓自己鎮定下來。

「謝謝妳找到她。」

她從室內另一頭過來把那幅畫反放，讓它面對牆壁。「這個消息可以用更好的方式傳達。」

「不，那就是最好的方式了，其實也只有唯一這個方式。」

「我在想也許我完全不應該告訴你，應該讓你保有幻想，反正那樣也沒傷害到任何人。」

「妳做了對的事，」他說。「不可能有輕鬆的做法，妳迫使我看清現實，這樣很好，我不必再活在不上不下、懸而未決的狀態裡。」

瑞秋重新出現在他的人生中，讓他想起自己犧牲了多少事物，只為了尋找一個根本活得好好的人。「我覺得我小時候可能還看到過她一次。我那時在人行道上溜滑板，旁邊來了一輛車，開得非常慢，駕駛是個女的，她直勾勾看著我，但我只是轉開視線，繼續溜滑板。我的意思是說，我覺得我其實早就知道了。」

「噢，丹尼爾。」

「沒關係的。」

「我早該想到的，」她說。「以你的能力，不可能靠自己找不到她。當然我心中曾飄過這個念頭，對於否認，我是很了解的。」

「妳沒有做錯任何事。」

「我沒有聽你的話，我沒有按照你的意願。」

「妳可能覺得我那樣只是不想讓妳浪費時間找一個鬼影。」

「這樣說應該也沒錯。也許完全沒錯。」

「我們沒問題的，好嗎？」他問。「我希望我們之間沒有疙瘩。」

「好。我很高興你沒有恨我。」

「我知道妳有生以來，身邊親近的人、那些應該最讓妳能夠相信的人，總是無法提供妳安穩。但我想讓妳知道，我一直都會在。我不會因為妳告訴我真相，或是別的原因，就離妳而去。這些話聽起來可能像是我隨便說說，但我是認真的。我不會像妳的父母。我不會像艾娃．布朗。」

她雙眼泛淚，「謝謝你。」然後她閃身走開，顯然是為了逃離這一刻迸發的各種情緒。「我去幫你倒杯水。」她在旁邊的廚房打開冰箱。一扇碗櫥門大聲地關上了。

他藉機仔細看看周圍的那些畫作。然後他瞬間明白了她的作品中真正的隱祕元素。這些畫不是創作，而是紀錄。

他無法肯定地說這些畫中全都是她父親手下的被害人的陳屍地點，他沒有那麼好的記憶力。但是許多幅畫中都有足以辨識的地標和處所，那些是他目睹過挖掘作業進行的地方。其中一幅畫的是一塊巨岩，上面刻鑿了鳥的圖樣，就是那個地點導向了內陸帝國連環謀殺的破案。另一張畫是安博伊火山口，還有一張是河邊鎮的一座公園，是她父親最常擄走女性的作案地點之一。至少，丹尼爾可以確知的是，有許多幅畫的背景都是屍體被埋藏、發現的地點。這是她調適的方式，是她釋放痛苦的途徑。

她拿給他一杯水。

「妳真的很常在拿水給我。」他心不在焉地說。

「你想喝別的嗎？我有汽水。」

「水就好了。只是感覺妳對這件事有點執著。」

「我在沙漠裡受困過幾次。」她臉上有種古怪的表情，然後他想起，其中有一次就是她的母親拋下她在沙漠裡等死。

「有這種執著也不壞。」他說。

他的心思回到畫作上。在他看來很明顯，芮妮骨子裡就是個藝術家。她曾經努力投入陶藝，也靠著她的技藝和獨特的設計闖出名號。她的陶藝作品多半是以鳥類羽毛貼附在剛從窯裡燒出來的陶器上。但是她一直在藝術創作和打擊犯罪之間掙扎。在心理層面上，也許她完全放棄犯罪調查工作會比較有益。他明白這一點，但是又自私地希望她不要放棄。那樣太可惜了，不只因為他會失去兩人之間的連結、失去可以跟她朝夕見面的理由，也是由於有些案子沒有了她可能就永遠無法偵破。

「我剛剛收到了些好消息。萊斯有恢復意識的跡象了。」他告訴她。

「的確是好消息。」

他喝了一大口水，再度端詳她的畫作。

「你覺得如何？」她用輕鬆隨性的語調問。輕鬆得過頭了。

「很有意思，」他謹慎地說。「畫得很好。我對水彩了解不多。」

「我的諮商師也贊同。」

「怎麼能不贊同呢。這些畫的都是犯罪現場嗎？」

「我還希望你不會看出來。」

「芮妮，這有些地方我是去過的。很多個地方。」

「我知道，但是我以為也許所有的沙漠在你看來都沒差。」

真好笑。這是拿他自己的話來回敬他。「有點令人……不安，我得承認。」

要把全部的作品盡收眼底並不容易，但他努力一試。他的眼光特別聚焦在一系列十張的組圖，都裝著白色畫框，五乘七吋的大小，排列於磚造壁爐的爐台上，畫中全是美麗的天空和美麗的色彩。全是同一樁謀殺案的現場。每幅各自獨立的畫，放在一起呈現出的是一段單純的露營旅行，沒有任何元素描繪出死亡和謀殺事件的全貌。只有一個人，一個露營客或登山者，睡在壯麗群山包圍中的橘色帳篷裡。

他靠近了一些。「我記得妳在畫這幾張的時候。」場景中的細節逼真得令人毛骨悚然，具有一種近乎於學術研究的精確性，衣服上的圖樣、帳篷的品牌和顏色，全都詳實得令人驚嘆。每一幀畫面都特寫了不同的物品，就像照片，但更勝於照片。

「這比照片還要精確，因為妳每次分別強調和聚焦一個單獨的區塊。」他說。

「那就是我腦中的畫面。就像是，事件整體太過恐怖，令人無法招架，但是各個小片段卻可以是如此美麗，訴說著一個逃避於大局以外的小故事。」

他喝完了水，將杯子放到一邊，手插在口袋裡，湊得更近過去，仔細檢視每一幅畫。愛德華發出一聲沉重的嘆息，在一旁躺了下來。

「我可能有跟你說過，我小時候很愛畫鳥，」她傾訴道。「色彩鮮豔的鳥，羽毛的顏色繽紛到不真實。我甚至會把某些鳥畫成兩個頭，不知道為什麼。我相信心理醫師能夠解釋，也許那代表的是我父親、甚或我母親的兩個面向。」

他轉過來面對她。

「我畫的鳥都很亮眼，五顏六色的非常豔麗，」她說。「我父親不喜歡，因此還教訓過我。他跟我一起練習再練習，直到我能夠畫出幾乎跟照片一模一樣的鳥。其實，他扼殺了我在繪畫中得到的喜悅，但我因此學會精確地複製重現眼前的種種。」

她父親的影響觸及了她生活中的每一個部分，甚至奪走了她的這份喜悅。「我很遺憾。」

他回頭看那些畫。有些什麼讓他覺得不對勁，但他無法確切指出。他把組圖重新看過，視線停留在睡袋上躺著的屍體，一隻手彎曲著、手掌向上，全身腫脹而布滿蒼蠅。

「當然這不會拿到市集上賣。」她說。

「嗯。」是手腕。「她的手腕上有曬痕。」他指了出來。那痕跡就像她原本戴著手錶，但被某個人取下。眾所皆知，殺手喜歡從被害人身上拿走戰利品。

「妳確定這是精準的嗎？在我看起來，這個細節逼真到不可思議。」

芮妮點點頭。「對。」

「相當確定。」

丹尼爾沒有參與這個現場的處理。他人在那裡，但並不負責記錄和彌封證物、在證物袋上簽名。也許那支手錶就包含在珍奈的個人物品裡面。笛德拉・倫蒂上傳的影片在治安官辦公室發現之後不久就從Instagram上移除了，但是他的手機裡有備份。他滑過一堆證物照片，找到那段影片播放出來。雖然這不是最佳的播放環境，但他還是能按下暫停、放大畫面，大到足以看見受害者手腕上的不是手錶，而是一只寬大的銀環。

「她在影片裡有戴手環，」丹尼爾說。「但是在妳的畫裡沒有。」

他舉起手機，給她看停格的畫面裡珍奈手腕上的東西。

「我們得去檢查證物，」她說。「還有，笛德拉或喬登也有可能在笛德拉拍完影片之後把那個東西拿走。」

「或者也許是凶手殺了登山客之後再回去拿走的。」

她點點頭。「有可能。再播一次。」

他照辦。

「在這邊停，」她說。「把螢幕放大。」

他照辦。

「那不是普通的手環，是走完三條登山步道全程的人才會得到的。遠足三冠王，珍奈是遠足三冠王達成者。」

他仔細一看，然後說：「我覺得我看過這個。就在最近——非常近，在強尼·摩爾身上看到的。」

「哇。」她看起來恰如其分地震驚。

「還有，他不讓我進去他家房子，而且肯定有對我說謊。」

「看樣子我們找到凶手了。希望艾默森還活著跟他在一起。」

多麼奇妙的發展，竟都始自於一幅普通的水彩畫。

她拿了幾樣東西，幫愛德華的水碗倒滿，然後兩人一起匆匆出門，跑向丹尼爾的休旅車。在他們移動的途中、以及丹尼爾滑進駕駛座的同時，他打電話請求支援。

芮妮向他投去一道憂慮的目光。他點點頭，讀懂了她的顧慮。他們必須小心行動。他們不能讓警察大張旗鼓入侵這個區域，不能有警笛，不能有直升機，甚至不能有警車。有時候，這些行動能夠開啟談判的管道，但綁匪往往會在慌亂之下嘗試銷毀證據。目前的證據就是艾默森，如果她還活著的話。

「保持待命狀態，」丹尼爾對著手機說。「如果需要你們撤退或調動位置，我們會通知。」

他們開過一連串的泥土路，其中幾條為了繞過約書亞樹而岔開。在山羊山這座熟悉的地標山腳下，丹尼爾將車開到路邊，停在離摩爾家有一段距離的地方。他舉起雙筒望遠鏡一看，然後將望遠鏡遞給芮妮。

「拓荒者小屋。」她說。

屋子有一圈鐵網柵欄，和一道彎曲變形且加了掛鎖的柵門。即使隔著這麼遠的距離，他還是聽得到電視聲。「之前柵門是開的。」他說。

「你覺得怎樣好？」芮妮問。「潛伏接近，還是走到前門去敲門？」

「兩線並進。」

❖

在對他而言已經變成背景白噪音的電視聲中，他聽到了引擎的低沉運轉聲。現在，強尼將望遠鏡舉在面前，站在窗戶旁望出去，看著停在泥土路上的那輛白色休旅車，同一台車在一個小時之前也到過這裡。這次，艾利斯不是單獨前來。

副駕座的車門打開，一個女人走了出來。他看著她擠進柵門上的洞，朝他的小屋接近。他輕聲咒罵，鎖上了前門，把槍套繫在腰上，奔跑穿過屋子。

29

艾默森不知道她在衣櫥裡待了多久。有時候她像是一直以來都住在這裡，大部分的時間都在睡覺。她唯一知道、唯一堅持的，是她要保護她的家人安全。但她過去的生活正在消逝。也許是藥效讓她忘記，或者可能是因為她獨自在黑暗裡太久了——這叫做感官剝奪。但是來自她衣櫥生活之前的一切都帶著夢境般的氣息，一段朦朧不清的歲月，不曾真正發生過，至少不是發生在她身上，那是別人的人生。但是現在這樣也不是真正的生活。不可能。這不可能就是她的餘生。她唯一感到確定的是她自己呼吸的節奏，還有風。

生活在黑暗中，缺乏視覺刺激，讓她的耳朵很快學會辨別聲音，幾乎可以感覺出聲音的質地。有時候她甚至聽得見鳥鳴，而他的腳步聲則是一直會聽到。她其實會期盼他的腳步聲，因為除此之外別無他物能夠打破這一片單調。現在她聽到的腳步聲很奇怪，和平常不同，不像他的，動得很快。也許是其他人。也許是來救她的人。但是腳步聲之後跟著熟悉的鑰匙碰撞聲，以及臥室門摩擦地板的聲音。然後是重物移開、書桌從衣櫥前面拖走。門一甩而開，她的眼睛吃力地適應光線，他把她拉了出來，塞了一雙鞋子到她手中。又大又笨重的鞋子。

「穿上。快點。」

站起來令她頭昏眼花。房間裡的光亮刺痛她的眼睛。她瞇著眼，重重跌坐在他通常睡的雙人床上。她試著穿上鞋，但是太虛弱了，索性放手不管。他發出煩躁的聲音，彎下身幫她的腳穿上鞋子，像個王子在給人穿玻璃鞋。她低頭看著他的頭頂，看著那個完全沒有頭髮的區塊，用手掌撫過。他扭身退開，給了她一個奇怪的眼神。

「好光滑。」她解釋道。她的舌頭鈍重，發出的話語含糊不清，聽起來像是「剛滑」。她好奇這雙鞋原來是誰的，像是腳不好的老人才會穿的那種氣墊鞋。

他把她拉下床，凶巴巴地對著她耳邊說：「別出聲。」他拍拍襯衫上的徽章。她家人的照片。他們迅速穿過屋內，艾默森跟在他後面跌跌撞撞，牆壁變成一片模糊，最後他們來到廚房，她之前沒有進來過。這裡也很暗，不像衣櫥裡那麼黑，但還是很暗，而且有食物腐敗的味道，到處都堆積著碗盤和外帶餐盒。

「我們得趕快，」他悄聲說。「壞人要來抓妳了。」

她的心臟怦怦輕跳，腦子裡一陣迷惑。他就是壞人，對吧？

他慢慢轉動門把，然後較快地拉開廚房的門，像是要避免它發出嘎吱聲。他們溜了出去，然後他安靜地將門關上。他將一隻手指豎在唇邊，把她拉著一起走。

外面是白天，這很令她意外。她原本預期會是晚上，彷彿現在永遠都只有晚上。她忘了陽光的感覺，忘了它將萬物的顏色漂淡洗去的樣子。陽光亮得刺眼，讓她難以視物。一切都在褪色，但她最大的發現是什麼呢？**他們不在山裡。**

這個地方像是火星，像是某種外星景觀。但儘管他們置身沙漠中，她還是看得見山。朦朧、遙遠的山，看起來如夢似幻，宛如日本水彩畫。那些山看起來也不真實，也許是假的，也許是好萊塢片場的背景布幕，而她在演電影。

她的腳踩過泥土、沙子，掠過刺刺的仙人掌。她慶幸自己有穿鞋。在室外的亮光下，她看到自己的衣服有多髒。但是高溫立刻轉移了她的注意。高熱從四面八方散發出來，她吸氣時，又乾又熱的空氣灌滿並燒痛她的肺臟，在她的體內加熱。就連她的萬象生活T恤和粉紅色睡衣短褲，碰到她的皮膚時——就僅僅只是碰到——都帶來灼痛。

遮蔭是稀缺商品，就像水一樣重要。

這話是誰說的？她那另一段可能不真實的生活裡的某個人嗎？是她繼父。

「快來。」強尼悄聲說。他開始生氣了，因為她跟不上速度，可是她的腿虛弱無力。她低頭看見自己雙腿顫抖。但不知怎麼地，她還是設法跟上了，他們跑過破舊倒塌的小屋和金屬貨櫃，就是你在平交道上會看到火車載著的那種。

他們鑽過一道破損的柵欄底下，跑向一座屋頂傾斜、用木柱撐起的棚屋，柱子上的白漆幾乎已剝落殆盡。這座棚屋沒有門。裡面的車輛看起來已經停放了好多年，大部分都生了鏽，輪胎消氣扁塌。

有一輛灰色車子看起來不像其他車那麼老舊，他打開副駕座車門，把她推進去。能坐下來真是令她鬆了一口氣，但是車子裡也好熱，說不定還比外面更熱。

❖

擠進柵欄的破洞之後，芮妮繞向屋子後方，丹尼爾則從前門接近。夏天長出的灌木還沒清除。她現在可以看出，整塊地都有圍欄，遠處有個棚屋，由另一道加了鐵鍊的變形柵欄封起。她屈膝低頭，穿過一叢糾結的枯死灌木，是很容易著火的那種。跟許多沙漠地區的房屋一樣，這間小屋附有戶外的洗衣棚。她在廚房門前慢慢地轉動門把。

門沒有鎖。這可真意外。

她把門開了一條縫，往裡面窺視。她聽見丹尼爾的敲門聲來自前門的方向。一台電視開得震天價響，噪音從鄰近的客廳傳來，播的是遊戲節目。

現在是緊急狀況，如果遇到有人可能面臨生命危險，就不需要搜索令。她把門再推開一點，腐爛食物的味道熏得她退縮。她深吸一口氣，再度看向屋內。窗戶以黑色垃圾袋蓋起，但還是有一點光線透了進來。洗碗槽裡的碗盤堆積如山。

丹尼爾再敲了一次門。「這裡是艾利斯警探！」他大喊。

她溜進去，躡手躡腳走上一道陰暗的走廊，慢慢移動，心臟狂跳，在吵鬧的電視聲中拚命傾聽其他可能的聲音。她壓低身子轉過一個拐角，來到一扇敞開的門前，內心同時在為好幾項物件做紀錄：從變形的橫桿上垂下的窗簾、擺在地上的床墊沒有床單也沒有棉被。沒有人在。放電視的房間裡沒人。

繼續走。

她保持緊貼牆壁的姿勢，呼吸又急又淺，如此移動到下一扇門邊。這扇門微微打開，她停頓一下，然後把門拉到全開。

空無一人。

這裡也蓋著垃圾袋。木頭床架上有一張凌亂的雙人床，鋪了好幾種寢具，大多是折扣商店只賣幾塊錢的那種，印有鹿和狗的絨毯，和萬聖節及聖誕節樣式的布料。巨大的黑色重訓器材四處散落，每一樣都重到她不可能拿起來。房間中央有一張擺歪的書桌。她很熟悉這種利用重物限制受害者行動的狀況。

她檢查了床底下，然後將衣櫥門拉開——然後再度退縮，這次是因為熏著她眼睛的尿臊味。裡面沒人，但這是個囚禁過受害者的地方。艾默森在哪裡？他們來遲了嗎？

她聽見腳步聲。透過門板鬆脫形成的空隙，她看見丹尼爾。他高度戒備地走進房間，以雙手持槍，槍口指著天花板。他看見她時把槍放低。她以動作向衣櫥方向示意，他往裡面一看，帶著一臉難受的表情退回來。客廳裡的電視發出一陣重低音的迴響。過了一秒，芮妮才發覺那不是電視的聲音。她和丹尼爾互看一眼。屋外的某處傳來引擎的咆哮。

❖

車子衝出棚屋，艾默森的頭一時被往後猛甩。強尼來了個急轉彎，然後他們顛簸地開在一條泥土路上，直往一道鐵網柵門前進。

他沒有減速。

艾默森縮在座椅上，雙手掩面。

他們撞上柵門。

柵門發出巨響，車子晃動著，然後鬆脫的柵門被撞開了，車身兩旁都傳來金屬的刮擦和擠壓聲。然後是更多的泥土路、泥土路和泥土路，車內充滿了粉塵，從出風口和窗戶以及每個可能的縫隙飄進來，直到他們終於開上柏油路面，燒燙的輪胎橡膠壓在一條中間有黃色標線的公路上。

30

芮妮和丹尼爾通過走廊跑向前門，抵達時正好看到一輛車從其中一間棚屋飛馳而出，輪胎在疏鬆的沙地上疾轉，揚起漫天沙塵，強行衝破後柵門。

他們在房子裡沒有找到人。他把艾默森一起帶走了嗎？若是如此，她還活著嗎？芮妮和丹尼爾不發一語，拔腿奔向他的車，從加鎖的鐵鍊下鑽出去，然後再度起跑。他們一邊跑，他一邊把車鑰匙丟給她。「妳來開車。妳比我熟這些路。」

上車之後，芮妮在駕駛座上迅速做了個三點式迴轉，然後他們便出發上路，追在那輛小車後面。在沙漠裡開車有個問題，就是車子駛過之後會留下嚴重的沙塵尾流，維持幾個小時不散——但這也是個好處。

她踩下油門，啟動雨刷運作了幾秒鐘。丹尼爾在她旁邊呼叫支援。「沒有訊號。」不意外。

「他開的是什麼車？」丹尼爾問。

他們需要有更清楚的外觀描述才能回報，不管他何時能、能不能收到訊號。「某種小小的破車，」芮妮說。「廠牌和型號不確定。」

「小破車也好，」丹尼爾說。「那樣我們應該就追得上了。」

❖

燦亮的陽光令艾默森瞇起眼睛。她的雙眼還在適應戶外環境，但是四周的顏色看起來已經沒有那麼褪淡了。離開衣櫥之後的空氣是那麼好聞，連泥土和廢氣都是。但是這段路開起來真是太瘋了，讓她懷疑自己是否真的身在夢中。她在衣櫥裡作了好多夢，也許這只是另一場夢。他們在路上飛馳，像搭雲霄飛車，又像在卡通裡沿著恐龍的背脊開車。

她緊抓著座椅，看著儀表板上的時速表，已經要飆到八十。路面一直往上爬高，最後她只看得見藍天，他們彷彿要衝向空中時，爬到了山頂，接著下面是一個廣闊的山谷。現在感覺就像坐飛機，他們直直往下俯衝，她的肚子也在下墜。但她不害怕。恐懼這種感受似乎已經離她而去。

有個停車標示。

強尼直衝過去，只減速到可以右轉的程度，輪胎發出尖響，車子轉過去甩了個尾，兩輪一度翹起，然後又落回地上。他直催油門，引擎大聲咆哮。

「他們還在後面嗎？」他問。

她轉身往座椅後面看。「我看到一台白色卡車。不是，可能是休旅車。」

「就是他們。」

他們的小車在公路上呼嘯而過，途中遇到的少少幾輛車開出路面，激起一片塵土，有的人還對他們比中指。但是不論強尼如何加速，他們都不夠快，那台白車最後還是趕了上來。

對，是台休旅車，有兩個人坐在前座，但她看不清楚他們的臉。他們落後一段距離，然後加速趕上、開入對向車道。

「他們會嘗試超車。」她說話的同時，驚嘆於自己竟然從衣櫥裡凝滯不動的狀態變成現在這個處境。但夢境就是這樣，也許過沒多久她還能像鳥兒一樣飛起來呢。

強尼雙手緊抓方向盤，將車子往左扭轉，壓在黃線上，擋住後面的來車。過了幾秒，他猛踩煞車，輪胎發出尖銳的摩擦聲。休旅車同時減速，它的輪胎也在尖響，橡膠和高熱路面摩擦脫屑的位置冒出了煙。

強尼猛踩油門，一溜煙衝走，休旅車沒有再嘗試超車，他們學乖了。

在追逐中，強尼一度慢下來，再次狂扭方向盤，向左急轉彎，然後他們衝上了一條看起來直通山頂的泥土路。

這條路的路況很糟，非常糟，比之前的都還慘，他們的車重重撞在地面上，撞到滾落在車子底盤下的大石頭，因此左右晃動顛簸。艾默森又被震得彈起來，這次她的身體整個彈離座椅，頭撞到車頂。她摔到地板上，七手八腳爬回座位。

「他們是誰？」她問。「是誰在追我們？」

「警察。」

她的心飛躍了一下。他們是來救她的。

路況又更惡劣了，更加顛簸陡峭，最後變得狹窄又凹凸不平，根本不像馬路，反而更像登山步道。

她往後一看。「他們還在後面。」

❖

逃逸的車輛轉彎往北，朝老婦溫泉路而去。芮妮試圖想出該怎麼讓對方停車，或是超車他們，此時對方出其不意轉上一條向西的泥土小路，幾乎完全沒有減速，整輛車顛簸起伏。左側有房屋，右側是一間教堂，有些馬匹先是一驚、然後尖聲嘶叫著後退，踢起沙塵。然後路面越縮越窄，路上又深又大的凹溝，讓離地間隙較大的車輛也難以應付，更不用說小型車了。而且情況越來越惡劣，路面縮窄到只相當於一條步道小徑的寬度，他們前面的車子好幾次懸空彈起，還有幾次隨著巨響重重落地，它爬上一條通往紅寶石山的小路，她對那個區域很熟，主要是因為威利小子的故事。

「他在漏油。」她說。

丹尼爾降下車窗，雙腳爬到座位上，身體靠坐在窗框，拔出槍射擊。他們顛簸了一下。他再度開槍。

兩個後輪都爆胎了。

❖

在艾默森的注視之下，強尼摸索著腰間，從皮套裡拔出一把槍，並且搖下車窗。

「抓著方向盤！」他大喊。

她抓緊方向盤，一眼盯著前方的路。每一次顛簸都把他們往左或往右甩偏。強尼搖下車窗，對著後面的休旅車開槍。槍聲震痛她的耳朵。她放開方向盤，然後又想起自己該控制方向，於是再次抓緊。感覺不太對勁，車子慢了下來。

她低頭一看。強尼的腳踩著油門。她糊裡糊塗，分不清現在是什麼狀況，只見自己也把腿伸過去，踩在他腳上。踏板已經被一路踩到底，但他們還是在掉速度。輪胎發出響亮的啪聲。

強尼在座位上轉頭，專心研究這輛不靈光的車子。他踩下油門，毫無反應，車速只是穩定地下滑。他用手指敲敲儀表板。「沒有油壓。」

她聽不懂。

車子吱吱嘎嘎地停下來，強尼一把甩開車門。「下來，下車！」她沒有移動，於是他抓著她的手臂將她拖過座位，跟著他下車。「快走快走快走！」

❖

「了不起。」芮妮在丹尼爾縮回車內的時候，頂著路上的噪音喊道。

他們前方的車子停住了，兩個人下了車，一個男的拉著一個女的。芮妮的心跳加快。「那是艾默森嗎？」

「我想是，」丹尼爾的聲音中充滿希望。「還有摩爾。」

他們在灰車後面緊急煞停。即使沒有漏油和爆胎，那輛車本來也開不了多遠了，因為路面很快就會變成只容徒步通過的小徑。

她和丹尼爾鑽出車子，各自以車門作為局部掩護。

「警察！」丹尼爾拔出槍大喊，手臂靠在打開的車窗上。「在原地別動！」

摩爾跑了起來，跳過路上的石塊，拉著那個女孩跟他一起。

丹尼爾再試一次。「不准動！」

摩爾轉身開槍。

擋風玻璃應聲粉碎，強化玻璃的碎片如雨般落在他們周圍。他們臉朝下，甩掉身上的小片碎玻璃。

那兩人消失在一塊巨岩後。

芮妮和丹尼爾屈膝低頭地跟著跑過去，找到掩護物時才停下。沙漠地形通常廣闊平坦，但這裡不然。丹尼爾再次拿出手機，他沒有繼續嘗試撥電話，而是傳簡訊，因為有時候簡訊反而能奇蹟似地傳送成功。

「我設了個定位，讓他們可以找得到。」他收起手機。

「我覺得我們不該等，」芮妮說。「他可能會殺了那女孩。」

「沒錯。」

❖

他們一直跑，艾默森腳步踉蹌，自己絆了一跤，又繼續跑了一段。強尼轉身開槍，再轉回來，有時抓著她，有時讓她自己跑。他們爬過大岩塊，跳過較小的石頭，躲在跟矮房一樣大的岩石後面，強風吹個不停。

某處傳來了鳥叫。

她想起了山上的風。

她想起了鳥兒。

跑、跑、跑！

強尼再度開始射擊。

她瑟縮著摀住耳朵。

他發出滿意的聲音，將槍塞進皮套，再度拉起她的手。他們又跑了一段，休息了一下，然後繼續跑，最後來到一片泥土被壓實、散布著更多岩塊的平坦地帶。

她在陰影處一屁股跌坐到地上，頭靠著一塊岩石。強尼背對她，在忙著做些什麼事。他把一條捲起來的毯子攤開在地上。毯子是哪來的？一定是他藏在附近的吧。也許這一切他早就都計畫好了。毯子上有卡通人物圖案，讓她不禁想哭；她不知道為什麼。但接著她看到了毯子裡的東西。

是槍。又大又難看的槍，跟他剛才用的那把不同。她想起來了，那種槍是叫AK-47，可以連續不斷開火，傷害力強大。她聽到一聲抽泣，驚覺那是她自己發出來的。

「你為什麼有這些東西？」她問，心臟怦怦直跳。

「因為我不想讓任何人傷害妳。」

「我不喜歡那種槍。我根本不喜歡槍。」

他把一個弧形彈匣——就是那種裝著子彈的東西——滑進槍裡。他有好幾個。他拿著武器的樣子看起來很熟練。「三秒可以射出三十發，」他獰笑道。「每分鐘六百發。」

「我不喜歡。」她又說了一次。

「妳不用喜歡。」

他爬到一塊巨岩頂端，她躲在後面。他蹲著將槍托靠在肩膀，手肘撐在岩上，從瞄具看出去。然後他扣下扳機。

槍讓他全身抖動，盤桓的槍聲持續不斷，彷彿每一發子彈之間毫無間隔。艾默森頭頂上方有鳥群一驚而散。她用雙手摀住耳朵，閉著眼睛尖叫。

❖

芮妮和丹尼爾仍躲在一塊巨岩的掩護後，一輪子彈打向地面，迅速地沿著一排排直線掃射沙地，擊中植物、激起二十呎高的沙塵、打飛石塊，最終射向丹尼爾的休旅車，擊碎剩餘的玻璃，打裂側邊車窗，射爆輪胎。

整輛車發出嘶嘶聲，往一側傾斜，在剩下的輪胎也塌掉之後恢復水平、壓在地上。霰彈槍持續發射，子彈打穿了引擎蓋和水箱。嘩啦作響的水像噴泉般往上湧出。芮妮聞到了冷卻水甜甜的化學氣味，也在空氣中嚐到懸浮的沙塵。丹尼爾拔出第二把槍想遞給她。她搖頭拒絕。

霰彈槍不停發射，即使在開闊的野外，槍聲仍震耳欲聾，迴盪在峽谷中，似乎還被反射向天空。回音還沒消散，就有更多槍響加入，這陣聲音一旦開始就不斷持續。

他們聽到一聲尖叫。

丹尼爾用表情和手勢溝通，並將槍塞到芮妮手裡，以自己的雙手牢牢握著，眼神跟她交會，無聲地告訴她，她非用槍不可。

她再度搖頭拒絕。

霰彈槍的槍聲停了，接著是一片死寂，連一聲鳥叫都沒有，也沒有風聲，彷彿所有的聲音都被槍響嚇跑了。尖叫聲也未再傳來。

「妳不需要對任何人開槍。」丹尼爾說。

可能是他的聲音細如耳語，也可能是她的耳朵不管用。她曾在聽見槍響之後發生暫時性失聰。

「我要妳對著……任何地方開火都好，」他說。「只要引開他的注意，讓我繞到後面從他背後偷襲。」

她想像丹尼爾在這個地形埋伏前進，低頭看看他正式的鞋子和柔軟的皮革鞋底。

「我來，」她對他說。「你留在這裡。」面對他懷疑的眼神，她說：「我比較擅長攀爬，也熟悉這個地區，在這裡健行過很多次。」

她看得出他明白現在沒有時間爭執。摩爾可能正在裝填子彈，或是在朝他們接近，或是正在走遠。他可能在準備殺死艾默森。他可能在她尖叫之後就殺了她。如果他還沒下手，芮妮必須用盡方法保護那個女孩活命。

她的手指握住了槍。

丹尼爾還來不及眨眼表示同意，她就起步出發，壓低身體，在岩石後面移動，利用岩塊避開剛才遭到射擊的區域。

山坡上布滿矮灌木、加州杜松，還有大小不等的岩塊，從跟人一樣高到比房子還大的都有。彎彎曲曲、溝壑縱橫的小徑在這些岩塊間蜿蜒向上，一路通往山頂。可以藏身的地方太多了。

芮妮拉開一段距離之後，聽到丹尼爾開了三槍，立刻引來霰彈槍開火回敬。芮妮繼續迅速移動，爬到一個從摩爾用以作為瞭望台的巨岩看不到的區塊。她專注地爬著小徑，在岩塊之間跳躍，丹尼爾給她的武器被她塞在牛仔褲後腰。真是個糟糕的位置，肯定會嚇著她以前在FBI的導師。她自己也嚇著了。

下方的駁火持續不斷。

她在下風處，可以聞到燙熱的金屬與火藥氣味朝她飄來。隨著她爬高，風勢也逐漸增強，她必須小心留意，因為強風有幾次差點將她整個人吹倒。然後風突然停了，四周空寂無聲，彷彿大氣被掏空。

她移動的同時，耳朵也專注聽著槍聲。她對紅寶石山的環境很熟悉，能夠在腦海中定位出艾默森和摩爾的藏身處，一小塊被岩塊圍繞的平坦區域，有小範圍的遮蔭，有時下過雨後岩石可以集水。這是個常有登山客紮營的地點。

槍聲正好能掩護她接近。她終於來到高於槍手的位置，掃視著下方的地形，發現了他們。是的，他們就在那個紮營點，女孩手摀著耳朵蹲在陰影裡，就在槍聲來源的巨岩下方。

芮妮拿出手機。她的位置夠高，收得到兩格訊號。她傳了簡訊給丹尼爾，讓他知道她已經目視到目標，艾默森還活著。她收起手機，然後繞著圈往那兩人接近，埋伏在一塊岩石後，從褲腰拔出槍。

那重量如此熟悉。

肌肉記憶。

她在射擊場累積了那麼多的時數，練習到能將槍化為她的一部分。這把槍跟她以前的配槍是同樣的型號。她看也不用看，就將子彈上膛。然後她做了個深呼吸，停頓一下，再踏入營地，壓低身姿，女孩的位置看得到她，但那男人看不到。

艾默森瞪視著她。

芮妮將一根手指豎在唇邊。

女孩渾身髒污，穿著睡衣短褲和萬象生活的T恤，和一雙造型奇怪的粉紅色軟膠鞋，頭髮油膩糾結。當然，這都不重要，最重要的是她沒有死。但她的眼神，這可憐女孩的眼神。芮妮並不樂見她在女孩眼中看到的東西——或該說是沒看到的東西。

她或許被下了藥，但也可能是綁架事件導致了她這樣的狀態。受到監禁和創傷可能抹殺一個人的自我，不堪想像的遭遇造成了她的失神狀態，那空洞的目光，刻意的麻木。心靈替自己圍上了軟墊以作為保護。這就是被害人不立刻逃跑或試圖脫身的原因，也是他們不久就會屈服的原因。對於艾默森這種年幼時就受過創傷的人，第二次的遇險可能在幾天、甚至幾個小時內就重回過去的狀態，拆毀她的一切。

封閉。關機。

唯一的應對方式。

在她們上方，霰彈槍的槍聲持續不斷，丹尼爾和摩爾都在開火。

芮妮利用他們不注意的時候，對艾默森伸出手，沒有握槍的那隻手。她用嘴形說：**跟我來。**

女孩瞪著她。

相信我。

她繼續瞪著。

芮妮用動作示意她靠近。她們之間的距離大約有二十呎。

女孩站了起來，雙手癱垂於兩側，沒有往前走。最後她搖了搖頭。芮妮回想她之前看過的艾默森的照片，試圖從眼前這個人身上看出相同點。但她的本真已經消失了。摩爾繼續在巨岩上開火，但是頻率降低了。芮妮警戒起來，發覺丹尼爾那一方沒再開槍。芮妮將武器塞回褲腰，往艾默森走近兩步。

就在上方的槍響停止時，女孩終於有了反應，睜大眼睛喊了一聲，「快跑！」

芮妮聽到巨岩上有動靜，石塊滑下。

「我們走，」芮妮悄聲說。「相信我。」

女孩踉蹌地踏出一步，然後呆住了。

摩爾從巨岩上跳到地面，站在芮妮面前，槍指著她的胸口。

❖

槍聲停了，目前暫時停了。丹尼爾用光了子彈。他試圖擺脫深沉的憂慮和無助大局的猜想，關於芮妮和艾默森現在可能的情況，他專注在自己為了盡量保護她們安全所能採取的行動。他要到後車廂拿彈藥。他跑起來、彎下身，在車後來了個滑壘，等著聽見槍聲。

一片靜默。

這可不好。

他蹲在地上，打開後車廂，抓起他的黑色槍盒，再躲到車後打開盒子，替手槍裝填子彈，然後拿了幾個裝滿的彈匣塞口袋。

他不喜歡這片靜默。

他不想冒險出聲喊芮妮、引起摩爾的警覺，但他拿出手機，看她是否有再傳簡訊來跟他報平安。

沒有新消息，但是有兩封關於後援的訊息。

特別小組正在路上。

直升機正在路上。

預計抵達時間是十五分鐘後。

他迅速站起身，開了幾槍，以判斷槍手是否仍在活動，如果芮妮有危險，他想藉此引開摩爾。射完一輪子彈，他躲回來等待，一手拿著槍，一手做掩護。

山上沒有回應。

他半蹲半跑，前往他和芮妮稍早藏身的巨岩群，心臟狂跳，不知道何時該繼續射擊，感覺自己的位置已經暴露了好久。他低頭躲避，感到一陣刺痛，看到一條蛇滑溜地爬開。

❖

女孩跳起來尖叫道：「別傷害她！」

若是槍沒有收進褲腰裡，芮妮也許能嘗試開一槍，但摩爾搶得了先機。他舉著霰彈槍，重量超過十磅且填滿彈藥，完全沒有顫抖。

剎那間，艾默森衝向他，抓著他的襯衫，似乎是要從上面扯下什麼東西。

摩爾沒站穩，芮妮把握了這唯一的機會，拔出了槍。

摩爾將女孩拉到身前，當作人肉盾牌，手臂架住她的喉嚨控制她。她的頭往後垂，眼睛試圖看向芮妮時，眼珠的位置接近下眼瞼。沒錯，她肯定被下了藥。

「我可以幫助你們。」芮妮清晰但迅速地說。丹尼爾在哪裡？最後幾輪子彈之後，就再也沒有槍響傳來，這片沉默自有其意涵：他死了，或至少受了傷。

「別傷害她，」女孩再次懇求。「拜託，拜託，拜託。」

令人意外的是，她們兩人的話，摩爾似乎都聽了進去。「我們不需要妳的幫忙，」他說。

「你一定有需要的東西。你需要什麼？我可以幫你弄到。」

「我只需要其他人別來管。」

「艾默森可以跟我走，」她說。「你可以離開。」她會信守諾言，放他走，這是筆划算的交易。最好的條件。把生還的女孩送回家，之後再對付摩爾。

他後退著走，依然抓著艾默森，回頭看自己的踏足處，直到他帶著那女孩消失在一堆岩石和灌木後。芮妮聽見蹣跚的腳步聲和石子的滾動聲。他們在往更高處爬。

芮妮將槍塞回褲腰裡，跟了上去。她跨出大步，登山靴抓在平滑的岩石表面。她找到可搭扶的凸起處，迅速通過險阻的地形。也許她可以趕在他們前面，出其不意偷襲他，完全避免開槍交火。她不想冒著讓艾默森中槍的風險。

她爬得越高，風吹得越是強勁，強風穿過岩石間的狹窄空間，氣流以奇怪的方式盤旋，呼嘯吹過狹長的山谷。風聲有時像遠方的噴射機，有時像人在瓶口吹氣的聲音，音量大得讓她一時沒聽出遠方直升機發出的熟悉劈啪聲。她希望他們按兵不動。太過接近可能會導致摩爾的行動升級。

她勉力超前他們，發現他們在她下方不遠處。他們在一塊平坦開闊的地帶停下，一邊是山崖，地面在這裡猝然斷落，外面就是蔚藍天空。摩爾仍然抓著那女孩，作勢往崖邊移動。

芮妮記憶中閃現她父親的樣貌，穿著橘色連身囚衣站立，腰上掛著鐵鍊，雙手交握。前一秒他還在她面前，下一秒就飛躍在空中，橘色襯著天藍，囚衣的布料翻飛振動。

摩爾會像芮妮的父親一樣跳下去嗎？他會帶著艾默森一起嗎？那女孩就算還有餘力，也不太可能反抗。被害人會對綁匪產生依賴。艾默森成了他的所有物，即使她曾警告芮妮逃跑，她也可能無法完全獨立思考，特別是在被下藥的狀態。

直升機現在更接近了，共有兩架，螺旋槳拍打著空氣，在芮妮腦中製造出死亡般的空洞聲響。

那兩人跑向山崖，手拉著手。在奔跑途中，摩爾將武器丟到地上。他要去的地方用不上槍，而且槍肯定拖慢了他的行動。如果芮妮不阻止他，他會一起帶走艾默森。

她拔出槍，站穩腳步瞄準，雙手緊握著槍身，一隻手臂伸直，作為支撐的另一臂彎曲。

摩爾移動得很快。

她眨眼、吸氣、屏住氣息。

他們就快要跑到山崖了。

她開火發射，感受到後座力。摩爾搖晃一下，放聲慘叫，然後重新站穩，再度開始移動，速度因為拖著傷腿而放緩，但他還是抓著艾默森。

芮妮的雙手劇烈顫抖，她現在絕對打不中目標。她把沒了用處的槍丟下，跑向他們，雙臂前後擺動，邁出大步，幾乎半跑半飛。他們上方盤旋著一架機身側面寫著「聖貝納迪諾治安官」的直升機，製造出一陣遮蔽視線的沙塵龍捲風。她又嗆又咳，但還是繼續跑，穿過由飛旋塵土構成的一面牆。

摩爾想必是痛得太嚴重，搖晃著倒在地上，翻身仰著抱住腿慘叫，鮮血從槍傷傷口中泉湧而出。

而且，天啊，艾默森還在繼續跑。

「跑！跑！」摩爾對著那女孩尖聲喊道，揮舞著手臂指揮她跑向崖邊。

艾默森往前跑。

剛才，她求他不要傷害芮妮時，一度短暫脫離他的掌控。但現在她又迷失在他的權威之下，聽從著綁匪的命令。不過，因為她身體狀況虛弱，不可能跑得太快。

芮妮繼續狂奔，肺彷彿燒了起來。她追上了那女孩，衝過去把她壓倒在地，兩個人倒地的位置離懸崖只有區區幾呎遠。然而，艾默森仍在爬向死亡，抽泣著匍匐在地上前進，然後用雙手和膝蓋爬行。

這種事不能再重演。芮妮不能再這樣損失一條人命。她的手飛快伸向艾默森的腿抓住，但女孩的鞋子掉落時，她也抓空了。

艾默森開始往崖邊縱身。芮妮用雙手抓住女孩的一隻腳踝，艾默森懸在山壁上晃盪時，芮妮感覺雙臂幾乎被拉扯得脫臼。

這次芮妮抓穩了。她一隻腳踩住岩石，另一腳鑽進地上作為重心，艾默森的體重對抗著她的重量，將她往崖邊越拉越近。到了某個時間點，她就不得不放手、或是跟她一起摔落了。

直升機飛到更高處，塵土不再遮蔽視野。兩個人從機上垂降下來。摩爾的慘叫停止了。他的靜默讓芮妮疑心，於是她匆匆轉頭一看。他正在廣闊的地面上爬行，直直爬向他丟下的槍枝。警員在空中垂降到一半，摩爾會在他們踏上實地之前就拿到槍。

芮妮對摩爾無計可施。

她閉上眼，咬緊牙關繼續撐住。她的手指抽痛，握力漸漸流失。女孩沒出聲，也不再掙扎，可能失去了意識。

她後方傳來一陣粗聲吐氣，然後是扭打聲。她睜開眼，以為會看見救援小組，但看到的卻是丹尼爾，和摩爾纏鬥的丹尼爾。

他沒死，沒死，沒死。

在打鬥中，丹尼爾拿到了那把AK-47，讓摩爾在警員垂降落地時失去武裝。丹尼爾跑向芮妮，一跛一跛地跑過他們之間的空地。就在芮妮覺得自己的手臂就要撐不住時，他來到她身邊，抓住艾默森的另一條腿。他們喘著氣、使著勁，把她從崖邊拉回來，然後全都癱倒在地。

芮妮筋疲力盡，雙腿雙臂不斷顫抖，但沒有痛感。她現在體內有太多腎上腺素，疼痛要稍後才會出現。

她翻身喘氣，一手放在肚子上，轉過頭看到丹尼爾蹲跪在女孩身旁。遠處，從直升機下來的警員和摩爾待在一起。

「拿走他的手機，」芮妮喊道。「還有找找看有沒有一條銀手環。」

有人收走了芮妮開過的槍，依照局裡規定，槍會被登錄為證物，事後會展開完整調查。

艾默森坐起身，割傷的雙腿流著血，像洋娃娃的腿一樣直直伸著。她的頭上腫了一塊，但還是翻身撐著自己站起來。她困惑地看著摩爾、看著地面、看著背後的懸崖。艾默森還站在摩爾那一邊嗎？她剛才差點聽他的命令自殺。她也許還是服從著他。

芮妮悄聲警告，「丹尼爾。」

滿頭大汗、搖晃不穩又粗聲喘氣的丹尼爾張開手臂，準備擋住艾默森，以防她往懸崖移動。

「妳會沒事的。」他低聲告訴她。

艾默森眨眨眼。

「妳會沒事的。」他重複了一次。

她發出一聲悶悶的嗚咽。然後她似乎認出了他，哭了起來，奔向他懷裡。丹尼爾將她摟近，引導她遠離危險地帶。

更多警員抵達，從岩塊後方出現。這些人必定是從附近的鎮上開車過來，車可能停在山下的步道入口，後面跟著搬運擔架和醫療用品的救護人員。

「拿到手機了，」一名警員大喊，戴著手套的手裡拿著電子裝置。「沒找到手環。」

丹尼爾抓著艾默森的雙臂，試圖把她轉交給一名救護人員。

她搖頭。

「他們會照顧妳，」他告訴她。「妳會沒事的。」

芮妮看著他們，艾默森最後終於讓一位女性救護員把她帶到遮蔭處。

丹尼爾鬆了一口氣，然後看著芮妮。他臉上有一種奇怪而難以解讀的表情。「妳知道為什麼我老是說我對沙漠敬謝不敏了吧？」他問。

她的回答中帶著警覺。「為什麼？」

他拉起褲腳，將襪子往下推，露出腫脹的腳踝上兩個紅色圓孔。

她的心一沉。

這一整天，她都不算是真正害怕，但現在她真的怕了，為他而害怕。

「你有看到蛇嗎？」

「是響尾蛇。」

「過了多久時間？」她問。被毒蛇咬的傷患應該保持冷靜，使心跳維持慢速。丹尼爾卻爬了一座山，跟她一起把艾默森從死亡邊緣拖回。

「大概三十分鐘？」

她向直升機載來的組員比了個手勢，在直升機移動位置時新的一波噪音中大喊：「用救護車把摩爾送去棕櫚泉。」他們需要用直升機載丹尼爾。「有人被響尾蛇咬了，要優先處理。艾利斯警探需要空中後送。」她看回丹尼爾，試圖不讓恐懼的神情出現在臉上。

「待在這裡，」他對她說。「回去摩爾家，確保他們採證處理方式正確。我們不能讓現場被破壞。」

他大有可能在被送到醫院時就意識錯亂。必須有人讓他得到及時快速的救治。「我應該跟你一起去。」

「我們會照顧他，」空中救護員說。他做完如此承諾之後，說出了棕櫚泉醫院的院名，也就是他們要送他前往的地點。「路途太遠，不能用短吊掛的方式，」救護員繼續說。他指的是將吊籠掛在纜繩末端、不將傷患搬到機上的運送法。「所以我們會把他搬上機。」

芮妮贊同這是最好的方法，但她還是左右為難。

「我會沒事的。」丹尼爾說。

他怎麼能說得準。他需要注射血清，這本身就是巨大的風險。很多人會有過敏反應，非常嚴重，所以絕不能在野外直接注射。

她發覺自己握著手，她不記得自己有伸手去握，或者是他來抓她的手嗎？她想讓他放心，而最重要的就是他們一起救了艾默森。

「我們救了她。」芮妮說

丹尼爾點頭。「我們做到了。」

這重演了芮妮不久前參與過的一幕，只不過這次她留在地面上。救護小組的一名成員將自己連上一條吊掛在直升機內的繩子，另一個人用透明面罩蓋住丹尼爾的臉，以擋開飛行中的飄流物。他們做了個手勢，直升機就將載人籃從地上拉起。芮妮一直目送著丹尼爾安全地被送進機上，艙門關起。直升機緩慢旋轉，然後飛往棕櫚泉的方向。他三十分鐘內就會到了。

直升機一消失，她就拿出手機打給波，告訴他發生了什麼事。

「我立刻出發過去。」他說。

他可能甚至會比直升機先到。

丹尼爾會沒事的，她試圖告訴自己。

31

一名女性警員讓艾默森坐在一塊巨岩的陰影中。另一個人，一個急救小組的成員，在她的上臂綁了一條海軍藍色的魔鬼氈束帶，然後在她的手指夾上某種用來測脈搏的東西。救護人員檢查她生命跡象的同時，艾默森想到她父親像她相信的那樣來救她的時刻。

「血壓和脈搏偏低，」救護人員說。「不難理解。」他用裝出來的雀躍語調補上一句。

「為什麼他們要把艾利斯警探帶走？」艾默森問。

「他被蛇咬。」

聽來不妙。「他會沒事嗎？」

「我相信他會很好的。」

她旁邊的地上放著一副擔架。她花了一分鐘才明白過來，他們要她躺上去。

「我還能走。」她說。

「我相信妳可以，」救護人員說。「但妳就當這是度假吧。我們會抬著妳。」

她躺上去，他們幫她綁上束帶。「以免妳掉下來，」他一面解釋，一面在她手臂上扎了一針。「只是補充輸液。」另一個救護人員把點滴袋高舉過頭。

風聲越來越大，她被抬離地面時，頭上的天空變成了漩渦。她覺得自己又聽到了鳥叫，但一看才發現是直升機。不遠處的另一副擔架上躺的是強尼・摩爾。也有一群人在照料他，幫他打點滴、輸血。

「嘿，強尼！」她喚道。過了這麼久，她的腦海終於清明了一點點。也許腎上腺素擊退了她體內的藥物。

摩爾轉過頭。

她舉起手對他比了個中指。

32

救護車開下山前往棕櫚泉的途中，警鈴在他上方呼號。噪音不像車外會聽到的那麼吵，但也夠糟了。

「你們知道這是誰對吧？」車上的某個男人問。「他就是殺了那個登山客的傢伙，還綁架了被送上另一輛救護車的女孩子。」

強尼的眼睛閉著，直到現在，大部分的對話他都沒有理會，他只是專注於淺淺的呼吸，並且害怕著路上的每一次顛簸。如果他不動、不做深呼吸，腿上的疼痛就沒有那麼無法忍受。但現在他們在談論他，不是討論他的血壓和心跳，而是他本人。

「你們也知道他接下來會怎樣，對不對？」同一個人問道。「我們繳的稅要支付他的審判費用，然後又要再花好幾百萬讓他在監獄裡享福、打籃球、修線上課程拿學位。我本來可是想當獸醫的，但付不起學費才淪落到這裡。」

另一個聲音加入了，是個女的。「這不是你該置喙的事。我們有司法系統來完成必需的任務。沒錯，如果他被判有罪，可能會服無期徒刑，但加州也已經超過十年沒有處決死囚了。我不認為他們會為他重新開始。」

「這個嘛，至少他必須活著面對自己的行為。」這是個新的聲音，也是女性，位置比較近，也許就是幫他扎點滴針的人。

「至少他會成為全世界數一數二最被唾棄的人，」第一個聲音說。「我想這也算是懲罰吧。真是個廢物。」

「夠了，」第二個聲音說。「我不想檢舉你，但如果你繼續這樣，我就會採取行動了。現在，對你而言，他只該是個需要救治的病人。」

那個男的低聲咕噥了些什麼。聽起來像是「賤貨」，但強尼不確定，也或許是「巫婆」。不，應該是說「賤貨」吧。

「你說什麼？」那女人問。

「我說『賤貨』。」

賓果。

強尼猛然睜眼。沒有人在看他。救護車後的三個人都專注在彼此身上，還有第一個說話的人引起的風波。有個女警坐在旁邊，也許朝那男人大呼小叫的就是她。但那個男的說得完全沒錯。這件事過後，強尼永遠不會再有監獄以外的生活。他也永遠無法再見到艾默森，至少在她十八歲以前不行。而且她對他比中指時那厭恨的表情，又是怎麼回事？他肯定沒料到他的女朋友會這樣。她還會想再跟他見面嗎？

一旦他們到了醫院，就再也沒有逃跑的機會了。他不動聲色地拔掉手指上連接心律監測器的電線。

「沒有脈搏！他昏迷了！」

眾人手忙腳亂。

他差點笑出來。

他拔掉手上的點滴針，血噴了出來。他從那個女警的槍套裡抽走槍，跳到一旁，不讓重量壓在傷腿上，並且拿槍指著他們。大家都在大叫躲避。

他們稍早設法止住流血，但是現在他一站直，他大腿上部的繃帶就開始染成鮮紅。他感覺到一陣濕熱蔓延開來，沿著他的腿流下，像溫熱的尿液。

救護車突然一震，把所有人甩向一側。他穩住自己，開心地發現槍還在他手裡，而他們看起來都嚇壞了。他因為施力而痛得喘氣，解開車後的雙扇門鎖，把門推開跳了出去。

他從時速六十哩的車上掉落路面，又是翻滾又是彈跳——就有點像他扔下山的那些屍體。他的骨頭受力斷裂，一輛聯結車朝他駛來，喇叭大響，發出尖銳的煞車聲。強尼看到的最後一樣東西，是車頭彷彿在對他獰笑的水箱罩。

33

芮妮搭了一個警察的便車去摩爾家，感覺仍然不放心讓丹尼爾自己坐直升機去醫院。他們剛好在聖貝納迪諾縣的鑑識廂型車之前抵達，對方跟在他們後面一路顛簸，然後停車在前院。更多的警車跟了上來，他們在一棵約書亞樹的樹蔭下設了集合處。在那裡，芮妮仍然聽得到震耳的電視聲。她和幾個犯罪現場鑑識小組成員穿上鞋套，戴上黑膠手套，進了屋去。他們的計畫是先做一次快速的全面檢查，再開始深入搜索。

太陽還沒下山，但屋內的房間現在格外陰暗。他們用戴著手套的手打開天花板燈。芮妮之前已經短暫進屋過，所以臭味並沒有嚇到她。其他人則不然，他們一面發出嗆到的聲音，一面努力掩飾自己的嫌惡。從一堆堆的垃圾看來，艾默森是吃速食維生，雖然也有早餐穀片存在過的證據——水槽裡堆疊的碗和臭酸牛奶的氣味。芮妮關掉電視。靜默令人頓時放鬆。

他們在衣櫥裡找到一堆槍枝，大部分是手槍。其中一把的型號和口徑，符合芮妮在雷文斯克夫的驗屍過程中懷疑的凶槍。初步搜查所涵蓋的最後一個房間就是艾默森先前被囚禁之處。有人將書桌上的筆電裝袋登錄，總部的數位鑑識人員會仔細檢查。芮妮還在尋找更多能將摩爾和珍奈・雷文斯克夫命案連結的證據。

她收到一封來自未知號碼的簡訊。她急於知道丹尼爾的新消息，於是打開簡訊，發現是德芬波特傳來的。

奇怪的發展。摩爾死了。

她的膝蓋幾乎要發軟倒下，一陣躁熱席捲她全身。摩爾的傷看起來並不致命啊。「我得打個電話。」她說。但她需要的其實是空氣。外面的人群來來去去，其中有些帶著採證工具。她脫掉手套，回覆了簡訊。

需要進一步資訊。

有點怪，但聽說是他從救護車上摔下來，被聯結車撞到！

這是哪招？雖然她還在設法搞清楚怎麼會發生這種事，但她放鬆地緩了一口氣。她開的那槍沒有害死他。她知道自己做了必須的行動，而之後她甚至讓自己稍微得意於她專業的槍法。但是，奪人性命——任何人的性命——是她絕不想再做的事。她已經參與過她父親的殺人犯行，不論她的角色有多微不足道。

先別談她的反應了，他們現在無法得到摩爾的自白和說法。

她發出一封回訊：**有進一步資訊就告訴我**。然後她加上一句：**丹尼爾有消息嗎？**

沒有聽說。抱歉。

雖然丹尼爾有交代，但他可能遭逢危險，她沒辦法繼續待在小屋裡了。她必須到棕櫚泉去。

她找到一個警察載她回家取車。她在路上試著跟波聯絡。電話沒接。她的焦慮加重了。她知道自己可能要在醫院過夜，於是一到家就幫愛德華打包好，把牠託給喬斯。然後她往棕櫚泉的醫院前進。

34

很多人以為被蛇咬的傷患一旦注射了血清，就可以回家過著幸福快樂的日子。實則不然。芮妮沒被蛇咬過，但她認識被咬過的人。被蛇咬的傷患並不是全都能存活，就算活下來，也可能為了保命而接受緊急截肢、失去一條腿。而且許多人對血清本身就有過敏反應。即使在最理想的狀況下，沒有發生嚴重過敏，或是過敏反應能夠在醫療介入下控制住，通常也要花上數週時間才能逐漸恢復。

芮妮全速開往棕櫚泉和丹尼爾所在的醫院時，腦海裡裝滿這些念頭。波沒有接電話，讓她心生警戒，但她告訴自己，沒接電話可能有很多理由。也許他的手機沒電，或是忘了帶。也許他在醫院禁用手機的管制區域內。

也許丹尼爾有危險。

她的頭燈光線穿過黑暗，照亮了公路上的黃線。她停在她常去的加油站，把半空的油箱加滿。她再度嘗試打電話給波。直接轉到語音信箱。

她已經好幾個鐘頭沒有進食，不知道是這一點造成她感到全身顫抖，或是因為她對丹尼爾的擔憂。雖然她完全沒有心思去想食物，但她還是進去買了水和可以邊開車邊吃的東西，最後找到的是一片大得可笑的花生醬餅乾。

加油站裡的人群圍成一圈，注意力全被牆上高高掛在香菸煙霧之間的電視吸住。有一段YouTube影片在追蹤近期的事件，畫面切換於摩爾家小屋的直播影像、紅寶石山和摩爾的喪生地點之間。民眾往往在地方新聞台趕到之前就把新聞傳播出去。社群媒體並不盡然是萬惡不赦，它在災難性的事件中一而再、再而三證明自己能讓全世界收到最新消息。

芮妮付了錢，離開店裡，重新上路，回到二十九棕櫚公路上。她的旅程重新開始之後不久，就看到一排紅色尾燈。警察正在指揮車流繞過一輛聯結車，車陣緩緩前進。她接近時才發覺，那就是德芬波特的簡訊裡說的救護車事故地點。她開過去停在路肩，下車找到了一個認得她的警員。

「聽說他是打開後門跳出來的。」警員說。

「自殺。」

「看樣子是。」

現場狀況已得到控制，她沒有什麼能做的。有人問她是否想要確認死者身分。她想。他們靠近一些，掀開血淋淋的罩布。

她這輩子看過好些血肉模糊的屍體，但她仍不確定自己能不能指認出摩爾。他的臉已經沒剩多少。她在他的襯衫上看到了些什麼，想起艾默森在山上撲向他的樣子。

她伸出手。「可以借一下手電筒嗎？」

光線照出兩枚照片徽章，別在他襯衫上一個扯破的洞旁邊。她認出照片上的瑞秋・羅斯，和一個小女孩，可能是艾默森的妹妹。

他們得問問艾默森那些徽章的事。

她離開現場，繼續趕往醫院，探病時間已經結束了。一樓入口報到櫃檯後的男人出乎她意料地說二樓有人在等她。他給了她病房號碼。

「有其他資訊嗎？」她問，心臟怦怦直跳。

他湊近螢幕，然後搖搖頭。「上面沒說。」

她向他道謝，然後爬樓梯上樓。她不常有非理性的念頭，但是現在她想像著丹尼爾狀況危急、可能撐不過去。

她找到了病房。他的姓氏寫在牆上的病人姓名欄裡。門打開了，透出一道微弱的光線。她走進去，放輕腳步以免吵醒可能在睡覺的他，但是過了幾秒，她就發現自己站在一張空床的床尾。病房裡乾乾淨淨，好像根本沒人住過。

或是像移出一名死亡的病人之後清理過。

她站在那裡，吃力地呼吸。隔著充斥耳中的狂嚎，她聽到門外有人。一位護理師把丹尼爾的名牌從她稍早看到的姓名欄拿下。芮妮逼自己保持冷靜，她排開情緒、緊抱住邏輯，但是持續不久。

「我在找之前住這間房的病人。」她說。

「被蛇咬的？」護理師問。

她以漫不經心的態度和芮妮的恐慌相對。芮妮試圖解讀護理師的表情，但辦不到。「對。」她沙啞地說。

護理師轉身在走廊上往前走，把名牌放進另一扇門邊的另一個欄位。「在這裡。因為管線有問題，我們得移動他。這裡需要維修了。」

芮妮只想在地上融成一灘，但她走向病房，往裡面看，心臟狂跳。病房裡是暗的，但來自走廊的燈光讓她足以看見丹尼爾正在沉睡，旁邊有點滴架，監測器和數位螢幕追蹤著他的生命徵象。她溜進病房，坐上一張椅子，等待自己的恐慌消退。

話語聲從黑暗中傳來。「醫生認為那應該是一隻寶寶響尾蛇，因為我的毒素量並不很致命。」床上的丹尼爾沒有動作，只發出聲音，那是多麼美妙的聲音。「我一直聽說寶寶蛇才可怕。」

她站起來。在昏暗的光線中，她看見他臉色蒼白。「寶寶很好，」她說。「真的很好。」她語速很快，發現他還活著令她欣喜若狂。「也很可愛。真的很可愛。」

「他們也是這麼跟我說的。不是說可愛，是說總比被長成的大蛇咬到好。什麼寶寶響尾蛇的毒液比大蛇多，那是錯誤觀念。」

「大錯特錯。」

「所以我體內沒有太多毒液。」

「很好。太好了。」

「他們在急診室有監測，我對血清沒有過敏反應，所以他們只是讓我住院一晚觀察。」他可能還不知道完全復原還是需要兩週。她現在暫且不提這件事，重要的是讓他的恢復結果盡可能良好。「我聯絡不上波，」她說。「我以為情況不好了。」

「我本來要打電話了，但他們拿走了我的私人物品。我想是放在這邊哪個地方。波的手機沒電了。我叫他回家過夜，不需要讓他睡椅子。」

她在病人衣櫃裡找到丹尼爾的手機，從自己包包挖出充電線接上，然後遞給他。

她跟他說了摩爾的狀況，還有艾默森的狀況。

「她在我樓上，」他說。「毒理學報告顯示體內有藥物，並不意外。他們做了性侵驗傷，當然檢驗結果還沒出來，但初步報告顯示沒有明顯的受暴跡象。」

「有些非自願禁慾者其實對性接觸抱有恐懼，摩爾似乎屬於這個類別，」芮妮說。「他們的許多行為和對女性的不當對待都是虛張聲勢。」

「我本來希望妳能訊問他，但現在他死了，我們永遠不會知道完整細節了，」丹尼爾說。「但我打算明天一早就跟艾默森問話。我希望妳也可以在場。」

「我覺得你不該這樣。」

「那只是條小蛇。」

「你體內還是有毒液。」

「我會好好的。對了，妳今天表現很棒。妳救了艾默森的命。」

「我應該一起搭上救護車的。」

「那是我決定的。妳沒辦法分身。」

現在，腎上腺素消退了，芮妮感到筋疲力竭、虛弱不堪。

即使在臥床的狀態下，丹尼爾還是注意到了。「今天真是漫長又怪事一堆。」

「我很開心你沒死。」

「我也是。」

「睡一下吧，」她說。「我明早會來看你。」

如果他死了，走廊上和離開醫院大樓的這段路，她走起來的感覺會是多麼不同。芮妮在停車場裡爬上卡車，從背包裡翻出一條蛋白質口糧棒和飲料。她橫過座位躺下，把一件外套拿來當枕頭，身上蓋著愛德華的毯子。她一面吃，一面打開手機上的瀏覽器，開始搜尋強尼・梅伊・摩爾的資料。

35

隔天一早，芮妮接到丹尼爾的一封簡訊。

他們在摩爾家裡找到手環和一只防身戒指。

接著還有更多令人不意外的消息——醫院要丹尼爾再住一天。他去找艾默森之前會等芮妮來。芮妮不由得猜想他是否想避免單獨跟那女孩見面，因為狀況可能會很尷尬。

芮妮跟他在他的病房碰面。波應該幫他帶了換洗衣物來，他穿著寬鬆的褲子，白襯衫下襬沒紮，袖子捲起。他的眼下有黑眼圈，但是綜合來說，他看起來還不錯。

「我們結束這案子之後，你應該休假一下。」芮妮說。

「我會的。」

「很好。」

「妳穿的衣服跟昨天一樣。」

「我沒回家。我睡在車上。」

他看起來有點擔憂，好像覺得自己應該考慮到這個可能性。她很高興他沒有。

「妳可以睡在這裡。或是睡我家。」

她沒說她需要時間獨處。「我睡自己的車睡習慣了，沒什麼大不了。而且我想要研究一下摩爾，因為我們之前實在沒有機會深入了解他。」

「妳有什麼發現？」

「他符合非自願禁慾者的特寫。我找到他的臉書頁面，還有Reddit上一個語氣跟他相似的帳號。」大部分的資料都鎖私密，他們需要法院命令才能詳細檢視他在兩個網站上的檔案，但是就她所見，她已經對他這個人有了具體的概念。「他追蹤了校園槍擊犯和綁架犯。值得注意的是，他是威斯康辛州巴倫縣一個綁架犯的粉絲，那個人也用重訓器材限制受害者的行動。」

「那是隨機綁架，因而相當難以破案。」

「她被綁了超過八十天，然後自己脫困。我不是要說當地警局的壞話，但是我們五天就抓到人了，所以我感覺不錯。」她說。

他點頭。「挺有意思的，這些自認為特立獨行的人，竟會把其他罪犯的計畫拿來用。」

「真令人不安，我們看到越來越多年輕男性感覺社會和女人對他們不屑一顧，他們除了憤怒之外也無以回敬。摩爾肯定符合這個類型。他似乎憎恨女性，但是又出於某些原因被艾默森吸引。」

「我為她難過，」丹尼爾說。「兩度淪為受害者。」

「她看起來挺堅強的。如果別人可以，我相信她也能撐過去。」她指向走廊。「有人在那裡放了台輪椅。一定是給你的。」

「我用走的。他們要我多走路。」

「我想他們說的走路只是在走廊上走個幾步。我會把輪椅帶著。」

他們搭電梯上三樓，丹尼爾慢慢走動，芮妮把輪椅推著跟上，然後停在艾默森的病房外。裡面傳來的交談和笑聲清晰可聞。

他們看到艾默森坐在床上，腿上蓋著毯子，剛洗過澡，頭髮乾乾淨淨，皮膚充滿光澤。她的前額撞到岩面的地方有一塊瘀傷，但她的眼神變明亮了。她旁邊站的是波希亞和喬喬，兩人都穿著時髦的衣服、化了完美的妝容，看起來隨時準備可以拍照。喬喬臉上有了新的雀斑。看到有大人來，女孩們停止了笑聲，試圖擺出嚴肅的表情。但是波希亞隨後發出一聲歡呼，踮著腳尖走向芮妮，高舉雙臂做出擁抱的邀請。

芮妮起先閃避，然後控制住自己，讓女孩擁抱她。

丹尼爾對她眨了一下眼。

「我好開心他死了，」波希亞說，顯然是在指摩爾。「就像我爸說的，我們再也不用活在恐懼之中了。」

離開病房之前，波希亞和喬喬都彎身在艾默森臉頰上親了一下。波希亞對她悄悄說了些什麼，艾默森臉上帶著微妙的表情微笑點頭。

「等妳好一點，我們來開泳池派對！」波希亞說著，和喬喬像一陣風似的溜出門去。

雖然現在恢復清醒，艾默森對事件的記憶卻是片片段段。因為藥物影響，這是可以理解的。她記得槍響、尖叫、奔逃，被強尼要求坐上他的卡車，在沙漠裡開了一段長路。

「我們到了那裡之後，雖然情況很嚇人，但是也超無聊的，」她說。「沒發生什麼事。我主要只記得衣櫥，還有風，和黑暗。還有昨天我們逃跑的時候陽光多明亮。」

「妳被下了藥，」芮妮說。「再加上光源影響和感官剝奪，我得說妳已經表現得非常好了。」

「他真的死了，對吧？」艾默森問。「就像波希亞和喬喬說的？」

丹尼爾的回答比芮妮想的更直白。「對。」

艾默森熱淚盈眶。她用手背擦掉眼淚。「我知道他很壞。我不是在為他哭。好吧，也許是。」

「這段時間很令人摸不清頭緒，」芮妮柔聲說。「現在先別太用力逼自己去分析。」然後她問：「妳可以跟我們說說摩爾襯衫上的照片徽章嗎？」

「他戴著是為了提醒我要聽話，不然他就要殺掉我的家人。」

跟芮妮猜的一樣。

「我怕他會殺掉我，但是我更為我的家人害怕，也怕他搞不好還會綁架我妹妹。」她靜了下來，然後再補上一句：「我在中心裡對他很親切，跟他說話，對他微笑。我覺得我再也不想對人親切了。」

太可惜了。希望她不會因此對所有男人築起武裝。

艾默森的父母出現在門口。她媽媽提著兩個大購物袋，放在空椅子上，然後親了親她的女兒，轉過來看丹尼爾時眼中含淚。艾默森的繼父則在背景裡不自在地徘徊。

「我該走了。」芮妮說。這是丹尼爾、艾默森和她的家人之間的私密場合。

「留下來。」丹尼爾說。

「對嘛，留下來，」艾默森跟著說。「我還沒謝謝妳救了我一命。」她害羞地瞄了丹尼爾一眼。「謝謝你們兩個。」

她的父母也加入。「對，我們對兩位感激不盡。」

丹尼爾臉上帶著驚慌。這就是他要芮妮在場的原因嗎？幫助他度過可能會十分尷尬的情境？面對一個視他為生父的青少年。

史丹利瞥了芮妮一眼。她看得出他回想起他們在屋外的對話。他必定慶幸艾默森獲救生還，但他也顯然仍承受著痛苦。丹尼爾成為了史丹利永遠無法企及的英雄，芮妮希望這女孩的繼父終有一天會明白他們不需要競爭。

「我去喝杯咖啡。」他說著走出了房間。在芮妮看來很明顯，他此刻就是無法待在這裡。他一走，芮妮就將她的關切轉向丹尼爾。他看起來就要倒下了。她把一張訪客椅推到他旁邊，往椅子指了指。他沒有爭辯，坐了下來，身上流著汗。他應該繼續臥床的。

「我們可以找時間出來見面嗎？」艾默森問他，似乎沒有發現他的身體不適。

丹尼爾望向瑞秋，然後再看回艾默森。艾默森的誤解不應該由他來澄清，但話說回來，也許她會相信他，因為她顯然完全不相信她母親。

「我不是妳的父親。」他輕聲說，聲音中的慈祥讓芮妮泫然欲泣。

艾默森的嘴唇抿了起來，低下頭，看著自己緊抓醫院被單而泛白的指節。「我知道，」她悄聲說，話語中終於接受現實的意味令人心碎。「我知道。」

瑞秋走近，輕捏艾默森的手臂，嘗試安慰她。艾默森的反應從悲傷變成了氣惱。芮妮在某種程度上理解那種氣憤。瑞秋必須明白，她將艾默森生父身分保密的行為產生了嚴重的反效果。

「不然是誰？」艾默森問。「告訴我。我只是想要妳告訴我。」

芮妮想要說血緣關係不代表一切，愛和關懷可以有許多不同的來源。但這裡沒有她對這孩子說教的餘地，她講的任何話都會是僭越。

瑞秋對丹尼爾和芮妮投以不自在的目光。「我們很快就會談。我保證。」

36

丹尼爾出院後的幾天居家上班。新聞上到處都是艾默森的報導，不久就有人登門來訪問他了。他勉強參加了一兩場記者會，但他還是感受到蛇咬的影響，或更有可能是血清的影響。芮妮說他要過幾週才會恢復正常，他需要的只是放輕鬆、讓身體痊癒。

他坐在書房、登入局裡的資料庫時，聽見門鈴響了。已經很晚了，他不認為此時上門的是媒體。他聽到波的腳步聲，然後是低聲的交談。從關門聲和持續的低語聲聽來，顯然有人進門了。是芮妮嗎？她常常來關切，不管是透過傳訊息或親自拜訪。

過了片刻，波探頭進來書房，臉上掛著一副奇怪的表情。「她來了。」

波的臉色道盡一切。丹尼爾對於「她」指的是誰再也不需存疑。肯定不是芮妮。他的心臟開始狂跳，呼吸加速，臉色發紅。

「我可以叫她滾得遠遠的，再也不要過來。」一向沉穩冷靜的波在發抖。「我還有很多話想跟她說，想對她發表一些意見，就等你的允許。」

自從十一歲的丹尼爾搭公車到波的事務所，把登著內陸帝國殺手新聞的報紙甩在他桌上，要求波幫忙尋找他媽媽的下落，波就一直是他的守護者。

他現在老了，態度也軟化了。丹尼爾站起來，將手搭在波的肩膀上。

「你是我的親人，外面那個女人不是。」他握著波的手，輕輕一捏，感覺有必要如此向他保證。「我會去跟她說話。會沒事的。」

「你確定？我可以把她扔出去。」

他當然不會這麼做，他絕不會對女人動粗，就算是愛麗絲。但丹尼爾感激波仍然在維護他、照顧他。「就先不麻煩你嘍。」

「你要我跟你一起去嗎？」

丹尼爾不想讓波更不開心。雖然他的健康狀況沒那麼差了，但他畢竟心臟病發作過。「我自己去跟她說。會沒事的。」

他們在走廊上分頭走，波往自己的臥室去，丹尼爾則走向客廳。他感到一股詭異的冷靜，自保本能像被單般包裹住他。

她坐在沙發上，離芮妮宣告那個消息時坐的位置不遠。她穿著土耳其藍和紅色的豔麗洋裝。她一向喜歡鮮豔的顏色，尤其是紅色。她的頭髮是他記憶中的深濃紅木色，眼角有些魚尾紋，但仍然很漂亮。看見她讓他心生一股怨怒，驅散了一部分出於自保的朦朧狀態。

他沒有坐下。「穿黑色應該比較合適吧。」他的聲音平穩。身為警探，他在工作中學會如何控制，如何掩飾顫抖。

「我自從和芮妮．費雪說過話之後，就再也睡不著，」她說。「然後我聽到了你的新聞，說你救了那個女孩。」

她的聲音讓他崩潰，他是這麼輕易地認出了那個聲音，感覺彷彿掉進了時光隧道。多年來，他回憶自己的幼年歲月時，在自己腦海裡重播了那個聲音上百萬遍，在其中得到撫慰。但現在再也無法。她為什麼來這裡？來求他原諒？來分享現在照在他身上的鎂光燈？他希望她不會這麼膚淺，但誰說得準呢？

她的眼睛盈滿淚水。「對不起，丹尼。對不起，我離開了。」

一陣怒火湧上，伴隨著浪費自己人生和多年歲月尋找她所帶來的愚蠢感受。他這麼久以來一直把她放在心中的聖壇上，她是他追尋的目標。她的失蹤形塑了他這個人，決定了他人生的方向，從他起床發現她已不在的那天早上開始。每一次呼吸、每一個決定都是肇因於她的缺席。

「為什麼？」這是他唯一說得出的話。他想親耳聽到他的母親說明。

她帶著痛苦不堪的臉色說：「我需要脫身。我沒辦法當母親。」

在擔任警探的年歲中，他面對過像她這樣的人。無法承擔責任的母親。想要一段不同人生、從頭來過的母親，想要拋下負擔。**負擔**。

他累了。他現在沒辦法面對這件事。也許他永遠不會有辦法面對。「妳來做什麼？需要有人捐腎給妳嗎？」

她瑟縮一下，然後說：「我猜我是想要解釋。我想告訴你，我原本不知道你在找我。我想確保你不會有事。」

「妳在開玩笑嗎？大部分人都沒有辦法隨手拋開他們親近的人，忘記他們存在過。」

「我一直在想你，每天都想。我也想過要回來，但我改了名字，變成了一個不一樣的人。」她雙手抓著裙子，指節發白。「我也覺得羞恥，不配回到你身邊。我告訴自己，你跟別人一起生活會比較好。」

現在他希望自己剛才乾脆叫波趕她走。他以為自己可以應對得更好，但現在他只強烈地感到需要遠離她。

他離開客廳，迷迷糊糊地不知要往哪裡走。房子好小，現在顯然小得容不下他們兩個。要去房間嗎？像個小孩子一樣躲著？他想開車離開，但他顫抖不已，他知道自己不該坐上駕駛座。他想到要打給芮妮，他並不意外自己想聯絡她。他走到廚房，到了側門，踏出一步走進黑暗中。

他沒有想到這麼快就得再看到愛麗絲，但跟她隔牆而立片刻之後，前門砰一聲關上，她徒步越過草坪，走向停在彎道旁的一輛車。

「好在我這次能親眼看著妳離開。」他輕聲說，但是音量足以讓她聽見。

她停頓一下，沒有看他，然後跑向她的車，打開車門，上車開走。可是她沒開多遠。那台轎車過了幾間房子之後就停下來，亮著煞車燈，停在路中央。

他等待著。待會進屋之後，他得開一瓶烈酒，不拿杯子，就著酒瓶直接喝。他看著那台銀色車子。毫無動靜，亮著紅色煞車燈。一輪近乎盈滿的明月高懸在藍絲絨般的天空，照出棕櫚樹的輪廓。一切都和幾天前一樣，但他的世界卻再也不同。他的母親沒有死，沒有遇害。她是離家出走的，丟下了他。他最強烈的怨怒來自於她的離開對他造成的情感衝擊。即使成了警探，他也還是一如她從他生命中消失那天的那個迷惑的男孩。

他下定了決心。踩著堅定的步伐，他走向她的車，打開副駕座車門，車裡的頂燈亮著。她不再年輕結實的雙臂抱著方向盤，那張眼唇周圍起了細紋的臉龐半掩著。她的啜泣危險地割進他的骨骼。不管是誰，其他活物所承受的痛苦總是令他心碎。

他成為警探，真是個衝動又不明智的選擇。

如果不是因為他的母親，他可能會投身於不同的領域，不牽涉到死人以及向家屬傳達噩耗的領域。這個念頭幾乎讓他笑了出來。她的「死亡」讓他更有同理心，他在每一個凶殺案的現場都回憶到她的消失。

他的雙手不再顫抖。

他知道如何面對身處痛苦中的人。拜她所賜，這是他不情願地精通的能力。他嘆了口氣，鑽進車裡，伸手越過座椅關掉了引擎。現在，他不會告訴她，她如何傷害了他孩提時代的心靈和認知，她現在的每一分痛苦都是自作自受。現在他不會說話，不會說他原諒了她。現在，他只會陪她一起坐著。

37

艾默森收到波希亞的簡訊，求她去棕櫚泉的家裡開睡衣派對。她不知道她是否準備好參加這種活動，也真的不知道自己想不想跟波希亞與喬喬相處。她只想放下過去往前走，她怕她們會想談之前發生的事。她不想，但是又覺得自己應該要去。

「我覺得這主意不錯，」她媽媽在房間門口說。「如果妳想回家了，打電話跟我說一聲就好。」

艾默森從手機上抬起頭。是的，她把手機拿回來了，想來有點好笑。「也許會很順利吧。反正我也不想跟不懂的人一起。」

「我就是這樣想。妳們大家一起談談可能挺好的。」

她媽媽說的也許沒錯。昨天她有個同學到家裡來，可能是被家長逼的。她們坐在艾默森床上，對方就只想聊她的男朋友。艾默森根本不在乎。她滿腦子想的只有山上發生的事，還有後來沙漠裡的事。那一切都好不真實，她好奇自己是否會一直這樣覺得。但她還是不斷在腦海裡重播那些事件，特別是結尾的部分。艾利斯警探救了她，把她從懸崖邊拉上來，就像電影裡一樣，但是更勝一籌。沒錯，他跟她說他不是她的父親。她不是第一次聽到，但她還沒準備好要放棄這個想法。它曾經驅策她，給她希望。

那個同學終於離開時，艾默森感到開心。但也許跟和她經歷過相同事件的人在一起會不錯，跟懂得她的人。

「那我真正的爸爸呢？妳說我們要談這件事。」

「我們會的。我保證。史丹利和我討論過了，該讓妳知道所有的事情了。但不是現在立刻。」

「我的親生爸爸不是連環殺手什麼的吧？」不然為什麼要這麼大費周章保密？

「不是。」她媽媽微笑道。「絕對不是。但是今晚先跟妳的朋友一起玩玩吧，等妳回來，我們再好好談一談。」

她收拾了幾樣都西。她媽媽幫她買的可愛睡衣，上面有兔子圖案，天真無邪到讓她幾乎要哭出來。而且她媽媽還用漂亮的包裝紙把睡衣包起來，跟手機包在一起。

艾默森把睡衣、牙膏、牙刷塞進背包。她還放了一件泳衣，因為波希亞說她們要游泳。她講的其實是**裸泳**，但艾默森還是帶了泳衣。最後一樣放進包包的東西，是一個有尖銳貓耳造型的黑色金屬指環。

❖

芮妮的微波爐「叮」了一聲。她打開爐門，拿出一碗墨西哥玉米片，起司融化得很均勻，這點一向充滿挑戰性。綁架案幾近來到收尾階段，她用她的特別料理來慶祝。這對她的心理健康相當正面——她不再那麼常有畫下死亡場景的衝動，而且等到天氣涼一點，她和愛德華就會開始跟娜汀上搜救課程。

現在，等在她面前的是漫漫長夜，但她最近買了電視，不是普通的電視，而是**智慧型**電視，代表她可以在沙漠裡連網收看任何她想看的節目。她甚至可以看YouTube之類的東西。有這麼多的選項，現在她已經把一部她相當喜歡的影集看到第二季。

她從冰箱拿了一罐啤酒，是約書亞樹當地釀造的，還有一碗薯片，碗是她設計的款式之一。她坐在新電視前的沙發上，一隻腳縮起來壓在身下。

外面還是很熱，將近華氏九十度（約攝氏三十二度），在初夏的沙漠夜晚並不少見。她的蒸發式冷卻機轟隆運轉，發出過大的噪音，吹起塵土，也吹動了她的頭髮。她好奇丹尼爾此刻在做什麼，考慮要打電話給他，但如果他早早上床睡覺，她不想冒著吵醒他的風險。他還是會感覺到蛇咬和血清的影響，康復需要時間。

愛德華跳到沙發上她旁邊的位置，靠著她的大腿蜷縮起來。她摸摸牠，哄了牠幾分鐘，然後拿起遙控器。她正瞄準電視時，手機收到通知，告訴她波希亞·迪凡正在YouTube頻道直播。芮妮放棄了原本的觀影計畫，開始用APP瀏覽YouTube和波希亞的直播影片。

那個女孩看起來是在臥室裡直播。她的妝容宛如面具，髮型完美，長長的指甲是紫色，就是現在流行的那種人工美。波希亞看著螢幕，瀏覽並讀出觀眾發表的回應。

真高興妳沒事！

真高興妳還活著！

還是一樣美。

天啊我好擔心妳耶。

愛妳！

波希亞順順頭髮，一面將螢幕上滑，一面回覆其中一些評論。她感謝大家給她的頻道打賞，唸出了幾個驚人的金額數字，尤其考慮到她的觀眾想必多半是青少年。

「嗨，伊利諾州的小珍！」波希亞說。「我也想妳！還有聖塔芭芭拉的托比！和平萬歲，兄弟！我想謝謝你們每一個人相信我，且從不放棄希望。我想謝謝我超酷的父母始終沒有放棄。我想謝謝我的朋友，特別是跟我一起踏上旅程的好姐妹。」

兩張臉出現在她後方，是喬喬和艾默森。她們揮手微笑、抱在一起。

艾默森看起來格格不入。她沒有化妝，也沒穿高級服飾，看起來對於上鏡頭也不太熱衷。芮妮不禁懷疑，她們是出其不意把她找來公開展示團結精神，以吸引觀看數。

「我們收到好多問題，我們今晚會試著回答其中一部分，」波希亞說。「最大的問題是，妳們害怕嗎？」

三人面面相覷，笑了出來，然後轉向螢幕，全都肯定地回答：「我的天啊，當然怕！」

喬喬：但是那感覺也像電影一樣，不太真實，我一直想這不可能真的發生了。

波希亞：或是像某人開的一個變態玩笑。

艾默森：我聽到槍響才知道那是真的。

「噢，我很遺憾。」波希亞擁抱她，看著攝影鏡頭。「艾默森是校園槍擊的倖存者。」愛心和擁抱的符號塞滿了芮妮螢幕側邊的聊天視窗，觀眾們紛紛表達同情。女孩們又說了些話，回答了問題，得到更多同情捐款。然後波希亞開始收場。「我們要去游泳嘍。」她移動攝影機，讓觀眾可以看到臥室和泳池之間的露台門。然後她再把攝影機轉回去，拍攝房間的全景。艾默森移動到床上坐著，在梳頭髮，臉上有種古怪的表情。她拿著梳子的手讓芮妮驚鴻一瞥地瞄到一枚戒指。是黑色的，看起來有兩個尖端……

如果芮妮要畫艾默森，她會留意她眼中偶爾才一閃而逝的一抹黑暗，看起來也可能只是光線變的把戲。但是就像照片一樣，畫像能夠凝結人的呼吸、眨眼、短暫的微笑，還有往往逃過他人眼光的緊張動作。和照片不同的是，畫像讓藝術家有詮釋和延伸的空間。就像大部分的藝術作品，藝術家會把自我帶進創作的旅程，所有優秀的藝術都是由此而來。那抹黑暗也有可能是芮妮自己的，不過她但願不是。她也會畫出艾默森柔亮的頭髮、金黃的肌膚和勾彎的上唇，也許比艾默森希望的單薄，但還是很美。她還會畫那對黑色的濃眉。但最重要的是，芮妮會試圖捕捉那股有事出錯、哪裡不對勁、有東西被藏起來的隱約感覺，她有著些什麼祕密，或許不想讓任何人看到。而懷著這份認知，芮妮看到了她早應看出的線索。

芮妮曾是個犯罪剖繪專家。她教過別人辨識邪惡所需的技巧。但是在內心深處，她想要其他人是良善的、是努力做到更好的。她承認，即使她是個還不錯的指導講師，但只要遇到她喜歡的人、她愛的人，她的雷達就一直不太靈光。直到她往後照鏡看，她才會看到她座位後方的臉孔顯出醜惡的真貌。

她是個不錯的偵探，擅長找出失蹤的人，非常擅長，至少這點很不簡單。她沒有理由要絕望、在心中束手無策。丹尼爾之前也沒看出來。那位母親也沒看出來。

只是個甜美的女孩。

迷失的女孩。

藏著大祕密的好女孩。

芮妮打給治安官辦公室的數位鑑識技術員，對方先前負責處理萬象生活的監視錄影。

「還好嗎？」她問。

「案子破了對吧？我把東西擱著了。」

「案子**是**破了，但我在試著收尾幾條零散的線索。尤其是安全門的監視錄影。我想確認那個人的身分。」

「沒問題。我收到通知說破案了的時候，剛好就在處理那個。然後我就被分配到一個新專案，是我有史以來碰過最無聊、最耗時的。等我一秒鐘，我來登錄資料庫。」

她聽到鍵盤敲打聲。

「我設法清理了影像，移除窗戶的反光。我現在就寄過去。妳看看電腦，如果沒收到再跟我說。」

芮妮向他道謝，掛斷電話，然後打開筆電點擊那封電郵。

兩個圖檔。現在她又有了個驚喜。

他做得很好，好到螢幕上那兩張臉清楚得毫無爭議。兩個人站在緊急出口外，是強尼·梅伊·摩爾，和室內那個人的倒影。那個被給了手機的女孩。

她試著打丹尼爾的電話，他沒接。她傳了簡訊給他。然後她打給艾默森的媽媽，跟她說在迪凡家會合。

「為什麼？」

「跟我在那裡碰面就是了。」

38

丹尼爾和他母親一起坐上車的三十分鐘後，看了芮妮傳來的一封簡訊。

我在出發去波希亞．迪凡家。可以的話在那裡跟我碰面。有些事不對勁。

「我得走了。」他告訴愛麗絲。

「你希望我再聯絡你嗎？還有機會嗎？如果你不想，我不會怪你，但我希望能再見到你。」

「手機給我。」

她照辦。

他輸入他的電話號碼，然後將手機還給她。「可以隨時打電話或傳簡訊給我。」他稍微打開車門，頂燈亮了。他的心被擊碎，她仍然是他的母親，他仍然愛她。他幾乎希望自己不會再愛，希望自己可以恨她，但他不是這樣的人。他會寬恕，就算是面對犯罪者，他也努力不把他們想成壞人，而是做出可怕選擇的一般人類。

「再見。」他說著下了車，關上車門。

她發動車子，開離路邊。他一路目送，直到尾燈消失，然後回到屋裡，試著打芮妮的電話，被轉到語音信箱。他從書房拿了他的警徽，探頭到波的房間。他在床上看電視。

「我得出門了。」

波把電視關成靜音。「有命案了？」

他會這樣想也是有道理。丹尼爾晚上除了工作之外從來沒有別的活動。「只是有件事也許不該放到明天早上。」

「我真的對你母親的事很遺憾，孩子。」

「她沒死。」他聳聳肩。「那就好了。」

「我想是吧。你比我更寬容。小心一點。別因為她的來訪分了心。」

「我不會的。」他從廚房門出去，把門在背後鎖上，然後前往棕櫚泉和迪凡家。

39

「來嘛！」波希亞在池裡踩著水。「衣服脫掉跳下來嘛！沒有人會看到。」

艾默森已經跟她們說了，她不想裸泳，但波希亞不相信，一直逼她脫衣服。「那妳爸媽呢？」艾默森問。

「我爸在從好萊塢開車回來，我媽在房間看電視。妳看。」波希亞對著包圍後院的堅固木質柵欄擺了擺手，那看起來就像電影裡的場景。一切都很完美，泳池有好幾座，每座的水溫都不同，噴泉輕輕湧動，棕櫚樹襯著藍黑色的天空。「沒有人會看到妳。」她已經關掉戶外和池底的燈。唯一的照明來自房子裡，光線並不強。

喬喬脫下胸罩和內褲，尖叫著跳下去，濺起了水花。

艾默森一語不發地走回波希亞的房間。她考慮要打電叫她媽媽來接她走，就像她們談過的一樣。但是車程很遠，她可能也才剛回到家。

在浴室裡，艾默森換上泳裝。這件是黑色的，連身樣式，胸前有點收緊，下身有裙襬，看起來像五〇年代的產物，所以她才這麼愛。大部分的人不知道她身上有疤，也不知道她在校園槍擊案裡中彈過。她不想讓人大驚小怪。但那不是她不想下水的原因。在不熟的人面前赤身裸體讓她感覺太不設防。如果她需要逃跑怎麼辦？如果要拚命反抗怎麼辦？人都應該隨時做好準備。

她從台面上的化妝包裡拿出髮圈，束起頭髮。她檢視自己的臉，從袋子裡挖出好萊塢紅唇唇膏塗上。

她拿下那個貓戒指。其他女孩因為她戴了這個而嘲笑她。

妳在這裡為什麼需要防身戒指？

她停頓一下，又把戒指戴回去。

她拿了一條蓬鬆的毛巾披在肩上，赤腳走過敞開的露台門，到了泳池區，另外兩個女孩正在潑水笑鬧。

「不公平，」波希亞看到艾默森時說。「不脫衣服就不讓妳下水。」然後她的時尚敏感度讓她補上一句：「不過這泳裝很棒。雖然不是我會穿的，不夠性感，但很可愛。」

艾默森依舊一言不發，走進泳池較淺的一端。就連一共四階的台階造型都很優雅。她踩到池底時，水深及腰。這是個很美的夜晚，燈關了之後，她看得到好多星星，也許還有金星，和一小部分的銀河。反射在水面的月光足以讓她辨識兩個女孩的臉。

「我不太會游泳。」她說。

「有東西可以幫妳。」波希亞游到池側。她隨著一陣水花爬上岸走遠，然後從池邊小屋帶著三只小浮筏回來，把它們丟到水裡，再跟著跳下來。波希亞和喬喬爬上浮筏，輕鬆的動作專屬於那種從小就幾乎每天游泳的人。艾默森一直不是泳池邊的常客。她會游泳，但就算是她的家人在池裡享受時，她也寧願待在室內看書。

她笨拙地試了幾次，但最後還是爬上了浮筏。另外兩個女孩仰躺著，但艾默森選擇面朝下趴伏，像用浮板一樣以手划水。

「所以說妳爸是警察。」波希亞說。

在山上的營火邊，她告訴她們艾利斯警探是她的父親。目前，她還沒有跟她們說他其實不是。也許她永遠不會說。她們的友誼看起來不會長久，她們不是跟她同類的人。「他是我的生父，但我不算認識他，」她說。她決定繼續在她們面前假裝。有什麼關係？「我們可能會開始相處一下。」

「他在辦這個綁架案，對不對？」

「他說他還要處理一些未完的線索，但我想他就要結案了。」

「那我們呢？」

「妳是什麼意思？」

「就是，妳會去說什麼嗎？」

「沒有什麼好說的。強尼殺了珍奈，綁架了我。」

「妳有聽過協同犯罪這種事嗎？」

「有，但是——」

「我們就是那樣。我查過了，我們可能會坐上很久的牢。」

「我什麼都不會說，也沒有必要說。事情結束了。強尼死了。」

「妳爸是警察。他知道怎麼從人身上獲得資訊。」波希亞說。

喬喬也加入了。有時候她們倆幾乎像是一體，但波希亞肯定是帶頭的。

「他會做得讓妳根本沒有察覺，」喬喬說。「就是，妳只是在說話，他問妳問題，然後妳還沒明白過來，他就來敲門要逮捕我們了。」

「也許我會告訴他真相，」艾默森說。「我們不是故意要讓事情那樣發生的。」

「這是史上最爛的主意。」喬喬說。

「而且那就是我們怕妳會做的事。」波希亞說。

一隻隱形的鳥在棕櫚樹上鳴叫。有哪種鳥在晚上還醒著？艾默森納悶不已。但她聽說都市裡的鳥會被搞亂作息，沒有正常的睡眠循環。

波希亞溜下浮筏，抓住艾默森的筏身往一邊拉，翻倒時的力道讓艾默森整個人深深跌進水裡。水裡又暗又黑，令人難以分辨上下。她掙扎著浮出水面喘氣，吞了點水嗆到了，開始以狗爬式游往池邊。她感覺到一隻手搭上她的手臂，她於是抓住，但那隻手不是要救她，而是把她越拉越深，拉到泳池的底部。

40

兩週前，太平洋屋脊步道

好、多、的、血。

血的氣味充斥在帳篷中。一盞露營燈發著光，對這個空間而言幾乎是太亮了，沖走了角落的黑暗，照亮營帳的四壁。萬象生活的那個傢伙，強尼．摩爾站在屍體旁，手裡拿著一把槍，喘著氣，雙眼發亮，轉過來看向艾默森時嘴巴獰笑著。另外兩個女孩在她背後。

我們做了什麼？艾默森自問。

是的，她有罪責。即使他給她一種不好的直覺，她還是跟他調情，像波希亞和喬喬建議的那樣利用他。她們全都因為被沒收手機、被關在這個中心裡而怒不可遏——她們又沒做錯事。波希亞和喬喬想要被綁架，假裝被綁架，來為她們的YouTube頻道爭取更多按讚數。事發過程會錄影，讓她們上傳到網路。

不應該有人死掉。不應該有人被殺。

艾默森想要她的爸爸，她的親生爸爸看到她陷入危險而跑來救她，就像之前一樣。校園槍擊案的拯救行動不夠令她滿意，因為他沒有留下來。他把她交給救護車裡的人之後就消失了。但那就是超級英雄的行事風格，他們會飛得遠遠的，直到你又需要他們時才會回來。

一切都變得含混又瘋狂。她們慌亂地跑離帳篷，一起跑過黑暗中、樹叢裡，腳掌重重踩地，肺彷彿起火燃燒，樹枝不斷拍擊。艾默森的腦裡在尖叫，她的意識努力應對她窺探珍奈的帳篷裡時所見的景象。

那個兇手也跟著她們跑。

最終，感覺過了很久很久以後，她們不得不停下來，彎腰喘氣。波希亞開始大笑，但那不是真的笑，更像是歇斯底里。如果這是在演電影，就會有個人打她耳光，然後她會閉嘴。

「我要回去。」艾默森說。

三個人同時大叫，「不！」

「我得去看她是否還好。」

「她不好。」摩爾說。

「我們得回去。這跟我們討論的不一樣。」

她知道他可能會帶槍，但那應該只是拿來嚇珍奈的，只是嚇嚇她而已。

「你有錄到影片嗎？」波希亞問。

「靠，當然沒有。」摩爾說。

「我的天啊，」艾默森對波希亞說。「妳就只關心這件事嗎？」她真是邪惡。「我們得回去。我要回去。」艾默森開始走。

摩爾跟上去抓著她的手臂。「我是為妳做這件事的。我為妳殺了她。」

「而且我們都成了共犯。」波希亞說。

艾默森真訝異波希亞還知道共犯是什麼意思。

「我們所有人都是，」波希亞說。「如果我們不做到底，弄得像是一場真正的綁架案，我們就要去真正的監獄坐牢了。」

艾默森不確定。

「我不管妳們兩個婊子，」摩爾說。「我不管妳們會不會被抓。如果有人逮捕我，我會說這都是妳們的主意。我會說是妳們買了拋棄式手機，雇我殺掉帳篷裡那個女人。因為妳們的確有。」

「這是真的嗎？」艾默森問。波希亞和喬喬一直都打算殺掉珍奈嗎？

「我說的是我不在乎，越危險越好。」波希亞用一種輕浮的語調說。

「妳叫我殺掉她。」他說。

有人在說謊，而艾默森害怕說謊的人並不是摩爾。社群媒體就是這麼扭曲，按讚數變得比人命還重要。

「她說得對，」波希亞說。「我們得回去。我們得確定她真的死了，還要確定我們沒有留下任何東西。我們要布置現場，就是這樣說沒錯。」她看向摩爾。「這樣就不會有人懷疑我們。」

「我不去。」

說話的人是喬喬。然後她做了一件非常冒險的事——她跑了。摩爾從像西部槍客一樣的皮套裡拔出槍來，對著她身後發射。艾默森和波希亞雙雙尖叫。艾默森跪倒在地，雙手抱頭，心跳狂亂。這不是真的，這不是真的在發生。

喬喬沒有發出聲音。

「蠢婊子。」強尼說。

不遠處的波希亞在抽泣，就像艾默森幾年前在校園槍擊案裡聽見的哭聲。

「閉嘴！妳也想跑嗎？」他大吼。「妳想跟著妳朋友去嗎？」

艾默森從手臂下往外看。他瘋狂地對波希亞揮舞著槍。「跑啊，婊子！妳跑啊！」

「別對她開槍！」艾默森哭喊。

她的懇求成功起到引開他注意的作用。他轉過身來。

波希亞跑了。

他再度往黑暗中開火。

艾默森瑟縮著尖叫，再度以手抱頭。她聽到波希亞在樹林間移動，一路尖叫不止，聲音漸漸遠去。摩爾再度開火，波希亞的尖叫停了。

然後就只剩下艾默森，單獨面對著他。

「回營地的事她說得對，」摩爾說。「我忘記撿彈殼了。」他抓著她的手臂，把她拉到自己前面。他們一面走，他的槍一面時不時抵著她的後腦。

她一直絆跤，讓他很生氣。她好冷，冷得發抖，走了又走，走了又走。「我們迷——迷路了嗎？」她終於牙齒打顫地問他。

「我恨大自然。」他喃喃說道，沒有回答她的問題。

她沒有跟他說要帶指南針和更多照明用具。

「我們得等到早上。」他最後承認。

於是他們就等，坐在地上等。

到了某個時間點，艾默森將膝蓋靠到胸前，抱著自己縮成一團。她一直想到波希亞和喬喬，想到她們似乎有自己的計畫，她卻一無所知。而且她還幫助了她們，現在珍奈可能死了，波希亞和喬喬可能也死了。

「你有什麼目的？」她問。「你為什麼這樣做？」

「是為了妳。」

「我不懂。」

「我救了妳。妳求救，然後我就來救妳了。」

「我不懂你在說什麼。我們是要你假裝。這應該只是假裝才對。」

「我不是說那個。我是說我們在餐廳裡、我幫妳拿水的時候。妳向我求救。」

「我沒有。」

「妳有。不是透過言語，但我看得出那是妳心裡想的、想要請求的。」

他是個有妄想的瘋子。他也會把她殺了嗎？她還見得到她的家人嗎？「你之前也做過這種事嗎？」

「妳是我的第一，也是我的唯一。」

「為什麼是我？」

「女生通常都討厭我，但妳沒有。妳對我很親切。而且，妳開始講到妳繼父的時候，我就明白他是個壞蛋。」

「他不是。」史丹利一直對她很好，就算她對他大吼大叫、說他不是她真正的爸爸。

「我看得出妳需要我，」摩爾說。「過來，聽聽這個。」

他拿出手機，播放了一段音檔。是個男人在接聽電話，她認得這個聲音，令她不禁想哭。

「那是我繼父。」

「沒錯。我假裝在做縣政府調查，我們好好談了一番加州目前的環境問題呢。」

她真的開始哭了起來，說話時伴著抽泣。但是她最後下定決心，跳著站起來。「我要走了。」

「妳如果走，我就殺了他。我會殺了妳全家人。妳知道我要做到這件事完全不成問題。」確實。她甚至可以想像他停車在她家外面，然後一一把他們放倒，就像剛剛對波希亞和喬喬所做的一樣。

她坐回地上，努力在夜晚剩餘的時間保持清醒，等著他入睡。他終於睡著之後，她調整了自己的戒指，往他揮去，瞄準頸部，希望能擊中他的頸靜脈。但他不是真的睡著。他用腳踹她，不斷地踹。踹完之後，他抓住她的手一扭，看到了那個戒指。

「這是什麼？」他把戒指從她手上拿下來，戴在自己的手指。

「我用來殺噁男的東西。」

「那我想我們要去找些噁男。」

她不想示弱，但她被踹得全身都痛，而且她唯一的計畫已經用掉了。

他沒有綑綁她。他不需要。如果她試圖逃跑，他只要拔槍出來對她開火就行了。

黎明時分，他們找到了步道，回頭往營地的方向走。她希望他們會發現珍奈已經消失，可能她傷得沒那麼重，就爬起來跑去求援了。

現在有了陽光，鳥類不斷、不斷地鳴唱，如此歡快。這是同一隻鳥嗎？現在來嘲笑她嗎？這是曾經差點吹倒她的同一陣風嗎？她的老師，在校園槍擊案中死去的那一位，曾經跟班上學生說過一種永遠不會落地的鳥。是嗎？有可能嗎？老師說那種鳥在高處的鳥巢裡出生，離巢後飛向天空，睡在風中，也在那裡進食、作夢。那是真的嗎？有可能是真的嗎？每當她害怕，她就喜歡想想那種鳥，睡在空中的鳥。

他們拐過一個轉角。摩爾停下來，她差點撞到他。有兩個登山客在路上，正往他們走來。前面的一個停住腳步，手抓著背包肩帶。他穿著橘綠兩色的法蘭絨襯衫，深金色的頭髮往後束成馬尾。

「不管怎樣都別往那個方向走。」登山客用拇指比著他走來的方向。「我們發現一具屍體。」

摩爾僵住了。「感謝情報。」

有個死人。珍奈沒有逃走。如果他們立刻打九一一又會如何？那樣她會不會還活著？

摩爾從褲腰裡拔出手槍。

艾默森大叫：「快跑！」她感覺血液往臉部湧，脖子上的血管鼓脹。她看到對方驚恐的臉色。「快跑！」

摩爾開槍。

不同於昨晚，現在天是亮的，她可以看到他打中了目標。那個男人倒下來趴在地上。摩爾繼續對另一名女登山客如法炮製。艾默森只是轉過去背對這一切，想著她的家人、想著睡在風中的鳥。

槍聲終於停了。「過來這邊。」

摩爾將手槍插回褲腰。

她轉身。摩爾指了指，「幫我把他們推到山崖下。」

她像個機器人一樣聽話照做。她幫了他的忙，不然她還有什麼選擇呢？他們搬運時，她努力不去看那兩個人的臉。他們先解決了那女孩，然後是那個穿橘綠色襯衫的男人。摩爾拉著他的腳踝，她則抓著手臂。雖然她沒有那個意思、雖然她努力試著不要那樣做，但她還是往下看了他的臉一眼。

他眨了眼。

她雙眼圓睜。她看到他碎裂的太陽眼鏡掉在地上。她拿起太陽眼鏡掛在他臉上，遮住他的眼睛。然後她和摩爾將他推下山壁。

「我們一定是走對了路。」摩爾一面在汗衫上擦拭血淋淋的雙手，一面輕快地說。

在營地，艾默森探頭看進珍奈的帳篷，希望能看到像登山客身上那種生命跡象，但是珍奈的眼睛和鼻子已經爬滿了蒼蠅。她死了，死得很透。

摩爾到處搜尋，在他稍早開槍的地方找到遺落在地上的兩顆彈殼。然後他拿下珍奈的手環，自己戴上。之後，他用艾默森的防身戒指刺她。「讓大家以為是吸血鬼幹的。」他對著自己的傑作大笑。「大家最愛吸血鬼了。」

41

前往棕櫚泉的路上，芮妮的手機響了。是丹尼爾，他打來告訴她，他收到她的訊息了，正在趕往迪凡家。他給了個預計抵達時間，跟她的很接近。

「妳要跟我說現在是什麼情況嗎？」他問。

「恐怕案子還沒結束。」她還沒進一步補充，就開到了沒有訊號的莫倫戈谷地。通話結束。

十五分鐘後，她抵達了迪凡家私有地邊緣的警衛亭，出示駕照。警衛亭窗裡的人打了個電話，然後祝她有個愉快的夜晚，啟動了升降門。

芮妮到房子那裡時，穿著粉色運動衫、濕著頭髮的桂恩·迪凡在門口等候。她的臉龐潔淨而光亮，素顏但依然美麗，也許反而更美了。

「那幾個女生在哪？」芮妮問，同時丹尼爾的休旅車停在她的卡車後方。他跳下車，迅速來到門口加入她。

「在游泳池，」桂恩困惑地說，在兩個人之間看來看去。「怎麼了？」

對於這個問題，芮妮沒有答案，因為她自己也不確定。「我只是需要跟她們談談。這可能很緊急。」

他們跟著桂恩穿越屋內，經過一架子的奧斯卡獎盃，和掛滿照片的一面牆，都是菲利普・迪凡跟其他知名演員的照片，還有他和總統及各種權貴的合照。廚房有一道玻璃牆，牆外是一片黑暗。

「燈關著，」桂恩說。「她們可能在裸泳。」

「把燈打開。」芮妮說。

「這樣做讓我不太自在。」

「嗯，那麼……」芮妮四下環顧，看到落地窗旁有一組控制板，她用手掌把所有的開關同時一推。戶外燈的光線照遍了露台區域。

桂恩發出小小一聲哭喊，以手掩口。

泳池裡的水正在翻騰，看起來就像有隻鯊魚在瘋狂肆虐。

芮妮一刻也沒有停，打開門跑了出去，丹尼爾也跟著她。一個年約十二歲的男孩站在池邊，看著彼此纏鬥的女孩們。她們看起來全都在為了求生而奮戰。有手從水裡伸出，嘴巴張開喘息換氣，一張張臉忽而消失、忽而重現。

那個孩子開始含糊地說話。「我聽到叫聲，就出來看是怎麼回事。我知道她們裸泳的時候我不應該出來。」他的一隻手放在背後，彷彿藏著什麼東西。

「把泳池燈打開。」丹尼爾喊道。

芮妮和丹尼爾同時踢掉各自的靴子和鞋子，跑向水邊。芮妮跳入水池，丹尼爾則腳朝下躍進去。燈亮了，驅散水面上的一部分黑暗。芮妮游向深水區那端絞扭成一團的軀體，大動作划水，並用剪刀姿勢踢水增加額外動力。丹尼爾在不遠處，但移動速度沒那麼快。

他們兩人都很危險。每堂水上安全課程都會鄭重強調，只要有可能，救人時就應該不要入水。下水是最後手段——驚慌掙扎的人可能會把你拉下去，踩著你的頭往上爬，為了自救而把你溺死。

芮妮做了水面入水下潛動作，潛往深處。她在一陣翻滾中勉力抓住某人，可能是任何人。她拉著一條手臂，再用力一拖，把其中一個女孩從水面下的打鬥中拉開，跟著她一起游遠。破水而出時，她瞥見對方的金髮，是波希亞。

丹尼爾救到另一個女孩，用手臂撐著她的下巴，讓她的頭保持在水面之上，沿著池邊側泳。桂恩丟給他一個救生圈，他抓住了。在桂恩的幫助之下，他把喬喬帶出了水池。

「艾默森還在裡面！」桂恩指著深水區底端一個動也不動的陰暗形影。

42

芮妮再度下潛，快速游向艾默森。她抓住那女孩的泳衣後背，自己屈膝踩在池底，然後用力一蹬，把自己往上推。她們穿出池水，冒出水面。

丹尼爾丟來救生圈，芮妮接住了。他將她拉到淺水區，然後跳下水幫忙。他們一起將艾默森癱軟的身軀抬出池水，讓她躺在水泥地上。芮妮俯在她上方，準備開始做心肺復甦術，這時艾默森突然咳嗽了。丹尼爾將女孩往側邊翻，積水從她嘴裡流出。波希亞和喬喬站在一旁，身上裹著大條的白浴巾。喬喬在哭。艾默森坐直起來，桂恩在她肩膀圍上毛巾時，她仍在咳嗽。

丹尼爾看著站在那裡的兩個女孩。「誰要告訴我們，發生了什麼事？」

「都是艾默森的主意。」波希亞說。現在她的妝容不再完美了。濃濃的睫毛膏和眼線液流下她的臉頰，沾到了肩膀和浴巾。

「當真嗎？」艾默森還在努力喘氣。「她們企圖殺死我。」

「我的天啊！」波希亞說。「妳這個騙子！她把我們推下浮筏，想把我們淹死。她整個是神經病！」

「什麼都別再說了，」桂恩警告她們。然後她對芮尼和丹尼爾說：「我不知道發生了什麼事，但你們得離開了。我們要找律師。」她拿出手機，看看螢幕，然後宣告：「菲利普到家了。」

芮妮拿了兩條毛巾，把其中一條丟給丹尼爾。

「我來告訴你們發生了什麼事，」艾默森說，仍在努力喘氣，但是同時展現出堅強不屈的態度。「我告訴你們一切。我們計畫了一場綁架案，我們三個人一起。」她吸氣，咳了一聲，再繼續說：「那是我們的主意，強尼幫助了我們。我本來以為不會有任何人被殺，但是就算珍奈死了波希亞也不在乎。我想那可能是她計畫的一部分。」

「她在騙人！」波希亞大叫道。

「安靜！」她的母親再次警告道，準備要不計代價捍衛她的孩子。

但是芮妮知道真相，至少一部分。還原過的監視錄影畫面顯示波希亞當時站在那扇防火門邊。

她想著，有多少父母從來不曾真正看清自己的孩子，反之亦然，芮妮就從不曾視自己的父母為邪惡之人。但這也許是一種家長拒絕接受現實的狀況。與其說他們無法面對真相，不如說他們無法面對認清真相時的恐懼。但是，你不可能靠著否認而讓某項事物消失。

「她想用那個蠢戒指刺死我！」波希亞舉起手臂，露出兩個穿刺傷口。

「珍奈也有那樣的穿刺傷口。」芮妮指出。

「強尼拿我的戒指去刺珍奈，」艾默森告訴她。「他說那樣看起來會像吸血鬼咬人。他把戒指留下來，但是史丹利給了我一個新的。」

「她都在說謊，」波希亞說。「她一直都在說謊。她一直跟我們說你是她爸爸。誰會撒這種謊啊？除非是不管什麼事都說謊的人。這些事跟我一點關係也沒有。」

「住口！妳們都給我住口！」

所有人都轉過去看著瑞秋和史丹利．羅斯，他們站在敞開的露台門邊，菲利普．迪凡在他們後面。那聲喊叫是瑞秋發出的。

「艾默森說的是實話，」她說。「全部都是。」她一臉痛苦地看向她的女兒。「我很抱歉。我也不想讓妳在這種狀況下知道這件事。我本來要等妳回家再跟妳說的。」

「全部？」艾默森看著丹尼爾，再看回她母親。

「對。」瑞秋靜靜地承認，用著揭露令人難以承受的痛苦消息時的那種平板語調。她似乎無法逼自己說出確切的字句，但他們全都懂了她的言外之意。而瑞秋一旦揭開了這個她瞞了艾默森一輩子的祕密，就索性繼續傾吐。「我才是騙子，」她說。「我謊報了妳的出生日期。」她看向丹尼爾。她的表情變了，軟化下來，帶著懇求的意味。「我當時覺得你不值得我告訴你真相。至於原因嘛，我就不要在這裡深究了。」

這裡不適合毫無保留地坦露，但是實情不難猜到。丹尼爾當時對生兒育女的念頭沒有興趣，瑞秋卻懷孕了。

「但前幾天你來家裡的時候，我本來想告訴你，」瑞秋繼續說。「艾默森漸漸長大了，我也想告訴她。」她再度看著女兒。「我想告訴妳，但是已經過了這麼久的時間，久到好像什麼都別說反而比較輕鬆，就讓這個感覺已經不像謊言的謊言延續下去。」

史丹利將臉埋在手中，肩膀抖動著，忍不住發出一聲嗚咽。

艾默森站起來，走向她的繼父，伸出雙臂環抱他。「你是我爸爸，」她說。「你永遠會是我爸爸。我只是想知道，只是想知道真相。就這樣而已。」

也許瑞秋並沒有把所有人都蒙在鼓裡。史丹利會不會一直都知道？他是在場唯一不顯驚訝的人，只是心碎。這也解釋了他為什麼如此覺得受到丹尼爾威脅。丹尼爾目瞪口呆，但明智地保持沉默，這不是他該打擾的時刻。撇開他們剛剛得知的事，他仍然不是他們家的一分子。這奇異又意外的轉折肯定需要一段時間來消化。

「我不是英雄。」史丹利說。

「沒這回事，」艾默森說。「你一直陪伴著我。」她有點哭了出來，但仍展現出自制。「你教我騎腳踏車，教我開車，幫忙我做自然作業。我生病的時候是你帶我去看醫生，而且我小學的時候吐在你身上，你也沒生氣。」

英雄可以有許多樣貌。安靜、仁慈、不離不棄的英雄絕不該被忽視。

這片靜默突然被打破了。

「你在幹嘛？」波希亞尖叫道。

所有人的目光都移往波希亞看著的方向——她弟弟手中的智慧型手機。

「你最好不要給我錄這個！」她大叫。

那個男孩狡猾地笑了。「我就在錄。我的觀看數會比妳還多！希望妳會去坐牢，妳的房間就是我的了。」

波希亞再度尖叫。

43

芮妮輕柔地將蘸滿顏料的筆刷滑過易吸水的紙張，看著深藍的色彩綻開、擴散，塗色在紙漿上造成的反應使得色塊邊緣由深而淺地滲透。紙張在各個方面都和顏料同等重要，而正確的水量也和紙張一樣要緊。

那張八乘十吋的畫紙從她的速寫簿撕下，用膠帶貼在木製畫板，擺在她腿上。她貼的時候非常小心慎重。

在迪凡家上演的那場大揭密已經過了兩週。三個女孩都被拘留在聖貝納迪諾的少年監獄候審。波希亞似乎是罪責最重的，但人人都愛名流，所以她反而可能被判最短的刑期。喬喬看起來是個陷得太深的跟班。艾默森呢……就很難說了。那個登山客，喬登·萊斯一恢復到能夠說明自己的遭遇，就證實了她的說法。他的命可能是艾默森救的。是的，她幫忙把他推下山崖，但是她看到他的生命跡象時，也掩護他不被摩爾發現。史丹利證實他給過艾默森一個新的防身戒指。

芮妮回頭繼續畫沙漠風景，不再畫埋屍地點，愛德華躺在她腳邊，她為牠買的白色陽傘將牠遮在陰影裡。牠醒著，敏銳但放鬆地乘涼。她希望愛德華在搜救課上的表現夠好，讓他們可以加入娜汀·克拉克的團隊。芮妮還打算帶著牠一起爬太平洋屋脊步道。現在，牠似乎在享受著附近被她畫入作品的多刺仙人掌叢中傳來的鳥鳴。那陣鳥囀如此歡欣喜樂，彷彿出自卡通老片。可能是養著一窩飢餓雛鳥的鷦鷯。

多刺仙人掌是鳥類絕佳的藏身之處，因為大部分有理智的生物都會避開它的尖刺——那難纏的東西正是這種仙人掌的命名由來。仙人掌刺不會真的跳起來勾到人身上，但是非常擅長附著於任何偶然路經的過客，不論他們的動作多麼輕微，看起來就像仙人掌刺會跳一樣。它們自有主張，它們的主張就是要附著、戳入其他物體，絕不放手。只有刺軸寒羞木能偶爾搶過它們的風頭，這種灌木也是以勾住人緊緊不放的刺而聞名。這個別稱真是取得好，因為它就是這樣——把人往後拖，等到他們理開糾結的尖刺才能為自己解圍。

不久之前，芮妮偶然看到塞在一件牛仔褲後口袋的餐巾紙上畫的圖，就重新展開了她被丹尼爾的簡訊與電話打斷的早餐約會。格瑞爾想跟她重新開始他們暫停的關係，但她告訴他，她現在還沒準備好跟人交往。他大失所望，但他可以理解。她希望他還是能找到對象，因為他感覺是個不錯的人。

她將畫筆浸入水罐，揩掉多餘的水分，擦刷出一道銳利的筆劃，正準備為一株龍舌蘭選顏色時，接到了一封簡訊。

是丹尼爾傳來的。

別又來了，她心想。

我需要妳幫忙。

她準備好面對這個了嗎？

她從手機上抬起視線。

丹尼爾在向她揮手。

他在大約二十哩外，坐在一張鋪於隆起地勢上的毯子。他在畫畫。他穿著牛仔褲、淺灰色T恤和皮革登山靴。一如往常，他沒穿西裝時看起來有點不對勁，但也許這只是因為他在他們第一次見面時是那樣穿，在他不請自來又無預警地現身於她的小屋時。

各方面來說，他狀況都還不錯。他跟他母親通過電話，也去監獄探視過艾默森。他似乎不對瑞秋的謊言心懷怨恨。其實，芮妮知道完整內情之後，就多少能理解為什麼一個年輕的母親會做出那樣的選擇。當時，她是為了照顧她的孩子和她自己。但是隨著時間推移，善意的謊言也往往會惡化。芮妮還是無法像丹尼爾那樣寬宏大量，特別是對於他母親。

愛麗絲和艾默森看起來都是真心悔過，但誰也不知道她們的行為是恐懼與絕望下的一時失常，或是某種深植於DNA內、仍將重複發揮的傾向。需要密切關注、敏銳警戒和時間來判斷這些人是否值得成為他生活的一部分。

丹尼爾研究著他的作品。「我不覺得它應該往這個方向發展。」

她走過去站在他背後，手扠著腰，觀察他初次嘗試的繪畫作品。

以抽象畫來說還不差，但這也許並不是他想要的效果。顏色很鮮豔，暈染很少。「是風的關係，」她告訴他。「風讓紙乾得太快，所以很多人不喜歡在外面這裡畫水彩。」

他抬頭瞇眼看她。「但妳很享受這項挑戰，不是嗎？」

「我也喜歡它沒有修改補救的機會。畫了就是畫了。」

「我喜歡補救我搞砸的事。」

她坐在毯子上他的後面。愛德華似乎發覺她短時間內不會回到牠身邊，於是爬起身慢慢散步過來。

他們畫的不是謀殺案現場，那個她畫夠了，希望可以不要再畫了。有個景她一直很喜歡，是從約書亞樹國家公園裡一個叫印地安灣的地方往西眺望。季風帶來了非比尋常的雨量，喚醒了沙漠裡的許多植物紛紛開花，看起來幾乎像是春天又來了。

住在沙漠裡，你常常會忘掉那些美好的月份，魔法般的花朵怒放的月份。芮妮總是必須提醒自己，這片荒蕪只是暫時的。但身處其中時，感覺是如此永久、無盡、逃無可逃。現在，她讚嘆著這片地形經過人工介入之後呈現出的完美造景。各式各樣的開花植物彷彿依照尺寸和形狀依序排列，擠在較大型的深紫色莫哈維灌木旁。太陽正在西沉，為天空染上一抹粉彩。還有一股美妙的味道，甜美而帶著木質調，也許是來自那種小到要拿放大鏡才看得見的花。她身子下的岩石依然帶著陽光的溫度，空氣中有涼涼的微風。所有的感官都被挑動，也都被舒緩。

在這個特別的地點，她感覺到了些什麼，從她的頭頂、她的腳趾感覺到。幾乎就像是吃了愛德華的寵物保母給的大麻零食，但她其實沒有吃。只不過這感覺太妙了。在這一刻，內在一股無以解釋的平靜籠罩了她，讓她知道，即使一切未必完美，但是也許無傷大雅。在有些像這樣的時刻，世界還是會擁抱她、庇護她。

丹尼爾將他的畫擱到一旁，雙腿交叉，以手肘撐著頭。「這裡真的很平靜。」

他們沉默地欣賞了幾分鐘，然後她問：「海洋和沙漠，你選哪個？」他是海洋派的，但她老是想設法說服他改變陣營。

他對她微笑，然後目光轉回粉色的天空。「還是選海洋，」他帶著狡黠的肯定態度說。「妳呢？雖然我已經知道妳會說什麼了。」

「沙漠。當然。但是我樂意看看你在加州喜歡的更多地方。」

「我們可以安排。」

「很快就可以。」

「順便帶著愛德華吧。」

「當然。」

他靠近了些，握起她的手，抬頭看著她，彷彿想要說些什麼，但又不確定她會不會想聽。她也不確定。她還沒忘記他說不能沒有她的那段話。

一陣風突然從不知道哪裡吹來，幾乎和冬季北風一樣強勁，襲向她的水彩速寫簿內頁，把紙張吹得像一疊撲克牌。風吹翻了她的水罐，也掀走她頭上的帽子，把愛德華的白陽傘高高捲進一陣旋繞的迷你龍捲風，在他們眼前逐漸擴大。螺旋狀的氣流沿路捲走殘骸，撕裂仙人掌，吹起沙子和小石頭。

他們跳了起來，被強風吹得搖晃不穩，只得繃緊身子抵禦。芮妮把愛德華抓到胸前，她的頭髮和衣服在風中翻飛、拍痛了她，她肺裡的空氣一度感覺要被吸出去了。她閉上眼睛，等這陣風過去。

風終於走了，留下他們並肩站在岩石上，看著龍捲風通過谷底，繼續沿路破壞、捲起沙塵，然後突然就這麼解體。塵土四散，只留下一陣淡淡雲煙，彷彿龍捲風從未出現過。

「愛德華的陽傘。」丹尼爾指著遠處，它殘破地躺在那裡。

「小小的傷亡。」她說。

「剛才那是什麼鬼？」

「沙塵魔鬼龍捲風。」

「我想這是我的榮幸嘍。」然後他重複了她稍早的問題，聲音中帶著笑意。「海洋和沙漠，妳選哪個？」

「還是選沙漠。」

他再度握起她的手，輕輕一捏。然後，他將她的手指靠到自己唇邊，淘氣地注視著她，陽光反射在他眼中。

一個人的心能夠如此隱藏真相，這是多麼奇怪呢。她的心應該早就知道她真正的渴望與想法。看清真相應該是一個人的心最簡單的任務才對。實則不然。在丹尼爾和他對母親的追尋是如此，在芮妮和她對身邊最親近之人的盲目是如此，為人母者未能發現自己的女兒有能力策劃謀殺時也是如此。也許人的心會保護自己遠離任何可能造成傷害的事物，甚至包括了愛。

「這是個完美的夜晚，」她說。他依然握著她的手。「就算有那陣風。」

他微笑了。「尤其是因為有那陣風。」

作者後記

真是不可思議的一年。《謊言森林》是一本寫作過程充滿奇遇的書。疫情來襲時，我剛抵達加州準備進行實地踏查。州長的封城令終結了我的研究計畫，當疫情顯然一時半刻不會結束，我便修改了這本書的情節架構，將故事的背景從一個我不曾去過的地方改成了我安全家園的所在地，莫哈維沙漠，更具體來說是約書亞樹附近一個非建制地區小鎮。待在那個地方也不壞，但奇妙的是，我在真實生活中的居住地竟在迫切需要之下成了書中的背景。

沙漠是魔幻又美妙的地方，但也充滿了危險。想到這點，我希望請各位關注兩個傑出的組織所投入的工作：莫哈維漠地信託計畫和生物多樣性中心。請各位了解一下它們的行動，並考慮支持它們在保育方面的努力。我也要列出其他值得關注的組織：西奧多・佩恩基金會（Theodore Payne Foundation）、加州原生植物協會（Native Plant Society）、約書亞樹國家公園（Joshua Tree National Park）、約書亞樹國家公園協會（Joshua Tree National Park Association）、「不留痕跡」戶外活動倫理中心（Leave No Trace Center for Outdoor Ethics）、約書亞樹國家公園搜救隊（JOSAR，Joshua Tree National Park Search & Rescue）、聖貝納迪諾治安官搜救隊（San Bernardino County Sheriff's Search and Rescue）、美國搜救犬組織（Search and Rescue Dogs of the United States），請各位看看它們的網站，考慮給予支持！還有，一如往常，感謝你閱讀這本書！

誌謝

我要感謝加州讓娛樂用大麻合法化。大麻零食幫助我度過了封城的期間，然而啊，它們對我寫作這本書就沒有那麼大的助益。我想特別感謝我的女兒瑪莎，謝謝她給予我的所有協助，在緊急狀況下到處奔走，將補給品運到我偏遠的寫作地點，一個收不到郵局信件、聯邦快遞和亞馬遜物流的地方。我這一年簡樸的生活是否帶來深沉的反省和個人的成長？沒有。我只是努力度過每一天，我也為所有做到這一點的人喝采。願你們享有和平、愛與療癒。

Storytella 207

謊言森林

Tell Me

謊言森林/安.費瑟作；葉旻臻譯. -- 初版. -- 臺北市：
春天出版國際文化有限公司, 2024.06
面； 公分. -- (Storytella ； 207)
譯自：Tell me.
ISBN 978-957-741-872-2(平裝)

874.57 113006736

ISBN 978-957-741-872-2
Printed in Taiwan

作　者　安．費瑟
譯　者　葉旻臻
總編輯　莊宜勳
主　編　鍾靈

出版者　春天出版國際文化有限公司
地　址　台北市大安區忠孝東路四段303號4樓之1
電　話　02-7733-4070
傳　眞　02-7733-4069
E－mail　bookspring@bookspring.com.tw
網　址　http://www.bookspring.com.tw
部落格　http://blog.pixnet.net/bookspring
郵政帳號　19705538
戶　名　春天出版國際文化有限公司
法律顧問　蕭顯忠律師事務所
出版日期　二〇二四年六月初版

定　價　390元

總經銷　楨德圖書事業有限公司
地　址　新北市新店區中興路二段196號8樓
電　話　02-8919-3186
傳　眞　02-8914-5524
香港總代理　一代匯集
地　址　九龍旺角塘尾道64號 龍駒企業大廈10 B&D室
電　話　852-2783-8102
傳　眞　852-2396-0050